Joseph H. Allen, Ovid, W. F. Allen

Pvbli Ovidi Nasonis - Poemata Qvaedam Excerpta

Selections from the poems of Ovid, chiefly from the Metamorphoses

Joseph H. Allen, Ovid, W. F. Allen

Pvbli Ovidi Nasonis - Poemata Qvaedam Excerpta
Selections from the poems of Ovid, chiefly from the Metamorphoses

ISBN/EAN: 9783337845841

Printed in Europe, USA, Canada, Australia, Japan

Cover: Foto ©Andreas Hilbeck / pixelio.de

More available books at **www.hansebooks.com**

PVBLI OVIDI NASONIS

POEMATA QVAEDAM EXCERPTA

———

SELECTIONS

FROM THE

POEMS OF OVID

CHIEFLY THE METAMORPHOSES

EDITED BY

J. H. AND W. F. ALLEN AND J. B. GREENOUGH

———

BOSTON
GINN BROTHERS
1876

NOTE.

THIS Selection follows generally the text of Merkel (1866), the reading of Siebelis being preferred in one or two instances. We have endeavored to exhibit as far as possible within our limits the variety of Ovid's style and genius, and especially to preserve the more interesting biographical hints of the *Amores* and the *Tristia*. The greater portion of the book is however made up, necessarily, from the *Metamorphoses*, of which we have taken about a third. By help of the Argument, which is given in full, we aim not merely to show the connection of the tales and the ingenuity of the transitions, — necessary to comprehend the poem as a whole, — but to put before the reader something like a complete picture of the Greek mythology; at least of those narratives which have held their permanent place in the modern mind and have entered more or less into every modern literature.

The grammatical references are to Allen and Greenough's and Gildersleeve's Latin Grammars.

CAMBRIDGE, January 15, 1875.

THE LIFE OF OVID.

PUBLIUS OVIDIUS NASO was a fashionable poet at Rome in the reign of the Emperor Augustus, perhaps the most fashionable after the death of Virgil (B. C. 19) and Horace (B. C. 8).

All that is worth knowing about his life is told by himself in a pleasing poem (Trist. iv. 10), which is given the last in the present collection. Like most of the literary men of Rome, he was not a native of that city,* being born at Sulmo, in the country of the Peligni, about 90 miles from Rome. The year of his birth, B. C. 43, was that of Cicero's death. His father, a man of respectable fortune, removed to Rome to give his two boys a city education. Here the young poet was trained in the usual course of rhetoric and oratory, which he practised with fair success, going so far as to hold some subordinate political offices. His father was quite earnest to check his desire for a literary career. But the death of his elder brother left him with fortune enough for independence, and following his own strong bent Ovid became soon one of the favorite court poets of the brilliant era of Augustus. After a career of great prosperity, he was suddenly, at the age of 51, banished to Tomi, a town on the shore of the Black Sea, in the present Bulgaria. The cause of his banishment can only be guessed from his allusions to the anger of

---

* Virgil was a native of Mantua, Horace of Venusia, Catullus of Verona, Propertius of Umbria, Ovid of Sulmo, Cicero of Arpinum, Sallust of Amiternum, Livy of Patavium. Of eminent writers of this age, only Cæsar, Lucretius, and Tibullus were born in Rome. But then Rome, socially as well as politically, comprised the whole of Italy.

the emperor at some weakness, folly, or fault, which he says he is not free to tell. Some have thought he was indiscreet enough to make love to Julia, the brilliant, witty, and erratic daughter of the emperor, wife of the grave Agrippa; others that he unfortunately knew too much of some court scandal, probably connected with Julia or her ill-famed and ill-fated daughter; others that Augustus, as public patron of morals, took offence at the somewhat cynical indecorum of certain of his poems. At any rate, the emperor was hardened against all his flatteries and prayers, and after an exile of about ten years he died at Tomi, A. D. 18.

Besides the poems represented in this volume, Ovid was the author of the *Ars Amatoria* and the *Remedium Amoris* (to which reference has just been made), and of numerous "Elegies," including four books of letters written in exile (*Ex Ponto Libri* iv.). As a poet, his fame is far below that of Virgil and Horace, — deservedly, since his loose and easy verse bears no comparison with the elaborate finish of theirs. For fancy and fine poetic feeling, however, many of the Elegies — both in the *Tristia* and the *Amores* — show a vein of as good quality as either of his rivals; while in absolute ease of handling the artificial structure of Latin verse it may be doubted whether he has ever had an equal. His chief merit, however, is as an excellent story-teller, — smooth, facile, fluent, sometimes, it must be confessed, inordinately diffuse. As the most celebrated existing collection of the most famous fables of the ancient world, the *Metamorphoses*, in particular, makes the best of introductions to the nobler and more difficult verse of Virgil.

WRITINGS OF OVID.

1. HEROIDES : a collection of twenty-one elegies,* being letters chiefly from leading " heroines " of the Homeric age.

2. AMORES : forty-nine elegies, in three books ; miscellaneous, but chiefly amatory or personal in their topics.

3. ARS AMATORIA : three books, on the means of winning and retaining the affections of a mistress ; and

4. REMEDIUM AMORIS : a poem prescribing the means by which a foolish passion may be subdued.   These two poems contain the passages supposed to have excited the anger of Augustus.

5. METAMORPHOSEON Libri xv.   The *Metamorphoses* was still unfinished when Ovid went into exile, and he committed it to the flames, apparently, with his own hand (Trist. i. 7. 11, seq.) ; but copies had been preserved by his friends.

6. FASTORUM Libri vi. : a poetic Calendar of the Roman months, from January to June, designed to be continued to the end of the year ; a storehouse of Roman custom and Italian legend.

7. TRISTIUM Libri v. ; and

8. EPISTOLARUM EX PONTO Libri iv. : elegies written in exile. Many of the letters implore the intercession of friends at Rome, to obtain favor from Augustus.

9. IBIS, a poem of 646 verses written in exile : a bitter invective against some personal enemy.

10. HALIEUTICON LIBER : 132 hexameter verses, a fragmentary natural history of Fishes.

11. MEDICAMINA FACIEI : a fragment of 100 elegiac verses, on the use of Cosmetics.

The following are included in some collections of Ovid's poems, but are probably not genuine : —

CONSOLATIO ad Liviam Augustam : an elegy of 474 verses addressed to the Emperor's wife on the death of her son Drusus.

NUX (" the Nut-Tree ") : lamentation of a Walnut-tree by the roadside, at the cruelties inflicted by wayfarers, and the vices of the age in general.

---

* The word Elegies, in this connection, describes not the topic or style of treatment, but only the versification, — hexameter verse alternating with pentameter making the " elegiac stanza."

INDEX OF SELECTIONS.

METAMORPHOSES.

SHORTER POEMS.

INTRODUCTION

THE " METAMORPHOSES " OF OVID.

THE Mythology of the Greeks, adopted by the Romans, consists mainly of two distinct parts. The first is what is technically called Theogony, " the generation of the gods," and was put in the shape best known to us by Hesiod, some time before 500 B.C. It began, there is no reason to doubt, with rude personifications of the objects and forces of nature, such as would be natural to a people of active intelligence, lively imagination, and childlike ignorance on all matters of science. The Sun, the Dawn, the Winds, the Floods, are easily conceived as superhuman persons. Some of the earlier fables are hardly any thing more than metaphors, or poetic images, put in the form of narrative. That the Sun is figured as a shepherd, and the fleecy clouds his flock, which are scattered by the wind and gathered again by his beams, — a very old bit of Eastern poetry, — easily gives rise to the stories of Apollo as the shepherd of Admetus, and that which tells the stealing of his cattle by the rogue Hermes. That the maiden Artemis gazes with love on the sleeping prince Endymion, is hardly more than a poetical way of describing the beautiful spectacle of a full moon rising opposite the sun at his going down. A season of blasting drought and heat may have been described by saying that the chariot of the Sun was driven from its course by the unskilful, self-confident boy, whose fate is told in the wild tale of Phaëthon. And so on.

But few fables can be explained in this simple way. By a very natural process, a group of divine or ideal Persons was conceived, whose family history or personal adventures became the subject of tales absolutely devoid of any symbolical meaning. In the system found in the Greek and Roman poets, nature is full of mythological beings, grouped — as subjects in a monarchy — about the one celestial or royal family, which has its abode on Mount Olympus. The King of Heaven, ZEUS (*Jupiter*), with his sister-queen HERE (*Juno*), is the child of KRONOS (*Saturn*) or Time, who again is the son of OURANOS and GAIA (Heaven and Earth), beyond which imagination did not seek to go. His brothers are POSEIDON (*Neptune*) and HADES (*Pluto*), kings of the Waters and of the Lower World. His sisters are DEMETER (*Ceres*) and HESTIA (*Vesta*), queens of the Harvest and of the Home. His sons are APOLLO, god of Light, ARES (*Mars*) of Strife, and HERMES (*Mercury*) the Herald. His daughters are ATHENE (*Minerva*), APHRODITE (*Venus*), and ARTEMIS (*Diana*), goddesses of Wisdom, of Love, and of the Chase. These are the twelve great divinities (*dii majores*). And about them, in nearer or remoter kindred, are grouped the inferior deities, the heroes or demigods, their children by half-mortal parentage, and the innumerable progeny of fabulous beings inhabiting the kingdoms of sky, water, or earth.

The other department of mythology is that with which this poem chiefly deals. It consists of the miracles and adventures ascribed to these superhuman persons, — a vast field, in which ancient fancy rioted as freely as the modern fancy in novels and fairy-tales. Some of them may possibly be explained as a picturesque way of recounting natural phenomena, or as exaggerated tales of real events. But in general they seem purely fictions of the imagination. In a very large proportion they take the form of *metamorphoses*, that is, transformations of men or other creatures into various shapes ; and this feature gives the subject and the title of the present poem (see the first lines of Book I.). It professes simply to tell those stories which have in them this element of the marvellous, — the transformations, particularly, of men into plants or animals. But as nearly all myths introduce some such feature, first or last, it manages to include nearly all the important ones with more or less fulness. They are told in a rambling discursive way, one story leading to another by the slightest possible link of association, — sometimes by what seems merely the poet's artifice, aiming to make a coherent tale out of the vast miscellany at his command.*

With the primitive (fetichistic) notion of a separate life in every object, and the human soul differing in no essential regard from the life that dwells in things, it was easy to imagine the spirit of man, beast, or plant as passing from one dwelling to another, for a longer or shorter stay. Such a transmigration was, in fact, taught as a creed by the school of Pythagoras (see Metam. xv. 1–487). But, as against the Hindoo doctrine of transmigration into the very life of other animals, the Greeks held to the identity and continuity of the human soul, which after death had its abode assigned in the Lower World. The *metamorphosis*, therefore, is only an occasional miracle, not a real *metempsychosis;*† it did not alter essentially the ordinary course of human life, but only marked the intimate connection between that and the life of external nature ; or, in a certain wild, pictorial way, showed the workings of human fancy, to account for the first creation of plants and animals, or other striking phenomena of the natural world, — a clear water-spring in a little island (*Arethusa*), a mountain ridge of peculiar shape (*Atlas*), a bird of plaintive note (*Philomela*), or a rock weeping with perpetual springs (*Niobe*).

To give something like system, order, and development to this world of fable seems to have been a favorite aim of poetical composition with the ancients. This aim is partly religious, and partly scientific, — if that can be called scientific which only fills with fancies a void that no science yet exists to fill. Thus the "Theogony" of Hesiod groups together the myths relating to the birth of gods and heroes — making a sort of pagan "Genesis" — in a form partly chronological, partly picturesque and poetical. This

---

* The connecting links between the several narratives contained in the present Selection are given, *bracketed*, in the headings, thus presenting the entire argument of the *Metamorphoses* as a connected whole.

† Thus the princess Io is changed into a heifer (Met. i. 611). She retains her human consciousness, deplores the change, and writes her own name on the sand, to inform her father of it. This is *metamorphosis*, or change of form. According to the oriental doctrine taught by Pythagoras (Met. xv. 459), the heifer in your stall was doubtless once a human being, perhaps your own mother or sister: it would be wicked to kill her, and impious to eat her flesh. But she has only a brute consciousness ; and simply shares the universal life of man and brute. This is *metempsychosis*, or change of soul.

is apparently the first attempt of human thought to deal systemafi-
cally with the phenomena of nature — so as, in a manner, to
account for things — before men were sufficiently free from superstition to reject the early fables.   The titles of several Greek works
of the same kind are known; and Virgil, in the Sixth Eclogue,
puts a similar song into the mouth of Silenus.

Any thing like a real belief in these fables had passed away long
before the time of Ovid.   He was the popular poet of a sensual
and artificial age, who found in these creations of ancient fancy
a group of subjects suited to his graceful, ornate, and marvellously
facile style of narrative, and who did not hesitate to alter or dress
them up to suit his purpose.   The " Metamorphoses " — *Libri* xv.
Metamorphoseon (a Greek genitive) — is the most abundant and
rich collection of these fables that exists.   They are told in a
diffuse, sentimental, often debased way, which contrasts strongly
with the serious meaning that originally belonged to these myths;
but are wonderfully fluent, easy, and melodious in their language, and
show a skill of versification which seems never to halt or weary.
The poem begins with the first origin of things from chaos, the
four ages of gold, silver, brass, and iron, the deluge, followed by the
graceful and picturesque version of the tales of gods and heroes,
through a long narrative, — about 12,000 verses in all, — ending
with the apotheosis of Cæsar, as the sequel of the tale of Troy.
The series purports to be chronological; but the order is often
arbitrary and the connection forced or affected, as would naturally
be the case with an author *res diversissimas in speciem unius
corporis colligentem* (Quint. iv. 1, 77).

The mythology of Ovid and the other Roman poets was Greek
mythology dressed up in Roman names.   It is not necessary to
remind the reader that the stories here told related to Zeus,
Athene, Artemis, and the other members of the Greek Olympus,
and could never have been attributed to the sober abstractions of
the Roman Pantheon.   Nevertheless, in commenting upon Ovid,
it is impossible to avoid making use of the names in the same
sense that he did, — the names long familiar in modern literature, which took them from the Romans and not the Greeks.

METAMORPHOSES.

I. THE CREATION AND THE FLOOD.

[BOOK I.—1-415.]

PROEM (1-4). Description of Chaos (5-20). The Creator assigns the elements to their places, and divides the land from the waters: the zones and climates (26-58). The heavens are clear, and living things come forth upon the earth: lastly man, fashioned by Prometheus in the image of the immortals (69-88). The Four Ages: description of the Golden Age (89-112). The Age of Silver, Brass, and Iron: Astræa quits the earth; the Giants, and men of violence that sprang from their blood (113-162). Jupiter recounts the crimes of Lycaon, and his transformation to a Wolf (163-243). He resolves to drown the world with a Flood rather than destroy it by Fire: description of the Deluge (244-312) The righteous Deucalion with his wife Pyrrha: when the waters are abated, they behold the earth desolate, and beseech aid at the shrine of Themis (313-380). Instructed by the oracle, they cast stones above their heads, which are miraculously converted into human beings, and thus repeople the earth (381-415).

IN nova fert animus mutatas dicere formas
   corpora. Di, coeptis (nam vos mutastis et illas)
adspirate meis, primaque ab origine mundi
ad mea perpetuum deducite tempora carmen.
   ANTE mare et terras et (quod tegit omnia) caelum,
unus erat toto naturae vultus in orbe,
quem dixere Chaos: rudis indigestaque moles,
nec quicquam nisi pondus iners, congestaque eodem
non bene junctarum discordia semina rerum.
nullus adhuc mundo praebebat lumina Titan,   10
nec nova crescendo reparabat cornua Phoebe,

nec circumfuso pendebat in aëre Tellus
ponderibus librata suis, nec brachia longo
margine terrarum porrexerat Amphitrite;
quaque fuit tellus, illic et pontus et aër.   15
   Sic erat instabilis tellus, innabilis unda,
lucis egens aër: nulli sua forma manebat,
obstabatque aliis aliud, quia corpore in uno
frigida pugnabant calidis, humentia siccis,
mollia cum duris, sine pondere habentia pondus.   20
   Hanc deus et melior litem natura diremit.
nam caelo terras et terris abscidit undas,
et liquidum spisso secrevit ab aëre caelum.
quae postquam evolvit caecoque exemit acervo,
dissociata locis concordi pace ligavit.   25
   Ignea convexi vis et sine pondere caeli
emicuit, summaque locum sibi fecit in arce.
proximus est aër illi levitate locoque;
densior his tellus, elementaque grandia traxit
et pressa est gravitate sua; circumfluus humor   30
ultima possedit, solidumque coërcuit orbem.
   Sic ubi dispositam, quisquis fuit ille deorum,
congeriem secuit, sectamque in membra redegit,
principio terram, ne non aequalis ab omni
parte foret, magni speciem glomeravit in orbis.   35
tum freta diffudit, rapidisque tumescere ventis
jussit, et ambitae circumdare litora terrae.
addidit et fontes et stagna immensa lacusque,
fluminaque obliquis cinxit declivia ripis,
quae, diversa locis, partim sorbentur ab ipsa,   40
in mare perveniunt partim, campoque recepta
liberioris aquae pro ripis litora pulsant.
jussit et extendi campos, subsidere valles,
fronde tegi silvas, lapidosos surgere montes.
   Utque duae dextra caelum totidemque sinistra   45

parte secant zonae, quinta est ardentior illis :
sic onus inclusum numero distinxit eodem
cura dei, totidemque plagae tellure premuntur.
quarum quae media est, non est habitabilis aestu ;
nix tegit alta duas ; totidem inter utramque locavit, 50
temperiemque dedit, mixta cum frigore flamma.
  Imminet his aër : qui, quanto est pondere terrae
pondus aquae levius, tanto est onerosior igni.
illic et nebulas, illic consistere nubes
jussit, et humanas motura tonitrua mentes, 55
et cum fulminibus facientes frigora ventos.
his quoque non passim mundi fabricator habendum
aëra permisit : vix nunc obsistitur illis,
cum sua quisque regant diverso flamina tractu,
quin lanient mundum ; tanta est discordia fratrum. 60
Eurus ad auroram Nabataeaque regna recessit,
Persidaque et radiis juga subdita matutinis ;
Vesper et occiduo quae litora sole tepescunt,
proxima sunt Zephyro ; Scythiam septemque trionem
horrifer invasit Boreas ; contraria tellus 65
nubibus assiduis pluvioque madescit ab Austro.
haec super imposuit liquidum et gravitate carentem
aethera, nec quicquam terrenae faecis habentem.
  Vix ita limitibus dissaepserat omnia certis,
cum quae pressa diu massa latuere sub illa, 70
sidera coeperunt toto effervescere caelo :
neu regio foret ulla suis animantibus orba,
astra tenent caeleste solum formaeque deorum ;
cesserunt nitidis habitandae piscibus undae ;
terra feras cepit, volucres agitabilis aër. 75
  Sanctius his animal mentisque capacius altae
deerat adhuc, et quod dominari in cetera posset.
natus homo est : sive hunc divino semine fecit
ille opifex rerum, mundi melioris origo,

sive recens tellus, seductaque nuper ab alto   80
aethere, cognati retinebat semina caeli,
quam satus Iapeto, mixtam fluvialibus undis,
finxit in effigiem moderantum cuncta deorum.
pronaque cum spectent animalia cetera terram,
os homini sublime dedit, caelumque tueri   85
jussit, et erectos ad sidera tollere vultus.
sic, modo quae fuerat rudis et sine imagine, tellus
induit ignotas hominum conversa figuras.

Aurea prima sata est aetas, quae vindice nullo,
sponte sua, sine lege fidem rectumque colebat.   90
poena metusque aberant, nec verba minacia fixo
aere legebantur, nec supplex turba timebat
judicis ora sui, sed erant sine judice tuti.
nondum caesa suis, peregrinum ut viseret orbem,
montibus in liquidas pinus descenderat undas,   95
nullaque mortales praeter sua litora norant.
nondum praecipites cingebant oppida fossae:
non tuba directi, non aeris cornua flexi,
non galeae, non ensis erant; sine militis usu
mollia securae peragebant otia gentes.   100
ipsa quoque immunis rastroque intacta, nec ullis
saucia vomeribus, per se dabat omnia tellus:
contentique cibis nullo cogente creatis,
arbuteos fetus montanaque fraga legebant,
cornaque et in duris haerentia mora rubetis,   105
et quae deciderant patula Jovis arbore glandes.
ver erat aeternum, placidique tepentibus auris
mulcebant zephyri natos sine semine flores.
mox etiam fruges tellus inarata ferebat,
nec renovatus ager gravidis canebat aristis: 110
flumina jam lactis, jam flumina nectaris ibant,
flavaque de viridi stillabant ilice mella.
     Postquam Saturno tenebrosa in Tartara misso

sub Jove mundus erat, subiit *argentea* proles,
auro deterior, fulvo pretiosior aere.   115
Juppiter antiqui contraxit tempora veris,
perque hiemes aestusque et inaequales autumnos
et breve ver spatiis exegit quattuor annum.
tum primum siccis aër fervoribus ustus
canduit, et ventis glacies adstricta pependit.   120
tum primum subiere domus: domus antra fuerunt
et densi frutices et vinctae cortice virgae.
semina tum primum longis Cerealia sulcis
obruta sunt, pressique jugo gemuere juvenci.

    Tertia post illas successit *aënea* proles,   125
saevior ingeniis, et ad horrida promptior arma,
non scelerata tamen. — De duro est ultima *ferro*.
protinus inrupit venae pejoris in aevum
omne nefas: fugere pudor verumque fidesque:
in quorum subiere locum fraudesque dolique   130
insidiaeque et vis et amor sceleratus habendi.
vela dabant ventis, — nec adhuc bene noverat illos
navita, — quaeque diu steterant in montibus altis,
fluctibus ignotis insultavere carinae.
communemque prius, ceu lumina solis et auras,   135
cautus humum longo signavit limite mensor.
nec tantum segetes alimentaque debita dives
poscebatur humus, sed itum est in viscera terrae;
quasque recondiderat Stygiisque admoverat umbris,
effodiuntur opes, inritamenta malorum.   140

    Jamque nocens ferrum, ferroque nocentius aurum
prodierat; prodit Bellum, quod pugnat utroque,
sanguineaque manu crepitantia concutit arma.
vivitur ex rapto: non hospes ab hospite tutus,
non socer a genero; fratrum quoque gratia rara est.
imminet exitio vir conjugis, illa mariti;
lurida terribiles miscent aconita novercae;

filius ante diem patrios inquirit in annos.
victa jacet pietas; et virgo caede madentes,
ultima caelestum, terras Astraea reliquit.   150
neve foret terris securior arduus aether,
affectasse ferunt regnum caeleste Gigantas,
altaque congestos struxisse ad sidera montes.

   Tum pater omnipotens misso perfregit Olympum
fulmine, et excussit subjecto Pelion Ossae.   155
obruta mole sua cum corpora dira jacerent,
perfusam multo natorum sanguine Terram
inmaduisse ferunt calidumque animasse cruorem,
et, ne nulla suae stirpis monumenta manerent,
in faciem vertisse hominum; sed et illa propago   160
contemptrix superum saevaeque avidissima caedis
et violenta fuit; scires e sanguine natos.

   Quae pater ut summa vidit Saturnius arce,
ingemit; et, facto nondum vulgata recenti,
foeda Lycaoniae referens convivia mensae,   165
ingentes animo et dignas Jove concipit iras,
conciliumque vocat; tenuit mora nulla vocatos.
est via sublimis, caelo manifesta sereno:
Lactea nomen habet, candore notabilis ipso.
hac iter est superis ad magni tecta Tonantis   170
regalemque domum; dextra laevaque deorum
atria nobilium valvis celebrantur apertis.
plebs habitat diversa locis; a fronte potentes
caelicolae clarique suos posuere penates.
hic locus est, quem, si verbis audacia detur,   175
haud timeam magni dixisse *Palatia* caeli.

   Ergo ubi marmoreo superi sedere recessu,
celsior ipse loco sceptroque innixus eburno
terrificam capitis concussit terque quaterque
caesariem, cum qua terram, mare, sidera movit.   180
talibus inde modis ora indignantia solvit:

' Non ego pro mundi regno magis anxius illa
tempestate fui, qua centum quisque parabat
inicere anguipedum captivo brachia caelo.
nam quamquam ferus hostis erat, tamen illud ab uno
corpore et ex una pendebat origine bellum.
nunc mihi qua totum Nereus circumsonat orbem,
perdendum est mortale genus.   Per flumina juro
infera sub terras Stygio labentia luco,
cuncta prius temptata ; sed inmedicabile vulnus   190
ense recidendum est, ne pars sincera trahatur.
sunt mihi semidei, sunt rustica numina, nymphae,
faunique satyrique et monticolae Silvani.
quos quoniam caeli nondum dignamur honore,
quas dedimus, certe terras habitare sinamus.   195
an satis, O superi, tutos fore creditis illos,
cum mihi, qui fulmen, qui vos habeoque regoque,
struxerit insidias notus feritate Lycaon?'
    Contremuere omnes, studiisque ardentibus ausum
talia deposcunt.   Sic, cum manus impia saevit   200
sanguine Caesareo Romanum exstinguere nomen,
attonitum tanto subitae terrore ruinae
humanum genus est totusque perhorruit orbis.
nec tibi grata minus pietas, Auguste, tuorum est,
quam fuit illa Jovi.   Qui postquam voce manuque 205
murmura compressit, tenuere silentia cuncti.
substitit ut clamor, pressus gravitate regentis,
Juppiter hoc iterum sermone silentia rupit:
    ' Ille quidem poenas (curam hanc dimittite) solvit :
quod tamen admissum, quae sit vindicta, docebo.   210
contigerat nostras infamia temporis aures :
quam cupiens falsam, summo delabor Olympo,
et deus humana lustro sub imagine terras.
longa mora est, quantum noxae sit ubique repertum,
enumerare ; minor fuit ipsa infamia vero.   215

Maenala transieram, latebris horrenda ferarum,
et cum Cyllene gelidi pineta Lycaei.
Arcados hinc sedes et inhospita tecta tyranni
ingredior, traherent cum sera crepuscula noctem.
signa dedi *venisse deum*, vulgusque precari   220
coeperat; irridet primo pia vota Lycaon;
mox ait: *Experiar, deus hic, discrimine aperto,*
an sit mortalis; nec erit dubitabile verum.
nocte gravem somno necopina perdere morte
me parat; haec illi placet experientia veri.   225
   ' Nec contentus eo, missi de gente Molossa
obsidis unius jugulum mucrone resolvit :
atque ita semineces partim ferventibus artus
mollit aquis, partim subjecto torruit igni.
quos simul imposuit mensis, ego vindice flamma   230
in dominum dignosque everti tecta Penates.
territus ipse fugit, nactusque silentia ruris
exululat, frustraque loqui conatur; ab ipso
colligit os rabiem, solitaeque cupidine caedis
vertitur in pecudes, et nunc quoque sanguine gaudet.
in villos abeunt vestes, in crura lacerti :
fit lupus, et veteris servat vestigia formae.
canities eadem est, eadem violentia vultus,
idem oculi lucent, eadem feritatis imago.
   ' Occidit una domus; sed non domus una perire 240
digna fuit; qua terra patet, fera regnat Erinys.
in facinus jurasse putes.   Dent ocius omnes
quas meruere pati, sic stat sententia, poenas.'
   Dicta Jovis pars voce probant stimulosque frementi
adiciunt, alii partes assensibus implent.   245
est tamen humani generis jactura dolori
omnibus, et, quae sit terrae mortalibus orbae
forma futura, rogant; quis sit laturus in aras
tura? ferisne paret populandas tradere terras?

talia quaerentes, sibi enim fore cetera curae,   250
rex superum trepidare vetat, subolemque priori
dissimilem populo promittit origine mira.
  Jamque erat in totas sparsurus fulmina terras :
sed timuit, ne forte sacer tot ab ignibus aether
conciperet flammas, longusque ardesceret axis.   255
esse quoque in fatis reminiscitur, adfore tempus,
quo mare, quo tellus, correptaque regia caeli
ardeat, et mundi moles operosa laboret.
tela reponuntur manibus fabricata Cyclopum.
  Poena placet diversa, genus mortale sub undis   260
perdere, et ex omni nimbos demittere caelo.
protinus Aeoliis aquilonem claudit in antris,
et quaecumque fugant inductas flamina nubes,
emittitque Notum.   Madidis Notus evolat alis,
terribilem picea tectus caligine vultum :   265
barba gravis nimbis, canis fluit unda capillis,
fronte sedent nebulae, rorant pennaeque sinusque.
utque manu late pendentia nubila pressit,
fit fragor, inclusi funduntur ab aethere nimbi.
nuntia Junonis varios induta colores   270
concipit Iris aquas, alimentaque nubibus adfert.
sternuntur segetes et deplorata colonis
vota jacent, longique perit labor irritus anni.
  Nec caelo contenta suo est Jovis ira, sed illum
caeruleus frater juvat auxiliaribus undis.   275
convocat hic amnes ; qui postquam tecta tyranni
intravere sui, ' Non est hortamine longo
nunc' ait ' utendum ; vires effundite vestras,
sic opus est ; aperite domos, ac mole remota
fluminibus vestris totas inmittite habenas.'   280
  Jusserat ; hi redeunt, ac fontibus ora relaxant,
et defrenato volvuntur in aequora cursu.
ipse tridente suo terram percussit ; at illa

intremuit motuque vias patefecit aquarum.
expatiata ruunt per apertos flumina campos,   285
cumque satis arbusta simul pecudesque virosque
tectaque, cumque suis rapiunt penetralia sacris.
siqua domus mansit, potuitque resistere tanto
indejecta malo, culmen tamen altior hujus
unda tegit, pressaeque latent sub gurgite turres.   290
   Jamque mare et tellus nullum discrimen habebant:
omnia pontus erat; deerant quoque litora ponto.
occupat hic collem; cymba sedet alter adunca,
et ducit remos illic, ubi nuper ararat;
ille super segetes aut mersae culmina villae   295
navigat; hic summa piscem deprendit in ulmo.
figitur in viridi, si fors tulit, anchora prato,
aut subjecta terunt curvae vineta carinae.
et, modo qua graciles gramen carpsere capellae,
nunc ibi deformes ponunt sua corpora phocae.   300
mirantur sub aqua lucos urbesque domosque
Nereïdes; silvasque tenent delphines, et altis
incursant ramis, agitataque robora pulsant.
nat lupus inter oves, fulvos vehit unda leones,
unda vehit tigres; nec vires fulminis apro,   305
crura nec ablato prosunt velocia cervo.
quaesitisque diu terris, ubi sistere detur,
in mare lassatis volucris vaga decidit alis.
obruerat tumulos immensa licentia ponti,
pulsabantque novi montana cacumina fluctus.   310
maxima pars unda rapitur; quibus unda pepercit,
illos longa domant inopi jejunia victu.
   Separat Aonios Oetaeis Phocis ab arvis,
terra ferax, dum terra fuit: sed tempore in illo
pars maris et latus subitarum campus aquarum.   315
mons ibi verticibus petit arduus astra duobus,
nomine Parnasus, superantque cacumina nubes.

hic ubi Deucalion — nam cetera texerat aequor —
cum consorte tori parva rate vectus adhaesit,
Corycidas nymphas et numina montis adorant, 320
fatidicamque Themin, quae tunc oracla tenebat.
non illo melior quisquam nec amantior aequi
vir fuit, aut illa metuentior ulla deorum.
  Juppiter ut liquidis stagnare paludibus orbem,
et superesse virum de tot modo milibus unum, 325
et superesse videt de tot modo milibus unam,
innocuos ambos, cultores numinis ambos,
nubila disjecit, nimbisque aquilone remotis
et caelo terras ostendit, et aethera terris.
nec maris ira manet, positoque tricuspide telo 330
mulcet aquas rector pelagi, supraque profundum
exstantem atque humeros innato murice tectum
caeruleum Tritona vocat, conchaeque sonanti
inspirare jubet, fluctusque et flumina signo
jam revocare dato. Cava bucina sumitur illi 335
tortilis, in latum quae turbine crescit ab imo, —
bucina, quae medio concepit ubi aëra ponto,
litora voce replet sub utroque jacentia Phoebo.
tunc quoque, ut ora dei madida rorantia barba
contigit, et cecinit jussos inflata receptus, 340
omnibus audita est telluris et aequoris undis
et quibus est undis audita, coërcuit omnes.
flumina subsidunt, collesque exire videntur:
jam mare litus habet; plenos capit alveus amnes;
surgit humus; crescunt loca decrescentibus undis; 345
postque diem longam nudata cacumina silvae
ostendunt, limumque tenent in fronde relictum.
  Redditus orbis erat: quem postquam vidit inanem
et desolatas agere alta silentia terras,
Deucalion lacrimis ita Pyrrham affatur obortis: 350
‘ O soror, o conjunx, o femina sola superstes,

quam commune mihi genus et patruelis origo,
deinde torus junxit, nunc ipsa pericula jungunt:
terrarum, quascumque vident occasus et ortus,
nos duo turba sumus; possedit cetera pontus.   355
haec quoque adhuc vitae non est fiducia nostrae
certa satis; terrent etiam nunc nubila mentem.
quid tibi, si sine me fatis erepta fuisses,
nunc animi, miseranda, foret? quo sola timorem
ferre modo posses? quo consolante doleres?   360
namque ego, crede mihi, si te quoque pontus haberet,
te sequerer, conjunx, et me quoque pontus haberet.
O utinam possim populos reparare paternis
artibus, atque animas formatae infundere terrae!
nunc genus in nobis restat mortale duobus: 365
sic visum superis; hominumque exempla manemus.'
      Dixerat, et flebant; placuit caeleste precari
numen, et auxilium per sacras quaerere sortes.
nulla mora est; adeunt pariter Cephisidas undas,
ut nondum liquidas, sic jam vada nota secantes.   370
inde ubi libatos inroravere liquores
vestibus et capiti, flectunt vestigia sanctae
ad delubra deae, quorum fastigia turpi
pallebant musco, stabantque sine ignibus arae.
ut templi tetigere gradus, procumbit uterque   375
pronus humi, gelidoque pavens dedit oscula saxo.
atque ita: 'Si precibus' dixerunt 'numina justis
victa remollescunt, si flectitur ira deorum,
dic, Themi, qua generis damnum reparabile nostri
arte sit, et mersis fer opem, mitissima, rebus.'   380
      Mota dea est, sortemque dedit: 'Discedite templo,
et velate caput, cinctasque resolvite vestes,
ossaque post tergum magnae jactate parentis.'
obstupuere diu, rumpitque silentia voce
Pyrrha prior, jussisque deae parere recusat,   385

detque sibi veniam, pavido rogat ore, pavetque
laedere jactatis maternas ossibus umbras.
interea repetunt caecis obscura latebris
verba datae sortis secum, inter seque volutant.
inde Promethiades placidis Epimethida dictis   390
mulcet, et ' Aut fallax' ait ' est sollertia nobis,
aut pia sunt, nullumque nefas oracula suadent.
magna parens Terra est: lapides in corpore terrae
ossa reor dici: jacere hos post terga jubemur.'
  Conjugis augurio quamquam Titania mota est,   395
spes tamen in dubio est; adeo caelestibus ambo
diffidunt monitis: — sed quid temptare nocebit?
descendunt, velantque caput, tunicasque recingunt,
et jussos lapides sua post vestigia mittunt.
saxa — quis hoc credat, nisi sit pro teste vetustas? —
ponere duritiem coepere suumque rigorem,
mollirique mora, mollitaque ducere formam.
mox, ubi creverunt, naturaque mitior illis
contigit, ut quaedam, sic non manifesta, videri
forma potest hominis, sed uti de marmore coepto,   405
non exacta satis, rudibusque simillima signis.
quae tamen ex illis aliquo pars humida suco
et terrena fuit, versa est in corporis usum:
quod solidum est flectique nequit, mutatur in ossa;
quae modo vena fuit, sub eodem nomine mansit;   410
inque brevi spatio superorum numine saxa
missa viri manibus faciem traxere virorum,
et de femineo reparata est femina jactu.
inde genus durum sumus experiensque laborum,
et documenta damus, qua simus origine nati.   415

II. THE ADVENTURE OF PHAETHON.

[AMONG the creatures generated from the soil of the earth after the Deluge, had been the serpent Python, slain by Apollo, who thereon instituted the Pythian games: the prize of victory, first the oak-leaf, was afterwards the laurel, sacred to Apollo, being the nymph Daphne, loved by him, and changed to that form to escape his pursuit. — Io, daughter of the river-god Inachus, beloved by Jupiter, is changed into a heifer by him, to escape the jealousy of Juno; but is put by her in charge of Argus of the hundred eyes, who being soothed to sleep by Mercury — who sings the story of Syrinx converted to a water-reed to avoid the pursuit of Pan — is slain by him, and his hundred eyes are set in the peacock's tail. Io, fleeing to Egypt, becomes the goddess Isis, and the mother of Epaphus; who denies against Phaëthon his boast to be son of the Sun-god, as avouched by his mother Clymene (I. 416–779).]

The palace of the Sun described (II. 1–18). Phœbus, the god of Day, receives Phaëthon with affection, and owns him as his son, promising by oath to give him whatever boon he should desire (19–46). Phaëthon demands the charge of the chariot and horses of the Sun for a single day, persisting in spite of his father's warning and appeal (47–102). He mounts, and attempts the celestial way: dread forms of the Zodiac: the steeds dash wildly from the path (103–205). Terror and devastation caused by the fiery chariot: blasting of mountains and rivers, and alarm of Neptune himself; Earth appeals to Jupiter, who blasts Phaëthon with a thunderbolt (206–324). His sisters are converted to poplars, and their tears to amber (325–366); while his kinsman Cygnus, bewailing the calamity, becomes a Swan (367–380). The Sun, in grief and wrath, hides his head from the earth; but, entreated by the gods and commanded by Jupiter, collects again his scattered steeds, to resume their wonted course (381–400).

R EGIA Solis erat sublimibus alta columnis,
    clara micante auro flammasque imitante pyropo,
cujus ebur nitidum fastigia summa tegebat;
argenti bifores radiabant lumine valvae.
materiam superabat opus; nam Mulciber illic   5
aequora caelarat medias cingentia terras,

terrarumque orbem, caelumque, quod imminet orbi.
caeruleos habet unda deos, Tritona canorum,
Proteaque ambiguum, balaenarumque prementem
Aegaeona suis immania terga lacertis,   10
Doridaque et natas; quarum pars nare videtur,
pars in mole sedens virides siccare capillos,
pisce vehi quaedam: facies non omnibus una,
nec diversa tamen, qualem decet esse sororum.
terra viros urbesque gerit, silvasque ferasque,   15
fluminaque et nymphas et cetera numina ruris.
haec super imposita est caeli fulgentis imago,
signaque sex foribus dextris, totidemque sinistris.

   Quo simul acclivo Clymeneïa limite proles
venit, et intravit dubitati tecta parentis,   20
protinus ad patrios sua fert vestigia vultus,
consistitque procul: neque enim propiora ferebat
lumina.   Purpurea velatus veste sedebat
in solio Phoebus claris lucente smaragdis.
a dextra laevaque Dies et Mensis et Annus   25
Saeculaque et positae spatiis aequalibus Horae,
Verque novum stabat cinctum florente corona;
stabat nuda Aestas et spicea serta gerebat;
stabat et Auctumnus, calcatis sordidus uvis;
et glacialis Hiemps, canos hirsuta capillos.   30
   Inde loco medius, rerum novitate paventem
Sol oculis juvenem, quibus aspicit omnia, vidit:
' Quae 'que ' viae tibi causa? quid hac' ait ' arce petisti,
progenies, Phaëthon, haud infitianda parenti?'
ille refert: ' O lux inmensi publica mundi,   35
Phoebe pater, si das hujus mihi nominis usum,
nec falsa Clymene culpam sub imagine celat:
pignora da, genitor, per quae tua vera propago
credar, et hunc animis errorem detrahe nostris.'
   Dixerat.   At genitor circum caput omne micantes

deposuit radios, propiusque accedere jussit,
amplexuque dato, ' Nec tu meus esse negari
dignus es, et Clymene veros' ait ' edidit ortus.
quoque minus dubites, quodvis pete munus, ut illud
me tribuente feras: promissi testis adesto   45
dis juranda palus, oculis incognita nostris.' .

  Vix bene desierat, currus rogat ille paternos,
inque diem alipedum jus et moderamen equorum.
paenituit jurasse patrem:.qui terque quaterque
concutiens illustre caput, ' Temeraria' dixit   50
' vox mea facta tua est; utinam promissa liceret
non dare! confiteor, solum hoc tibi, nate, negarem:
dissuadere licet. Non est tua tuta voluntas:
magna petis, Phaëthon, et quae nec viribus istis
munera conveniant, nec tam puerilibus annis.   55
sors tua mortalis; non est mortale, quod optas.
plus etiam, quam quod superis contingere fas est,
nescius affectas. Placeat sibi quisque licebit:
non tamen ignifero quisquam consistere in axe
me valet excepto. Vasti quoque rector Olympi,   60
qui fera terribili jaculatur fulmina dextra,
non agat hos currus: et quid Jove majus habemus?

  ' Ardua prima via est, et qua vix mane recentes
enituntur equi: medio est altissima caelo,
unde mare et terras ipsi mihi saepe videre   65
fit timor, et pavida trepidat formidine pectus:
ultima prona via est, et eget moderamine certo:
tunc etiam quae me subjectis excipit undis,
ne ferar in praeceps, Tethys solet ipsa vereri.
adde quod assidua rapitur vertigine caelum,   70
sideraque alta trahit, celerique volumine torquet.
nitor in adversum, nec me qui cetera, vincit
impetus, et rapido contrarius evehor orbi.

  ' Finge datos currus: quid ages? poterisne rotatis

obvius ire polis, ne te citus auferat axis?   75
forsitan et lucos illic urbesque deorum
concipias animo, delubraque ditia donis
esse? per insidias iter est formasque ferarum.
utque viam teneas, nulloque errore traharis,
per tamen adversi gradieris cornua Tauri,   80
Haemoniosque arcus, violentique ora Leonis,
saevaque circuitu curvantem brachia longo
Scorpion, atque aliter curvantem brachia Cancrum.
nec tibi quadrupedes animosos ignibus illis,
quos in pectore habent, quos ore et naribus efflant,   85
in promptu regere est: vix me patiuntur, ubi acres
incaluere animi, cervixque repugnat habenis.

' At tu, funesti nè sim tibi muneris auctor,
nate, cave, dum resque sinit, tua corrige vota.
scilicet ut nostro genitum te sanguine credas,   90
pignora certa petis: do pignora certa timendo,
et patrio pater esse metu probor.   Aspice vultus
ecce meos: utinamque oculos in pectora posses
inserere, et patrias intus deprendere curas!
denique quicquid habet dives (circumspice) mundus,
eque tot ac tantis caeli terraeque marisque
posce bonis aliquid: nullam patiere repulsam.
deprecor hoc unum, quod vero nomine poena,
non honor est: poenam, Phaëthon, pro munere poscis.
quid mea colla tenes blandis, ignare, lacertis?   100
ne dubita, dabitur—Stygias juravimus undas!—
quodcumque optaris: sed tu sapientius opta.'

Finierat monitus; dictis tamen ille repugnat,
propositumque premit, flagratque cupidine currus.
ergo qua licuit, genitor cunctatus, ad altos   105
deducit juvenem, Vulcania munera, currus.
aureus axis erat, temo aureus, aureā summae
curvatura rotae, radiorum argenteus ordo.

per juga chrysolithi positaeque ex ordine gemmae
clara repercusso reddebant lumina phoebo.   110
dumque ea magnanimus Phaëthon miratur, opusque,
perspicit, ecce vigil rutilo patefecit ab ortu
purpureas Aurora fores et plena rosarum
atria; diffugiunt stellae, quarum agmina cogit
Lucifer, et caeli statione novissimus exit.   115
    Quae petere ut terras, mundumque rubescere vidit,
cornuaque extremae velut evanescere lunae,
jungere equos Titan velocibus imperat Horis.
jussa deae celeres peragunt, ignemque vomentes,
ambrosiae suco saturos, praesepibus altis   120
quadrupedes ducunt, adduntque sonantia frena.
tum pater ora sui sacro medicamine'nati
contigit, et rapidae fecit patientia flammae,
imposuitque comae radios, praesagaque luctus
pectore sollicito repetens suspiria dixit :   125
    ' Si potes his saltem monitis parere paternis,
parce, puer, stimulis, et fortius utere loris.
sponte sua properant; labor est inhibere volentes.
nec tibi directos placeat via quinque per arcus.
sectus in obliquum est lato curvamine limes,   130
zonarumque trium contentus fine, polumque
effugit australem, junctamque aquilonibus Arcton.
hac sit iter : manifesta rotae vestigia cernes.
utque ferant aequos et caelum et terra calores,
nec preme, nec summum molire per aethera currum.
altius egressus caelestia tecta cremabis,
inferius terras : medio tutissimus ibis.
neu te dexterior tortum declinet ad Anguem,
neve sinisterior pressam rota ducat ad Aram :
inter utrumque tene.   Fortunae cetera mando,   140
quae juvet et melius quam tu tibi, consulat opto.
dum loquor, Hesperio positas in litore metas

humida nox tetigit; non est mora libera nobis.
poscimur: effulget tenebris aurora fugatis.
corripe lora manu; vel, si mutabile pectus   145
est tibi, consiliis, non curribus utere nostris,
dum potes, et solidis etiam nunc sedibus adstas,
dumque male optatos nondum premis inscius axes.
quae tutus spectes, sine me dare lumina terris.'
    Occupat ille levem juvenili corpore currum,   150
statque super, manibusque datas contingere habenas
gaudet, et invito grates agit inde parenti.
interea volucres Pyrois Eoüs et Aethon,
solis equi, quartusque Phlegon, hinnitibus auras
flammiferis implent, pedibusque repagula pulsant. 155
quae postquam Tethys, fatorum ignara nepotis,
reppulit, et facta est immensi copia mundi,
corripuere viam, pedibusque per aëra motis
obstantes scindunt nebulas, pennisque levati
praetereunt ortos îsdem de partibus Euros.   160
    Sed leve pondus erat, nec quod cognoscere possent
Solis equi, solitaque jugum gravitate carebat.
utque labant curvae justo sine pondere naves,
perque mare instabiles nimia levitate feruntur,
sic onere assueto vacuus dat in aëre saltus,   165
succutiturque alte, similisque est currus inani.
quod simul ac sensere, ruunt, tritumque relinquunt
quadrijugi spatium, nec quo prius, ordine currunt.
ipse pavet; nec qua commissas flectat habenas,
nec scit qua sit iter, nec, si sciat, imperet illis.   170
    Tum primum radiis gelidi caluere triones,
et vetito frustra temptarunt aequore tingui,
quaeque polo posita est glaciali proxima Serpens,
frigore pigra prius, nec formidabilis ulli,
incaluit sumpsitque novas fervoribus iras.   175
te quoque turbatum memorant fugisse, Boöte,

quamvis tardus eras, et te tua plaustra tenebant.

   Ut vero summo despexit ab aethere terras
infelix Phaëthon, penitus penitusque jacentes,
palluit, et subito genua intremuere timore,   180
suntque oculis tenebrae per tantum lumen obortae.
et jam mallet equos numquam tetigisse paternos;
jam cognosse genus piget, et valuisse rogando:
jam Meropis dici cupiens, ita fertur, ut acta
praecipiti pinus borea, cui victa remisit   185
frena suus rector, quam dis votisque reliquit.

   Quid faciat? multum caeli post terga relictum,
ante oculos plus est: animo metitur utrumque.
et modo quos illi fatum contingere non est,
prospicit occasus, interdum respicit ortus.   190
quidque agat, ignarus stupet, et nec frena remittit,
nec retinere valet, nec nomina novit equorum.
sparsa quoque in vario passim miracula caelo
vastarumque videt trepidus simulacra ferarum.

   Est locus, in geminos ubi brachia concavat arcus
Scorpios, et cauda flexisque utrimque lacertis
porrigit in spatium signorum membra duorum.
hunc puer ut nigri madidum sudore veneni
vulnera curvata minitantem cuspide vidit,
mentis inops gelida formidine lora remisit.   200
quae postquam summo tetigere jacentia tergo,
exspatiantur equi, nulloque inhibente per auras
ignotae regionis eunt, quaque impetus egit,
hac sine lege ruunt; altoque sub aethere fixis
incursant stellis, rapiuntque per avia currum.   205
et modo summa petunt, modo per declive viasque
praecipites spatio terrae propiore feruntur.
inferiusque suis fraternos currere Luna
admiratur equos, ambustaque nubila fumant.

   Corripitur flammis ut quaeque altissima, tellus,   210

fissaque agit rimas, et sucis aret ademptis.
pabula canescunt; cum frondibus uritur arbor,
materiamque suo praebet seges arida damno.
parva queror: magnae pereunt cum moenibus urbes,
cumque suis totas populis incendia gentes   215
in cinerem vertunt.   Silvae cum montibus ardent:
ardet Athos, Taurusque Cilix, et Tmolus et Oete,
et tum sicca, prius celeberrima fontibus, Ida,
virgineusque Helicon, et nondum Oeagrius Haemos.
ardet in immensum geminatis ignibus Aetne,   220
Parnasusque biceps, et Eryx et Cynthus et Othrys,
et tandem nivibus Rhodope caritura, Mimasque
Dindymaque et Mycale natusque ad sacra Cithaeron.
nec prosunt Scythiae sua frigora: Caucasus ardet,
Ossaque cum Pindo, majorque ambobus Olympus, 225
aëriaeque Alpes, et nubifer Appenninus.

   Tum vero Phaëthon cunctis e partibus orbem
aspicit accensum, nec tantos sustinet aestus,
ferventesque auras velut e fornace profunda
ore trahit, currusque suos candescere sentit.   230
et neque jam cineres ejectatamque favillam
ferre potest, calidoque involvitur undique fumo.
quoque eat, aut ubi sit, picea caligine tectus
nescit, et arbitrio volucrum raptatur equorum.

   Sanguine tunc credunt in corpora summa vocato 235
Aethiopum populos nigrum traxisse colorem; ·
tum facta est Libye raptis humoribus aestu
arida; tum nymphae passis fontesque lacusque
deflevere comis; quaerit Boeotia Dircen,
Argos Amymonen, Ephyre Pirenidas undas;   240
nec sortita loco distantes flumina ripas
tuta manent: mediis Tanaïs fumavit in undis,
Peneosque senex, Teuthranteusque Caïcus,
et celer Ismenos cum Phegiaco Erymantho,

arsurusque iterum Xanthus, flavusque Lycormas,   245
quique recurvatis ludit Maeandros in undis,
Mygdoniusque Melas et Taenarius Eurotas.
    Arsit et Euphrates Babylonius, arsit Orontes,
Thermodonque citus, Gangesque, et Phasis, et Hister.
aestuat Alpheos; ripae Spercheïdes ardent;   250
quodque suo Tagus amne vehit, fluit ignibus, aurum;
et quae Maeonias celebrarant carmine ripas
flumineae volucres, medio caluere Caystro.
Nilus in extremum fugit perterritus orbem,
occuluitque caput, quod adhuc latet: ostia septem   255
pulverulenta vacant, septem sine flumine valles.
fors eadem Ismarios Hebrum cum Strymone siccat,
Hesperiosque amnes, Rhenum Rhodanumque Pa-
        dumque,
cuique fuit rerum promissa potentia, Thybrin.
    Dissilit omne solum, penetratque in Tartara rimis
lumen, et infernum terret cum conjuge regem;
et mare contrahitur, siccaeque est campus arenae
quod modo pontus erat, quosque altum texerat aequor·
exsistunt montes et sparsas Cycladas augent.
ima petunt pisces, nec se super aequora curvi   265
tollere consuetas audent delphines in auras.
corpora phocarum summo resupina profundo
exanimata natant: ipsum quoque Nerea fama est
Doridaque et natas tepidis latuisse sub antris.
ter Neptunus aquis cum torvo bracchia vultu   270
exserere ausus erat; ter non tulit aëris ignes.
    Alma tamen Tellus, ut erat circumdata ponto,
inter aquas pelagi, contractos undique fontes,
qui se condiderant in opacae viscera matris,
sustulit oppressos collo tenus arida vultus: 275
opposuitque manum fronti, magnoque tremore
omnia concutiens paulum subsedit, et infra

quam solet esse, fuit, sacraque ita voce locuta est:
　'Si placet hoc, meruique, quid O tua fulmina
　　cessant,
summe deum? liceat periturae viribus ignis　280
igne perire tuo, clademque auctore levare.
vix equidem fauces haec ipsa in verba resolvo' —
presserat ora vapor — 'tostos en aspice crines,
inque oculis tantum, tantum super ora favillae.
hosne mihi fructus, hunc fertilitatis honorem　285
officiique refers, quod adunci vulnera aratri
rastrorumque fero, totoque exerceor anno,
quod pecori frondes alimentaque mitia　fruges
humano generi, vobis quoque tura ministro?
sed tamen exitium fac me meruisse, quid undae;　290
quid meruit frater? cur illi tradita sorte
aequora decrescunt et ab aethere longius absunt?
quod si nec fratris, nec te mea gratia tangit,
at caeli miserere tui! circumspice utrumque:
fumat uterque polus; quos si vitiaverit ignis,　295
atria vestra ruent.　Atlas en ipse laborat,
vixque suis humeris candentem sustinet axem.
si freta, si terrae pereunt, si regia caeli,
in chaos antiquum confundimur.　Eripe flammis,
siquid adhuc superest, et rerum consule summae.'　300
　Dixerat haec Tellus: neque enim tolerare vaporem
ulterius potuit, nec dicere plura; suumque
rettulit os in se propioraque Manibus antra.
　At pater omnipotens, superos testatus et ipsum
qui dederat currus, nisi opem ferat, omnia fato　305
interitura gravi, summam petit arduus arcem,
unde solet latis nubes inducere terris,
unde movet tonitrus, vibrataque fulmina jactat.
sed neque, quas posset terris inducere, nubes
tunc habuit, nec quos caelo dimitteret, imbres.　310

intonat, et dextra libratum fulmen ab aure
misit in aurigam, pariterque animaque rotisque
expulit, et saevis compescuit ignibus ignes.
consternantur equi, et saltu in contraria facto
colla jugo eripiunt, abruptaque lora relinquunt.   315
illic frena jacent, illic temone revulsus
axis, in hac radii fractarum parte rotarum,
sparsaque sunt late laceri vestigia currus.

At Phaëthon, rutilos flamma populante capillos,
volvitur in praeceps, longoque per aëra tractu   320
fertur, ut interdum de caelo stella sereno
etsi non cecidit, potuit cecidisse videri.
quem procul a patria diverso maximus orbe
excipit Eridanus, fumantiaque abluit ora.
Naïdes Hesperiae trifida fumantia flamma   325
corpora dant tumulo, signant quoque carmine saxum :
HIC SITVS EST PHAETHON CVRRVS AVRIGA PATERNI
QVEM SI NON TENVIT MAGNIS TAMEN EXCIDIT AVSIS.

Nam pater obductos, luctu miserabilis aegro,
condiderat vultus ; et si modo credimus, unum   330
isse diem sine sole ferunt ; incendia lumen
praebebant, aliquisque malo fuit usus in illo.

At Clymene, postquam dixit quaecumque fuerunt
in tantis dicenda malis, lugubris et amens
et laniata sinus totum percensuit orbem :   335
exanimesque artus primo, mox ossa requirens,
repperit ossa tamen peregrina condita ripa,
incubuitque loco ; nomenque in marmore lectum
perfudit lacrimis et aperto pectore fovit.

Nec minus Heliades fletus et — inania morti   340
munera — dant lacrimas, et caesae pectora palmis
non auditurum miseras Phaëthonta querellas
nocte dieque vocant, adsternunturque sepulcro.
luna quater junctis implerat cornibus orbem :

illae more suo, nam morem fecerat usus,   345
plangorem dederant: e quîs Phaëthusa, sororum
maxima, cum vellet terra procumbere, questa est
deriguisse pedes; ad quam conata venire
candida Lampetie, subita radice retenta est;
tertia, cum crinem manibus laniare pararet,   350
avellit frondes; haec stipite crura teneri,
illa dolet fieri longos sua bracchia ramos.
dumque ea mirantur, complectitur inguina cortex,
perque gradus uterum, pectusque, humerosque, ma-
    nusque
ambit, et exstabant tantum ora vocantia matrem.   355
   Quid faciat mater? nisi, quo trahat impetus illam
huc eat, atque illuc? et, dum licet, oscula jungat?
non satis est; truncis avellere corpora temptat,
et teneros manibus ramos abrumpit: at inde
sanguineae manant, tamquam de vulnere, guttae.   360
' Parce, precor, mater,' quaecumque est saucia clamat,
' parce, precor! nostrum laceratur in arbore corpus.
jamque vale'—cortex in verba novissima venit.
inde fluunt lacrimae, stillataque sole rigescunt
de ramis electra novis, quae lucidus amnis   365
excipit et nuribus mittit gestanda Latinis.
   Adfuit huic monstro proles Stheneleïa Cycnus,
qui tibi materno quamvis a sanguine junctus,
mente tamen, Phaëthon, propior fuit; ille relicto —
nam Ligurum populos et magnas rexerat urbes —   370
imperio, ripas virides amnemque querellis
Eridanum implerat, silvamque sororibus auctam:
cum vox est tenuata viro, canaeque capillos
dissimulant plumae, collumque a pectore longe
porrigitur, digitosque ligat junctura rubentes,   375
penna latus vestit, tenet os sine acumine rostrum.
fit nova Cycnus avis; nec se caeloque Jovique

credit, ut injuste missi memor ignis ab illo :
stagna petit patulosque lacus, ignemque perosus,
quae colat, elegit contraria flumina flammis.   380
    Squalidus interea genitor Phaëthontis, et expers
ipse sui decoris, qualis cum deficit orbem
esse solet, lucemque odit seque ipse diemque,
datque animum in luctus, et luctibus adicit iram,
officiumque negat mundo.   ' Satis ' inquit ' ab aevi 385
sors mea principiis fuit inrequieta, pigetque
actorum sine fine mihi, sine honore laborum.
quilibet alter agat portantes lumina currus :
si nemo est, omnesque dei non posse fatentur,
ipse agat ; ut saltem, dum nostras temptat habenas,
orbatura patres aliquando fulmina ponat.
tum sciet, ignipedum vires expertus equorum,
non meruisse necem, qui non bene rexerit illos.'
    Talia dicentem circumstant omnia Solem
numina, neve velit tenebras inducere rebus,   395
supplice voce rogant ; missos quoque Juppiter ignes
excusat, precibusque minas regaliter addit.
colligit amentes et adhuc terrore paventes
Phoebus equos, stimuloque domans et verbere caedit :
saevit enim, natumque objectat et imputat illis.   400

III. The Rape of Europa.

[Book II.—833-875.]

[Callisto, beloved by Jupiter, is transformed by Juno's jealousy into a bear, and set as a constellation in the heavens (401-530). Coronis is transformed into a raven; Nyctimene into a night-owl, and the prophetic Ocyroë into a mare (531-675). Apollo serving Admetus as herdsman, his cattle are stolen by Mercury, who changes Battus to a stone, finding him ready to betray his secret (676-707). Aglauros, daughter of Cecrops, is harassed by envy of her sister Herse, beloved by Mercury, and is changed into a stone (708-832).]

Europa, daughter of Agenor, king of Phœnicia, being beloved by Jupiter, he sends Mercury to drive Agenor's cattle to the shore, meanwhile transforming himself to a snow-white bull; whom Europa mounts, and so is borne away upon the sea, to the island of Crete.

HAS ubi verborum poenas mentisque profanae
   cepit Atlantiades, dictas a Pallade terras
linquit, et ingreditur jactatis aethera pennis.   835
sevocat hunc genitor; nec causam fassus amoris,
' Fide minister' ait ' jussorum, nate, meorum,
pelle moram, solitoque celer delabere cursu :
quaque tuam matrem tellus a parte sinistra
suspicit, indigenae Sidonida nomine dicunt,   840
hanc pete; quodque procul montano gramine pasci
armentum regale vides, ad litora verte.'
Dixit; et expulsi jamdudum monte juvenci
litora jussa petunt, ubi magni filia regis
ludere virginibus Tyriis comitata solebat.   845
non bene conveniunt, nec in una sede morantur
majestas et amor. Sceptri gravitate relicta,
ille pater rectorque deum, cui dextra trisulcis
ignibus armata est, qui nutu concutit orbem,

induitur faciem tauri; mixtusque juvencis   850
mugit, et in teneris formosus obambulat herbis.
quippe color nivis est, quam nec vestigia duri
calcavere pedis, nec solvit aquaticus auster;
colla toris extant; armis palearia pendent;
cornua parva quidem, sed quae contendere possis 855
facta manu, puraque magis perlucida gemma.
nullae in fronte minae, nec formidabile lumen:
pacem vultus habet.   Miratur Agenore nata,
quod tam formosus, quod proelia nulla minetur.
sed quamvis mitem, metuit contingere primo: 860
mox adit, et flores ad candida porrigit ora.

Nunc latus in fulvis niveum deponit arenis: 865
paulatimque metu dempto, modo pectora praebet
virginea palpanda manu, modo cornua sertis
impedienda novis.   Ausa est quoque regia virgo,
nescia quem premeret, tergo considere tauri:
cum deus a terra siccoque a litore sensim   870
falsa pedum primis vestigia ponit in undis,
inde abit ulterius, mediique per aequora ponti
fert praedam.   Pavet haec, litusque ablata relictum
respicit, et dextra cornum tenet, altera dorso
imposita est: tremulae sinuantur flamine vestes.   875

IV. THE SEARCH OF CADMUS.

[BOOK III. — 1-137.]

CADMUS, brother of Europa, being sent by his father in search of her, by guidance of an oracle follows a heifer ; and when she lies down to rest, prepares for sacrifice (1–25). But meanwhile his companions, sent to a fountain of Mars for water, are devoured by a dragon (26–49). Seeking them, Cadmus encounters and slays the dragon (50–94). At the command of Pallas, he sows his teeth, which spring up armed men. These are all, excepting five, slain in mutual strife ; and, by help of the survivors, Cadmus founds the city Thebes, in Bœotia, which being interpreted is *the land of kine* (95–130).

JAMQUE deus, posita fallacis imagine tauri,
  se confessus erat, Dictaeaque rura tenebat :
cum pater ignarus Cadmo perquirere raptam
imperat, et poenam, si non invenerit, addit
exsilium : facto pius et sceleratus eodem.   5
  Orbe pererrato — quis enim deprendere possit
furta Jovis? — profugus patriamque iramque parentis
vitat Agenorides, Phoebique oracula supplex
consulit, et quae sit tellus habitanda requirit.
' Bos tibi ' Phoebus ait ' solis occurret in arvis,   10
nullum passa jugum, curvique immunis aratri.
hac duce, carpe vias ; et qua requieverit herba,
moenia fac condas, Boeotiaque illa vocato.'
  Vix bene Castalio Cadmus descenderat antro,
incustoditam lente videt ire juvencam   15
nullum servitii signum cervice gerentem.
subsequitur, pressoque legit vestigia gressu,
auctoremque viae Phoebum taciturnus adorat.
jam vada Cephisi, Panopesque evaserat arva :
bos stetit, et tollens speciosam cornibus altis   20

ad caelum frontem, mugitibus impulit auras.
atque ita respiciens comites sua terga sequentes,
procubuit, teneraque latus summisit in herba.

Cadmus agit grates, peregrinaeque oscula terrae
figit, et ignotos montes agrosque salutat.　　25
sacra Jovi facturus erat : jubet ire ministros,
et petere e vivis libandas fontibus undas.
silva vetus stabat nulla violata securi,
et specus in medio, virgis ac vimine densus,
efficiens humilem lapidum compagibus arcum,　　30
uberibus fecundus aquis, ubi conditus antro
Martius anguis erat, cristis praesignis et auro :
igne micant oculi, corpus tumet omne veneno,
tresque vibrant linguae, triplici stant ordine dentes.

Quem postquam Tyria lucum de gente profecti　35
infausto tetigere gradu, demissaque in undas
urna dedit sonitum, longo caput extulit antro
caeruleus serpens, horrendaque sibila misit.
effluxere urnae manibus, sanguisque relinquit
corpus, et attonitos subitus tremor occupat artus.　　40
ille volubilibus squamosos nexibus orbes
torquet, et immensos saltu sinuatur in arcus :
ac media plus parte leves erectus in auras
despicit omne nemus, tantoque est corpore, quanto
si totum spectes, geminas qui separat Arctos.　　45
nec mora, Phoenicas, sive illi tela parabant,
sive fugam, sive ipse timor prohibebat utrumque,
occupat : hos morsu, longis amplexibus illos,
hos necat afflati funesta tabe veneni.

Fecerat exiguas jam sol altissimus umbras :　　50
quae mora sit sociis, miratur Agenore natus,
vestigatque viros : tegumen direpta leonis
pellis erat, telum splendenti lancea ferro
et jaculum, teloque animus praestantior omni.

ut nemus intravit, letataque corpora vidit,   55
victoremque supra spatiosi corporis hostem
tristia sanguinea lambentem vulnera lingua,
' Aut ultor vestrae, fidissima corpora, mortis,
aut comes' inquit ' ero.' Dixit, dextraque molarem
sustulit, et magnum magno conamine misit.   60
illius impulsu cum turribus ardua celsis
moenia mota forent: serpens sine vulnere mansit,
loricaeque modo squamis defensus, et atrae
duritia pellis, validos cute reppulit ictus.

    At non duritia jaculum quoque vicit eadem,   65
quod medio lentae spinae curvamine fixum
constitit, et totum descendit in ilia ferrum.
ille, dolore ferox, caput in sua terga retorsit,
vulneraque aspexit, fixumque hastile momordit,
idque ubi vi multa partem labefecit in omnem,   70
vix tergo eripuit; ferrum tamen ossibus haesit.
tum vero postquam solitas accessit ad iras
causa recens, plenis tumuerunt guttura venis,
spumaque pestiferos circumfluit albida rictus,
terraque rasa sonat squamis, quique halitus exit   75
ore niger Stygio, vitiatas inficit auras.
ipse modo immensum spiris facientibus orbem
cingitur, interdum longa trabe rectior exstat;
impete nunc vasto ceu concitus imbribus amnis
fertur, et obstantes proturbat pectore silvas.   80

    Cedit Agenorides paulum, spolioque leonis
sustinet incursus, instantiaque ora retardat
cuspide praetenta: furit ille, et inania duro
vulnera dat ferro, figitque in acumine dentes;
jamque venenifero sanguis manare palato   85
coeperat, et virides aspergine tinxerat herbas:
sed leve vulnus erat, quia se retrahebat ab ictu,
laesaque colla dabat retro, plagamque sedere

cedendo arcebat, nec longius ire sinebat:
donec Agenorides conjectum in gutture ferrum   90
usque sequens pressit, dum retro quercus eunti
obstitit, et fixa est pariter cum robore cervix.
pondere serpentis curvata est arbor, et imae
parte flagellari gemuit sua robora caudae.

   Dum spatium victor victi considerat hostis,   95
vox subito audita est; neque erat cognoscere promptum
unde, sed audita est: ' Quid, Agenore nate, peremptum
serpentem spectas? et tu spectabere serpens.'
ille diu pavidus pariter cum mente colorem
perdiderat, gelidoque comae terrore rigebant.   100
ecce viri fautrix, superas delapsa per auras
Pallas adest, motaeque jubet subponere terrae
vipereos dentes, populi incrementa futuri.
paret, et ut presso sulcum patefecit aratro,
spargit humi jussos, mortalia semina, dentes.   105
inde — fide majus — glebae coepere moveri,
primaque de sulcis acies apparuit hastae;
tegmina mox capitum picto nutantia cono;
mox humeri pectusque onerataque bracchia telis
exsistunt, crescitque seges clipeata virorum.   110
sic ubi tolluntur festis aulaea theatris,
surgere signa solent, primumque ostendere vultus,
cetera paulatim; placidoque educta tenore
tota patent, imoque pedes in margine ponunt.

   Territus hoste novo Cadmus capere arma parabat:
' Ne cape' de populo quem terra creaverat unus
exclamat, ' nec te civilibus insere bellis.'
atque ita terrigenis rigido de fratribus unum
cominus ense ferit: jaculo cadit eminus ipse.
hunc quoque qui leto dederat, non longius illo   120
vivit, et exspirat modo quas acceperat, auras.
exemploque pari furit omnis turba, suoque

marte cadunt subiti per mutua vulnera fratres.
jamque brevis vitae spatium sortita juventus
sanguineo tepidam plangebat pectore matrem,   125
quinque superstitibus, quorum fuit unus Echion.
is sua jecit humo monitu Tritonidis arma,
fraternaeque fidem pacis petiitque deditque.
hos operis comites habuit Sidonius hospes,
cum posuit jussam Phoebeïs sortibus urbem.   130
    Jam stabant Thebae: poteras jam, Cadme, videri
exsilio felix. Soceri tibi Marsque Venusque
contigerant; huc adde genus de conjuge tanta,
tot natos natasque, et pignora cara, nepotes:
hos quoque jam juvenes. Sed scilicet ultima semper
expectanda dies homini, dicique beatus
ante obitum nemo supremaque funera debet.

V. PYRAMUS AND THISBE.

[BOOK IV.—55-166.]

[OF the family of Cadmus, Actæon, having beheld Diana as she was bathing with her nymphs, was changed by her into a stag, and torn in pieces by his own hounds (III. 138–252).   Semele became the mother of Bacchus, but was destroyed by the presence of Jupiter, whom she desired to see clothed with flames and thunder (253–315).   Tiresias, the Theban seer, is made blind, but endowed with prophecy (316–338).   The nymph Echo, pining with love of Narcissus, becomes a rock, her voice alone surviving (339–401) ; while Narcissus, gazing on his image in a fountain, perishes, and by the water-nymphs is converted to a flower (402–510).   Pentheus, having denied the god Bacchus, and forbidden his solemnities, and caused him to be seized, is torn in pieces by Bacchanals, his mother and sisters aiding : Bacchus meanwhile (in the form of Acætes) relates the miracle wrought by himself upon a Tyrrhenian crew, whose ship's tackle he had converted to serpents, and themselves to dolphins (511–733).   Three Theban sisters (*Minyeides*) likewise refrain from the rites of Bacchus : of whom one relates the tale of Pyramus and Thisbe (IV. 1–54)].

These young lovers, dwelling in Babylon, had appointed a meeting at the tomb of king Ninus (55–92).   Thisbe, coming first, is terrified by a lion and so escapes.   Pyramus, soon arriving, finds tracks of the beast and the torn mantle of Thisbe ; and conceiving that she is slain, stabs himself with his sword, his blood reddening the fruit of the mulberry, at whose foot he lies (93–127).   Thisbe, soon returning, finds him dying, and slays herself with the sword yet warm (128–166).

PYRAMUS et Thisbe, juvenum pulcherrimus alter,
    altera, quas Oriens habuit, praelata puellis,
contiguas tenuere domos, ubi dicitur altam
coctilibus muris cinxisse Semiramis urbem.
notitiam primosque gradus vicinia fecit :
tempore crevit amor ; taedae quoque jure coïssent,   60
sed vetuere patres.   Quod non potuere vetare,

ex aequo captis ardebant mentibus ambo:
conscius omnis abest; nutu signisque loquuntur.
  Quoque magis tegitur, tectus magis aestuat ignis.
fissus erat tenui rima, quam duxerat olim   65
cum fieret, paries domui communis utrique.
id vitium nulli per saecula longa notatum —
quid non sentit amor? — primi vidistis, amantes,
et vocis fecistis iter; tutaeque per illud ·
murmure blanditiae minimo transire solebant.   70
saepe, ubi constiterant, hinc Thisbe, Pyramus illinc,
inque vices fuerat captatus anhelitus oris,
' Invide' dicebant ' paries, quid amantibus obstas?
quantum erat, ut sineres toto nos corpore jungi,
aut hoc si nimium, vel ad oscula danda pateres!   75
nec sumus ingrati; tibi nos debere fatemur,
quod datus est verbis ad amicas transitus aures.'
talia diversa nequiquam sede locuti,
sub noctem dixere vale, partique dedere
oscula quisque suae non pervenientia contra.   80
  Postera nocturnos aurora removerat ignes,
solque pruinosas radiis siccaverat herbas:
ad solitum coïere locum.   Tum murmure parvo
multa prius questi, statuunt ut nocte silenti
fallere custodes foribusque excedere temptent,   85
cumque domo exierint, urbis quoque tecta relinquant;
neve sit errandum lato spatiantibus arvo,
conveniant ad busta Nini, lateantque sub umbra
arboris: arbor ibi niveis uberrima pomis
ardua morus erat, gelido contermina fonti.   90
  Pacta placent; et lux, tarde discedere visa,
praecipitatur aquis, et aquis nox surgit ab îsdem.
callida per tenebras versato cardine Thisbe
egreditur fallitque suos, adopertaque vultum
pervenit ad tumulum, dictaque sub arbore sedit.   95

audacem faciebat amor. Venit ecce recenti
caede leaena boum spumantes oblita rictus,
depositura sitim vicini fontis in unda.
quam procul ad lunae radios Babylonia Thisbe
vidit, et obscurum trepido pede fugit in antrum, 100
dumque fugit, tergo velamina lapsa reliquit.
ut lea saeva sitim multa compescuit unda,
dum redit in silvas, inventos forte sine ipsa
ore cruentato tenues laniavit amictus.

 Serius egressus, vestigia vidit in alto 105
pulvere certa ferae, totoque expalluit ore
Pyramus. Ut vero vestem quoque sanguine tinctam
repperit, 'Una duos' inquit 'nox perdet amantes:
e quibus illa fuit longa dignissima vita,
nostra nocens anima est: ego te, miseranda, peremi,
in loca plena metus qui jussi nocte venires,
nec prior huc veni. Nostrum divellite corpus,
et scelerata fero consumite viscera morsu,
O quicumque sub hac habitatis rupe, leones.
sed timidi est optare necem.'—Velamina Thisbes 115
tollit, et ad pactae secum fert arboris umbram.
utque dedit notae lacrimas, dedit oscula vesti,
'Accipe nunc' inquit 'nostri quoque sanguinis haustus!'
quoque erat accinctus, demisit in ilia ferrum;
nec mora, ferventi moriens e vulnere traxit. 120

 Ut jacuit resupinus humo, cruor emicat alte:
non aliter, quam cum vitiato fistula plumbo
scinditur, et tenui stridente foramine longas
ejaculatur aquas, atque ictibus aëra rumpit.
arborei fetus aspergine caedis in atram 125
vertuntur faciem, madefactaque sanguine radix
puniceo tinguit pendentia mora colore.

 Ecce metu nondum posito, ne fallat amantem,
illa redit, juvenemque oculis animoque requirit,

quantaque vitarit narrare pericula gestit.   130
utque locum, et visa cognoscit in arbore formam,
sic facit incertam pomi color: haeret, an haec sit.
dum dubitat, tremebunda videt pulsare cruentum
membra solum, retroque pedem tulit, oraque buxo
pallidiora gerens, exhorruit aequoris instar,   135
quod tremit, exigua cum summum stringitur aura.
  Sed postquam remorata suos cognovit amores,
percutit indignos claro plangore lacertos,
et laniata comas, amplexaque corpus amatum,
vulnera supplevit lacrimis, fletumque cruori   140
miscuit, et gelidis in vultibus oscula figens,
'Pyrame!' clamavit 'quis te mihi casus ademit?
Pyrame, responde: tua te carissima Thisbe
nominat: exaudi, vultusque attolle jacentes!'
  Ad nomen Thisbes oculos jam morte gravatos   145
Pyramus erexit, visaque recondidit illa;
quae postquam vestemque suam cognovit, et ense
vidit ebur vacuum, 'Tua te manus' inquit 'amorque
perdidit, infelix.   Est et mihi fortis in unum
hoc manus, est et amor; dabit hic in vulnera vires.
persequar exstinctum, letique miserrima dicar
causa comesque tui; quique a me morte revelli
heu sola poteras, poteris nec morte revelli.
hoc tamen amborum verbis estote rogati,
O multum miseri, meus illiusque parentes,   155
ut quos certus amor, quos hora novissima junxit,
componi tumulo non invideatis eodem.
at tu, quae ramis arbor miserabile corpus
nunc tegis unius, mox es tectura duorum,
signa tene caedis, pullosque et luctibus aptos   160
semper habe fetus, gemini monumenta cruoris.'
  Dixit, et aptato pectus mucrone sub imum
incubuit ferro, quod adhuc a caede tepebat.

vota tamen tetigere deos, tetigere parentes :
nam color in pomo est, ubi permaturuit, ater ;   165
quodque rogis superest, una requiescit in urna.

VI. PERSEUS AND ANDROMEDA.

[BOOK IV.—615–803.]

[A second sister tells of Leucothoë, an eastern princess, beloved by the sun-god, who is by him changed after her burial into the herb frankincense ; and of Clytie, who, pining with hopeless love of the same divinity, becomes a sun-flower (IV. 167–270). The third sister, Leuconoë, tells the fable of the fountain-nymph Salmacis, to whose waters was given the power to unman whosoever might bathe in them (271–388). But the three sisters, who had despised the rites of Bacchus, are themselves converted into bats (389–415). Ino also, daughter of Cadmus and nurse of Bacchus, having affronted Juno, is with her husband Athamas maddened by a Fury, despatched from Tartarus ; so that, while he slays their eldest son, taking him for a wild beast, Ino casts herself with Melicerta into the sea, becoming the sea divinity Leucothea, and her companions are changed to stones and birds (416–562). Cadmus and his wife Hermione, in great age, having witnessed these sorrows of their house, are at length converted into serpents, consoled only by the glories of their grandson Bacchus (563–614).]

Perseus, returning from the slaying of Medusa, is refused hospitality by the Titan Atlas, whom by the Gorgon's head he converts into a mountain (615–662). Flying over Æthiopia, he discovers the princess Andromeda, daughter of Cepheus and Cassiopeia, fastened to a cliff to be devoured by a sea-monster, which he attacks and slays, and so wins Andromeda for his bride (663–739). The marvellous effect of Medusa's head, which changes leaves and twigs to coral ; and the tale told at Perseus' wedding feast, of Medusa, daughter of Phorcus, whose golden locks were by the wrath of Minerva changed to serpents.

VIPEREI referens spolium, memorabile monstri
	aëra carpebat tenerum stridentibus alis;
cumque super Libycas victor penderet arenas,
Gorgonei capitis guttae.cecidere cruentae,
quas humus exceptas varios animavit in angues:
unde frequens illa. est infestaque terra colubris.				620
	Inde per immensum ventis discordibus actus
nunc huc, nunc illuc, exemplo nubis aquosae
fertur, et ex alto seductas aethere.longe.,
despectat terras, totumque supervolat orbem.
ter gelidas Arctos, ter Cancri bracchia vidit:				625
saepe sub occasus, saepe est ablatus.in ortus.
jamque cadente die, veritus se credere nocti,
constitit Hesperio, regnis Atlantis, in orbe;
exiguamque petit requiem, dum Lucifer ignes
evocet Aurorae, currus Aurora diurnos.				630
	Hic hominum cunctos ingenti corpore praestans
Iapetionides Atlas fuit.   Ultima tellus
rege sub hoc et pontus erat, qui Solis anhelis
aequora subdit equis, et.fessos excipit axes.
mille greges illi, totidemque armenta per herbas		635
errabant; et humum vicinia nulla premebant.
arboreae frondes auro radiante virentes,
ex auro ramos, ex auro poma tegebant.
	' Hospes,' ait Perseus illi, ' seu gloria tangit
te generis magni, generis mihi Juppiter auctor;			640
sive es mirator rerum, mirabere nostras:
hospitium requiemque peto.'   Memor ille vetustae
sortis erat; Themis hanc dederat Parnasia sortem:
' Tempus, Atla, veniet, tua quo spoliabitur auro
arbor, et hunc praedae titulum Jove natus habebit.'
id metuens, solidis pomaria clauserat Atlas
moenibus, et vasto dederat servanda draconi,
arcebatque suis externos finibus omnes.

huic quoque ' Vade procul, ne longe gloria rerum,
quam mentiris,' ait ' longe tibi Juppiter absit ; '   650
vimque minis addit, manibusque expellere temptat
cunctantem, et placidis miscentem fortia dictis.

  Viribus inferior — quis enim par esset Atlanti
viribus? — ' At quoniam parvi tibi gratia nostra est,
accipe munus,' ait ; laevaque a parte Medusae   655
ipse retroversus squalentia prodidit ora.
quantus erat, mons factus Atlas : nam barba comaeque
in silvas abeunt, juga sunt humerique manusque ;
quod caput ante fuit, summo est in monte cacumen ;
ossa lapis fiunt.   Tum partes auctus in omnes   660
crevit in immensum — sic di statuistis — et omne
cum tot sideribus caelum requievit in illo.

  Clauserat Hippotades aeterno carcere ventos,
admonitorque operum caelo clarissimus alto
Lucifer ortus erat.   Pennis ligat ille resumptis   665
parte ab utraque pedes, teloque accingitur unco,
et liquidum motis talaribus aëra findit.
gentibus innumeris circumque infraque relictis,
Aethiopum populos Cepheaque conspicit arva.
illic immeritam maternae pendere linguae   670
Andromedan poenas immitis jusserat Ammon.

  Quam simul ad duras religatam bracchia cautes
vidit Abantiades, — nisi quod levis aura capillos
moverat, et tepido manabant lumina fletu,
marmoreum ratus esset opus — trahit inscius ignes,
et stupet, et visae correptus imagine formae,
paene suas quatere est oblitus in aëre pennas.
ut stetit, ' O ' dixit ' non istis digna catenis,
sed quibus inter se cupidi junguntur amantes,
pande requirenti nomen terraeque tuumque,   680
et cur vincla geras.'   Primo silet illa, nec audet
appellare virum virgo ; manibusque modestos

celasset vultus, si non religata fuisset.
lumina, quod potuit, lacrimis implevit obortis.
   Saepius instanti, sua ne delicta fateri   685
nolle videretur, nomen terraeque suumque,
quantaque maternae fuerit fiducia formae,
indicat.   Et nondum memoratis omnibus unda
insonuit, veniensque immenso belua ponto
imminet, et latum sub pectore possidet aequor.   690
   Conclamat virgo ; genitor lugubris et una
mater adest, ambo miseri, sed justius illa.
nec secum auxilium, sed dignos tempore fletus
plangoremque ferunt, vinctoque in corpore adhaerent ;
cum sic hospes ait : ' Lacrimarum longa manere   695
tempora vos poterunt ; ad opem brevis hora feren-
        dam est.
hanc ego si peterem Perseus Jove natus et illa,
quam clausam implevit foecundo Juppiter auro,
Gorgonis anguicomae Perseus superator, et alis
aetherias ausus jactatis ire per auras,   700
praeferrer cunctis certe gener.   Addere tantis
dotibus et meritum, faveant modo numina, tempto :
ut mea sit servata mea virtute, paciscor.'
accipiunt legem — quis enim dubitaret? — et orant,
promittuntque super regnum dotale parentes.   705
   Ecce velut navis praefixo concita rostro
sulcat aquas, juvenum sudantibus acta lacertis,
sic fera dimotis impulsu pectoris undis
tantum aberat scopulis, quantum Balearica torto
funda potest plumbo medii transmittere caeli :   710
cum subito juvenis, pedibus tellure repulsa,
arduus in nubes abiit.   Ut in aequore summo
umbra viri visa est, visam fera saevit in umbram.
utque Jovis praepes, vacuo cum vidit in arvo
praebentem Phoebo liventia terga draconem,   715

occupat aversum, neu saeva retorqueat ora,
squamigeris avidos figit cervicibus ungues:
sic celer immisso praeceps per inane volatu
terga ferae pressit, dextroque frementis in armo
Inachides ferrum curvo tenus abdidit hamo.   720
vulnere laesa gravi, modo se sublimis in auras
attollit, modo subdit aquis, modo more ferocis
versat apri, quem turba canum circumsona terret.
ille avidos morsus velocibus effugit alis;
quaque patent, nunc terga cavis super obsita conchis,
nunc laterum costas, nunc qua tenuissima cauda
desinit in piscem, falcato verberat ense.
belua puniceo mixtos cum sanguine fluctus
ore vomit: maduere graves aspergine pennae.

Nec bibulis ultra Perseus talaribus ausus   730
credere, conspexit scopulum, qui vertice summo
stantibus exstat aquis, operitur ab aequore moto.
nixus eo, rupisque tenens juga prima, sinistra
ter quater exegit repetita per ilia ferrum.
litora cum plausu clamor superasque deorum   735
implevere domos.   Gaudent, generumque salutant,
auxiliumque domus servatoremque fatentur
Cassiope Cepheusque pater.   Resoluta catenis
incedit virgo, pretiumque et causa laboris.

Ipse manus hausta victrices abluit unda: 740
anguiferumque caput dura ne laedat arena,
mollit humum foliis, natasque sub aequore virgas
sternit, et imponit Phorcynidos ora Medusae.
virga recens bibulaque etiamnum viva medulla
vim rapuit monstri, tactuque induruit hujus,   745
percepitque novum ramis et fronde rigorem.
at pelagi nymphae factum mirabile temptant
pluribus in virgis, et idem contingere gaudent,
seminaque ex illis iterant jactata per undas.

nunc quoque curaliis eadem natura remansit, 750
duritiam tacto capiant ut ab aëre, quodque
vimen in aequore erat, fiat super aequora saxum.
  Dis tribus ille focos totidem de cespite ponit,
laevum Mercurio, dextrum tibi, bellica Virgo;
ara Jovis media est: mactatur vacca Minervae, 755
alipedi vitulus, taurus tibi, summe deorum.
protinus Andromedan et tanti praemia facti
indotata rapit. Taedas Hymenaeus Amorque
praecutiunt; largis satiantur odoribus ignes,
sertaque dependent tectis, et ubique lyraeque 760
tibiaque et cantus, animi felicia laeti
argumenta, sonant. Reseratis aurea valvis
atria tota patent, pulchroque instructa paratu
Cepheni proceres ineunt convivia regis.
  Postquam epulis functi generosi munere Bacchi 765
diffudere animos, cultusque genusque locorum
quaerit Lyncides, moresque animumque virorum;
qui simul edocuit, ' Nunc, O fortissime,' dixit
' fare precor, Perseu, quanta virtute, quibusque 770
artibus abstuleris crinita draconibus ora.'
narrat Agenorides gelido sub Atlante jacentem
esse locum solidae tutum munimine molis,
cujus in introitu geminas habitasse sorores
Phorcidas, unius partitas luminis usum: 775
id se sollerti furtim, dum traditur, astu
subposita cepisse manu; perque abdita longe
deviaque et silvis horrentia saxa fragosis
Gorgoneas tetigisse domos; passimque per agros
perque vias vidisse hominum simulacra ferarumque
in silicem ex ipsis visa conversa Medusa:
se tamen horrendae clipei, quod laeva gerebat,
aere repercusso, formam aspexisse Medusae;
dumque gravis somnus colubrasque ipsamque tenebat,

eripuisse caput collo; pennisque fugacem 785
Pegason et fratrem, matris de sanguine natos.
addidit et longi non falsa pericula cursus:
quae freta, quas terras sub se vidisset ab alto,
et quae jactatis tetigisset sidera pennis.
ante exspectatum tacuit tamen. Excipit unus 790
ex numero procerum, quaerens, cur sola sororum
gesserit alternis inmixtos crinibus angues.

 Hospes ait, ' Quoniam scitaris digna relatu,
accipe quaesiti causam. Clarissima forma
multorumque fuit spes invidiosa procorum 795
illa; nec in tota conspectior ulla capillis
pars fuit. Inveni, qui se vidisse referret.
hanc pelagi rector templo vitiasse Minervae
dicitur. Aversa est et castos aegide vultus
nata Jovis texit; neve hoc impune fuisset, 800
Gorgoneum crinem turpes mutavit in hydros.
nunc quoque, ut attonitos formidine terreat hostes,
pectore in adverso quos fecit, sustinet angues.'

VII. The Wandering of Ceres.

[Book V. — 341–661.]

[At the marriage feast of Perseus and Andromeda, her uncle Phineus, to whom she had been betrothed, out of jealousy caused a quarrel among the guests; and a violent quarrel arising thence, with bloodshed on both sides, Perseus, by showing the Gorgon's head, suddenly turned into stone Phineus himself, with two hundred of his companions (V. 1–235). And by the same means, after his return to Argos, his enemies Prœtus and Polydectes were likewise converted into stone (236–249). Minerva (who had attended Perseus thus far), coming to Helicon and inquiring of the Muses, is told the following: that having taken refuge from a tempest with Pyreneus of Daulia, in Phocis, and he offering them violence, they were changed to birds; and he, attempting flight after them, was dashed in pieces (250–293). The Pierides, daughters of king Pierus, of Macedonia, having challenged them to a trial of skill, begin with the tale of the giant sons of Earth, who attempted to scale Olympus; the terror of the gods before Typhoeus, and the various shapes they assumed in their flight; to which the Muses respond by relating the Wandering of Ceres in her search for her daughter Proserpine (294–340).]

When the monster Typhoeus had been buried beneath Mount Ætna, Pluto, god of the world below, alarmed at the convulsions caused by his agony, came forth to view. Now Venus had been jealous at the virginity of Proserpine, Ceres' daughter; and at her bidding Cupid shot the king of Shadows with his dart. He then, beholding Proserpine, as she sported with her maidens in the vale of Enna, seized her, and bore her away in his chariot, driving his way through the fount of Cyane, who thereon was herself converted into water (341–437). Seeking her daughter in vain, by the light of torches kindled from Ætna, Ceres turned into a spotted lizard (*stellio*) the boy Stelles, who had mocked her eager thirst; and into a horned owl Ascalaphus, who testified to having seen Proserpine in Hades eat seven pomegranate-seeds, whereby she was compelled to remain in her new abode. Meanwhile, the virgin-companions of Proserpine became winged Sirens. And, by favor of Jupiter, Proserpine was permitted to pass half the year with her mother, and half with her wedded lord (438–567).

Ceres, comforted that her daughter is thus partially restored to her, asks of the nymph Arethusa of her flight and transformation; who relates that, being pursued by the river-god Alpheus, in Elis of Greece, Diana, whose attendant nymph she was, provided for her escape by a passage beneath the sea, whereby she came to the isle of Ortygia, sacred to Diana, on the coast of Sicily (569–641).

Ceres then, proceeding to Athens, gave her chariot to Triptolemus, that he might instruct mankind in the sowing and gathering of corn ; and Lyncus, seeking to kill him out of envy, is converted to a lynx (642–661).

[So ends the tale sung by the Muses. And the Pierides, being adjudged defeated in their rivalry, are transformed to chattering magpies (662–678).]

PRIMA Ceres unco glebam dimovit aratro,
   prima dedit fruges alimentaque mitia terris,
prima dedit leges : Cereris sunt omnia munus.
illa canenda mihi est.   Utinam modo dicere possem
carmina digna dea : certe dea carmine digna est.   345
   Vasta giganteis ingesta est insula membris
Trinacris, et magnis subjectum molibus urguet
aetherias ausum sperare Typhoëa sedes.
nititur ille quidem, pugnatque resurgere saepe ;
dextra sed Ausonio manus est subjecta Peloro,   350
laeva, Pachyne, tibi ; Lilybaeo crura premuntur ;
degravat Aetna caput, sub qua resupinus arenas
ejectat, flammamque fero vomit ore Typhoëus.
saepe remoliri luctatur pondera terrae,
oppidaque et magnos devolvere corpore montes.   355
inde tremit tellus ; et rex pavet ipse silentum,
ne pateat, latoque solum retegatur hiatu,
immissusque dies trepidantes terreat umbras.
   Hanc metuens cladem, tenebrosa sede tyrannus
exierat, curruque atrorum vectus equorum   360
ambibat Siculae cautus fundamina terrae.
postquam exploratum satis est, loca nulla labare,

depositique metus, videt hunc Erycina vagantem
monte suo residens, natumque amplexa volucrem
' Arma manusque meae, mea, nate, potentia,' dixit
' illa, quibus superas omnes, cape tela, Cupido,
inque dei pectus celeres molire sagittas,
cui triplicis cessit fortuna novissima regni.
tu superos ipsumque Jovem, tu numina ponti
victa domas, ipsumque regit qui numina. ponti.   370
Tartara quid cessant? cur non matrisque tuumque
imperium profers? agitur pars tertia mundi.
et tamen in caelo, quae jam patientia nostra est,
spernimur, ac mecum vires minuuntur Amoris.
Pallada nonne vides jaculatricemque Dianam   375
abscessisse mihi? Cereris quoque filia virgo,
si patiemur, erit; nam spes adfectat easdem.
at tu, pro socio (siqua est ea gratia) regno,
junge deam patruo.'   Dixit Venus; ille pharetram
solvit, et, arbitrio matris, de mille sagittis   380
unam seposuit, sed qua nec acutior ulla,
nec minus incerta est, nec quae magis audiat arcus.
oppositoque genu curvavit flexile cornu :
inque cor hamata percussit arundine Ditem.

   Haud procul Hennaeis lacus est a moenibus altae,
nomine Pergus, aquae.   Non illo plura Caystros
carmina cycnorum labentibus audit in undis.
silva coronat aquas cingens latus omne, suisque
frondibus ut velo Phoebeos submovet ignes.
frigora dant rami, Tyrios humus humida flores :   390
perpetuum ver est.   Quo dum Proserpina luco
ludit, et aut violas aut candida lilia carpit,
dumque puellari studio calathosque sinumque
implet, et aequales certat superare legendo,
paene simul visa est dilectaque raptaque Diti :   395
usque adeo est properatus amor.   Dea territa maesto

et matrem et comites, sed matrem saepius, ore
clamat; et ut summa vestem laniarat ab ora,
collecti flores tunicis cecidere remissis.
tantaque simplicitas puerilibus adfuit annis,   400
haec quoque virgineum movit jactura dolorem.

    Raptor agit currus, et nomine quemque vocatos
exhortatur equos, quorum per colla jubasque
excutit obscura tinctas ferrugine habenas.
perque lacus altos et olentia sulfure fertur   405
stagna Palicorum, rupta ferventia terra;
et qua Bacchiadae, bimari gens orta Corintho,
inter inaequales posuerunt moenia portus.

    Est medium Cyanes et Pisaeae Arethusae,
quod coit angustis inclusum cornibus aequor.   410
hic fuit, a cujus stagnum quoque nomine dictum est,
inter Sicelidas Cyane celeberrima nymphas.
gurgite quae medio summa tenus exstitit alvo,
agnovitque deam: ' Nec longius ibitis' inquit;
' non potes invitae Cereris gener esse: roganda,   415
non rapienda fuit. Quod si componere magnis
parva mihi fas est, et me dilexit Anapis:
exorata tamen, nec, ut haec, exterrita nupsi.'
dixit, et in partes diversas bracchia tendens
obstitit. Haud ultra tenuit Saturnius iram,   420
terribilesque hortatus equos in gurgitis ima
contortum valido sceptrum regale lacerto
condidit. Icta viam tellus in Tartara fecit,
et pronos currus medio cratere recepit.

    At Cyane raptamque deam contemptaque fontis   425
jura sui maerens, inconsolabile vulnus
mente gerit tacita, lacrimisque absumitur omnis;
et quarum fuerat magnum modo numen, in illas
extenuatur aquas. Molliri membra videres,
ossa pati flexus, ungues posuisse rigorem: 430

primaque de tota tenuissima quaeque liquescunt,
caerulei crines, digitique et crura pedesque :
nam brevis in gelidas membris exilibus undas
transitus est; post haec humeri tergusque latusque
pectoraque in tenues abeunt evanida rivos.   435
denique pro vivo vitiatas sanguine venas
lympha subit; restatque nihil, quod prendere possis.
    Interea pavidae nequiquam filia matri
omnibus est terris, omni quaesita profundo.
illam non udis veniens Aurora capillis   440
cessantem vidit, non Hesperus : illa duabus
flammiferas pinus manibus succendit ab Aetna,
perque pruinosas tulit inrequieta tenebras.
rursus ubi alma dies hebetarat sidera, natam
solis ab occasu solis quaerebat ad ortus.   445
fessa labore sitim collegerat, oraque nulli
colluerant fontes ; cum tectam stramine vidit
forte casam, parvasque fores pulsavit : at inde
prodit anus, divamque videt, lymphamque roganti
dulce dedit, tosta quod texerat ante polenta.   450
dum bibit illa datum, duri puer oris et audax
constitit ante deam, risitque, avidamque vocavit.
offensa est; neque adhuc epota parte loquentem
cum liquido mixta perfudit diva polenta.
combibit os maculas, et quae modo bracchia gessit, 455
crura gerit; cauda est mutatis addita membris :
inque brevem formam, ne sit vis magna nocendi,
contrahitur, parvaque minor mensura lacerta est.
mirantem flentemque et tangere monstra parantem
fugit anum, latebramque petit ; aptumque colori   460
nomen habet, variis stellatus corpora guttis.
    Quas dea per terras et quas erraverit undas,
dicere longa mora est.   Quaerenti defuit orbis :
Sicaniam repetit ; dumque omnia lustrat eundo,

venit et ad Cyanen.   Ea ni mutata fuisset,   465
omnia narrasset; sed et os et lingua volenti
dicere non aderant, nec quo loqueretur, habebat.
signa tamen manifesta dedit, notamque parenti,
illo forte loco delapsam in gurgite sacro,
Persephones zonam summis ostendit in undis.   470
quam simul agnovit, tamquam tunc denique raptam
scisset, inornatos laniavit diva capillos,
et repetita suis percussit pectora palmis.
nescit adhuc ubi sit; terras tamen increpat omnes,
ingratasque vocat, nec frugum munere dignas: 475
Trinacriam ante alias, in qua vestigia damni
repperit.   Ergo illic saeva vertentia glebas
fregit aratra manu, parilique irata colonos
ruricolasque boves leto dedit, arvaque jussit
fallere depositum, vitiataque semina fecit.   480
fertilitas terrae latum vulgata per orbem
falsa jacet; primis segetes moriuntur in herbis,
et modo sol nimius, nimius modo corripit imber;
sideraque ventique nocent, avidaeque volucres
semina jacta legunt; lolium tribulique fatigant   485
triticeas messes, et inexpugnabile gramen.

Tum caput Eleis Alpheïas extulit undis,
rorantesque comas a fronte removit ad aures,
atque ait: ' O toto quaesitae virginis orbe
et frugum genitrix, immensos siste labores,   490
neve tibi fidae violenta irascere terrae:
terra nihil meruit, patuitque invita rapinae.
nec sum pro patria supplex; huc hospita veni:
Pisa mihi patria est, et ab Elide ducimus ortus.
Sicaniam peregrina colo, sed gratior omni   495
haec mihi terra solo est.   Hos nunc Arethusa penates,
hanc habeo sedem; quam tu, mitissima, serva.
mota loco cur sim, tantique per aequoris undas

advehar Ortygiam, veniet narratibus hora
tempestiva meis, cum tu curaque levata   500
et vultus melioris. eris.   Mihi pervia tellus
praebet iter, subterque imas ablata cavernas,
hic caput attollo, desuetaque sidera cerno.
ergo dum Stygio sub terris gurgite labor,
visa tua est oculis illic Proserpina nostris :   505
illa quidem tristis,. neque adhuc interrita vultu,
sed regina tamen, sed opaci maxima mundi,
sed tamen inferni pollens matrona tyranni.'
    Mater ad auditas stupuit ceu saxea voces,
attonitaeque. diu similis fuit.   Utque dolore   510
pulsa gravi gravis est amentia, curribus auras
exit in aetherias : ibi toto nubila vultu
ante Jovem passis stetit. invidiosa capillis :
' Proque meo veni supplex tibi, Juppiter,' inquit,
' sanguine, proque tuo.   Si nulla est gratia matris, 515
nata patrem moveat ; neu sit tibi cura, precamur,
vilior illius, quod nostro est edita partu.
en quaesita diu tandem mihi nata reperta est :
si reperire vocas amittere certius, aut si
scire, ubi sit, reperire vocas.   Quod rapta, feremus,
dummodo reddat eam : neque enim praedone marito
filia digna tua est — si jam mea filia non est.'
    Juppiter excepit, 'Commune est pignus onusque
nata mihi tecum ; sed si modo nomina rebus
addere vera placet, non hoc injuria factum,   525
verum amor est. Neque erit nobis gener ille pudori,
tu modo, diva, velis.   Ut desint cetera, quantum est
esse Jovis fratrem ! Quid quod nec cetera desunt,
nec cedit nisi sorte mihi.   Sed tanta cupido
si tibi discidii est, repetet Proserpina caelum,   530
lege tamen certa, si nullos contigit illic
ore cibos : nam sic Parcarum foedere cautum est.'

Dixerat; at Cereri certum est educere natam:
non ita fata sinunt, quoniam jejunia virgo
solverat, et cultis dum simplex errat in hortis,   535
poeniceum curva decerpserat arbore pomum,
sumptaque pallenti septem de cortice grana
presserat ore suo.   Solusque ex omnibus illud
Ascalaphus vidit, quem quondam dicitur Orphne,
inter Avernales haud ignotissima nymphas,   540
ex Acheronte suo silvis peperisse sub atris:
vidit, et indicio reditum crudelis ademit.
ingemuit regina Erebi, testemque profanam
fecit avem, sparsumque caput Phlegethontide lympha ·
in rostrum et plumas et grandia lumina vertit.   545
ille sibi ablatus fulvis amicitur ab alis,
inque caput crescit, longosque reflectitur ungues,
vixque movet natas per inertia bracchia pennas:
foedaque fit volucris, venturi nuntia luctus,
ignavus bubo, dirum mortalibus omen.   550
Hic tamen indicio poenam linguaque videri
commeruisse potest.   Vobis, Acheloïdes, unde
pluma pedesque avium, cum virginis ora geratis?
an quia, cum legeret vernos Proserpina flores,
in comitum numero, doctae Sirenes, eratis?   555
quam postquam toto frustra quaesistis in orbe,
protinus ut vestram sentirent aequora curam,
posse super fluctus alarum insistere remis
optastis, facilesque deos habuistis, et artus
vidistis vestros subitis flavescere pennis.   560
ne tamen ille canor mulcendas natus ad aures
tantaque dos oris linguae deperderet usum,
virginei vultus et vox humana remansit.
At medius fratrisque sui maestaeque sororis
Juppiter ex aequo volventem dividit annum.   565
nunc dea, regnorum numen commune duorum,

cum matre est totidem, totidem cum conjuge menses.
vertitur extemplo facies et mentis et oris:
nam modo quae poterat Diti quoque maesta videri,
laeta deae frons est; ut sol, qui tectus aquosis   570
nubibus ante fuit, victis e nubibus exit.

 Exigit alma Ceres, nata secura recepta,
quae tibi causa fugae, cur sis, Arethusa, sacer fons?
conticuere undae: quarum dea sustulit alto
fonte caput, viridesque manu siccata capillos   575
fluminis Elei veteres narravit amores:
'Pars ego nympharum, quae sunt in Achaïde,' dixit,
'una fui; nec me studiosius altera saltus
legit, nec posuit studiosius altera casses.
sed quamvis formae numquam mihi fama petita est,
quamvis fortis eram, formosae nomen habebam.
nec mea me facies nimium laudata juvabat:
quaque aliae gaudere solent, ego rustica dote
corporis erubui, crimenque placere putavi.

 'Lassa revertebar, memini, Stymphalide silva: 585
aestus erat, magnumque labor geminaverat aestum.
invenio sine vertice aquas, sine murmure euntes,
perspicuas ad humum, per quas numerabilis alte
calculus omnis erat, quas tu vix ire putares.
cana salicta dabant nutritaque populus unda   590
sponte sua natas ripis declivibus umbras.
accessi, primumque pedis vestigia tinxi,
poplite deinde tenus; neque eo contenta, recingor,
molliaque impono salici velamina curvae,
nudaque mergor aquis; quas dum ferioque trahoque
mille modis labens, excussaque bracchia jacto,
nescio quod medio sensi sub gurgite murmur,
territaque insisto propioris margine ripae.
Quo properas, Arethusa? suis Alpheus ab undis,
Quo properas? iterum rauco mihi dixerat ore.   600

sicut eram, fugio sine vestibus : altera vestes
ripa meas habuit : tanto magis instat, et ardet.
sic ego currebam, sic me ferus ille premebat,
ut fugere accipitrem penna trepidante columbae,   605
ut solet accipiter trepidas urguere columbas.
usque sub Orchomenon, Psophidaque, Cyllenenque,
Maenaliosque sinus, gelidumque Erymanthon, et Elin
currere sustinui ; nec me velocior ille.

 ‘ Sed tolerare diu cursus ego, viribus impar,   610
non poteram : longi patiens erat ille laboris.
per tamen et campos, per opertos arbore montes,
saxa quoque et rupes et qua via nulla, cucurri.
sol erat a tergo : vidi praecedere longam
ante pedes umbram — nisi si timor illa videbat —   615
sed certe sonitusque pedum terrebat, et ingens
crinales vittas adflabat anhelitus oris.
fessa labore fugae, *Fer opem, deprendimur*, inquam,
armigerae, Dictynna, tuae, cui saepe dedisti
ferre tuos arcus inclusaque tela pharetra.   620
 ‘ Mota dea est, spissisque ferens e nubibus unam
me super injecit.’   Lustrat caligine tectam
amnis, et ignarus circum cava nubila quaerit ;
bisque locum, quo me dea texerat, inscius ambit,
et bis *Io Arethusa! Io Arethusa!* vocavit.   625
quid mihi tunc animi miserae fuit? anne quod agnae
          est,
siqua lupos audit circum stabula alta frementes?
aut lepori, qui vepre latens hostilia cernit
ora canum, nullosque audet dare corpore motus?
 ‘ Non tamen abscedit ; neque enim vestigia cernit
longius ulla pedum : servat nubemque locumque.
occupat obsessos sudor mihi frigidus artus,
caeruleaeque cadunt toto de corpore guttae.
quaque pedem movi, manat lacus, eque capillis

ros cadit; et citius quam nunc tibi facta renarro,   635
in latices mutor.   Sed enim cognoscit amatas
amnis aquas, positoque viri quod sumpserat ore,
vertitur in proprias, ut se mihi misceat, undas.
Delia rupit humum, caecisque ego mersa cavernis
advehor Ortygiam, quae me cognomine divae   640
grata meae superas eduxit prima sub auras.'
     Hac Arethusa tenus.   Geminos dea fertilis angues
curribus admovit, frenisque coërcuit ora,
et medium caeli terraeque per aëra vecta est,
atque levem currum Tritonida misit in urbem   645
Triptolemo; partimque rudi data semina jussit
spargere humo, partim post tempora longa recultae.
jam super Europen sublimis et Asida terram
vectus erat juvenis; Scythicas advertitur oras.
rex ibi Lyncus erat.   Regis subit ille penates;   650
qua veniat, causamque viae nomenque rogatus
et patriam, ' Patria est clarae mihi ' dixit ' Athenae ;
Triptolemus nomen.   Veni nec puppe per undas,
nec pede per terras : patuit mihi pervius aether.
dona fero Cereris, latos quae sparsa per agros   655
frugiferas messes alimentaque mitia reddant.'
barbarus invidit; tantique ut muneris auctor
ipse sit, hospitio recipit, somnoque gravatum
adgreditur ferro.   Conantem figere pectus
lynca Ceres fecit, rursusque per aëra jussit   660
Mopsopium juvenem sacros agitare jugales.

VIII. THE PRIDE AND THE GRIEF OF NIOBE.

[BOOK VI. — 165-312.]

[MINERVA, having heard the tale of the Pierides, bethinks herself of a fit penalty for Arachne, a Lydian maid, who had boastfully challenged her to a trial of skill in embroidery. Visiting her in the guise of an old woman, and finding her still of the same mind, she assumes her proper shape, and works in her web the tale of sundry divine judgments, while Arachne weaves the story of numerous transformations of gods, impelled thereto by love. To punish her impiety and insolence, Minerva strikes her on the forehead; and when Arachne in despair hangs herself, converts her to a spider, condemned to spin and to hang for evermore (VI. 1-145).]

But her fate does not warn Niobe, daughter of Tantalus, who, as the mother of seven sons and seven daughters, boasts herself above Latona. In wrath, therefore, and to avenge their mother, Apollo in one day smites all the sons of Niobe, and Diana all her daughters; and so, being suddenly made childless, she is turned into marble, and her tears continue to flow for ever (165-312).

ECCE venit comitum Niobe celeberrima turba,　165
　　vestibus intexto Phrygiis spectabilis auro,
et, quantum ira sinit, formosa; movensque decoro
cum capite inmissos humerum per utrumque capillos.
constitit; utque oculos circumtulit alta superbos,
'Quis furor, auditos' inquit 'praeponere visis　　170
caelestes? aut cur colitur Latona per aras,
numen adhuc sine ture meum est? Mihi Tantalus
　　　　auctor,
cui licuit soli superorum tangere mensas.
Pleïadum soror est genitrix mea; maximus Atlas
est avus, aetherium qui fert cervicibus axem;　　175
Juppiter alter avus, socero quoque glorior illo.
'Me gentes metuunt Phrygiae, me regia Cadmi
sub domina est, fidibusque mei commissa mariti
moenia cum populis a meque viroque reguntur.

in quamcumque domus adverti lumina partem,   180
immensae spectantur opes.   Accedit eodem
digna dea facies.   Huc natas adice septem
et totidem juvenes, et mox generosque nurusque.
quaerite nunc, habeat quam nostra superbia causam !
nescio quoque audete satam Titanida Coeo   185
Latonam praeferre mihi, cui maxima quondam
exiguam sedem pariturae terra negavit.
nec caelo, nec humo, nec aquis dea vestra recepta est ;
exsul erat mundi, donec miserata vagantem,
Hospita tu terris erras, ego (dixit) *in undis;*   190
instabilemque locum Delos dedit.   Illa duorum
facta parens : uteri pars haec est septima nostri.
    ' Sum felix : quis enim neget hoc? felixque manebo :
hoc quoque quis dubitet? tutam me copia fecit.
major sum, quam cui possit Fortuna nocere :   195
multaque ut eripiat, multo mihi plura relinquet.
excessere metum mea jam bona.   Fingite demi
huic aliquid populo natorum posse meorum :
non tamen ad numerum redigar spoliata duorum,
Latonae turbam : quae quantum distat ab orba?   200
ite, satisque superque sacri, laurumque capillis
ponite.'   Deponunt, infectaque sacra relinquunt,
quodque licet, tacito venerantur murmure numen.
    Indignata dea est ; summoque in vertice Cynthi
talibus est dictis gemina cum prole locuta :   205
' En ego vestra parens, vobis animosa creatis,
et, nisi Junoni, nulli cessura dearum,
an dea sim, dubitor ; perque omnia saecula cultis
arceor, O nati, nisi vos succurritis, aris.
nec dolor hic solus : diro convicia facto   210
Tantalis adjecit, vosque est postponere natis
ausa suis, et me, quod in ipsam recidat, orbam
dixit, et exhibuit linguam scelerata paternam.'

Adjectura preces erat his Latona relatis:
Desine Phoebus ait; *poenae mora longa querella est.*
dixit idem Phoebe; celerique per aëra lapsu
contigerant tecti Cadmeïda nubibus arcem.
planus erat lateque patens prope moenia campus,
adsiduis pulsatus equis, ubi turba rotarum
duraque mollierat subjectas ungula glebas.   220
   Pars ibi de septem genitis Amphione fortes
conscendunt in equos, Tyrioque rubentia suco
terga premunt, auroque graves moderantur habenas:
e quibus Ismenos, qui matri sarcina quondam
prima suae fuerat, dum certum flectit in orbem   225
quadrupedis cursus, spumantiaque ora coërcet,
Ei mihi! conclamat, medioque in pectore fixa
tela gerit, frenisque manu moriente remissis,
in latus a dextro paulatim defluit armo.
   Proximus, audito sonitu per inane pharetrae,   230
frena dabat Sipylus: veluti cum praescius imbris
nube fugit visa, pendentiaque undique rector
carbasa deducit, ne qua levis effluat aura.
frena dabat: dantem non evitabile telum
consequitur; summaque tremens cervice sagitta   235
haesit, et exstabat nudum de gutture ferrum.
ille, ut erat pronus, per crura admissa jubasque
volvitur, et calido tellurem sanguine foedat.
   Phaedimus infelix et aviti nominis heres
Tantalus, ut solito finem imposuere labori,   240
transierant ad opus nitidae juvenile palaestrae:
et jam contulerant arto luctantia nexu
pectora pectoribus; cum tento concita nervo,
sicut erant juncti, trajecit utrumque sagitta.
ingemuere simul; simul incurvata dolore   245
membra solo posuere; simul suprema jacentes
lumina versarunt: animam simul exhalarunt.

Adspicit Alphenor, laniataque pectora plangens
advolat, ut gelidos complexibus allevet artus;
inque pio cadit officio, nam Delius illi   250
intima fatifero rupit praecordia ferro.
quod simul eductum, pars est pulmonis in hamis
eruta, cumque anima cruor est effusus in auras.

At non intonsum simplex Damasichthona vulnus
adficit.   Ictus erat, qua crus esse incipit, et qua   255
mollia nervosus facit internodia poples.
dumque manu temptat trahere exitiabile telum,
altera per jugulum pennis tenus acta sagitta est.
expulit hanc sanguis, seque ejaculatus in altum
emicat, et longe terebrata prosilit aura.   260

Ultimus Ilioneus non profectura precando
bracchia sustulerat, *Di* que *O communiter omnes*,
dixerat, ignarus non omnes esse rogandos,
parcite! Motus erat, cum jam revocabile telum
non fuit, Arcitenens; minimo tamen occidit ille   265
vulnere, non alte percusso corde sagitta.

Fama mali populique dolor lacrimaeque suorum
tam subitae matrem certam fecere ruinae
mirantem potuisse, irascentemque, quod ausi
hoc essent superi, quod tantum juris haberent.   270
nam pater Amphion, ferro per pectus adacto,
finierat moriens pariter cum luce dolorem.

Heu quantum haec Niobe Niobe distabat ab illa,
quae modo Latoïs populum summoverat aris,
et mediam tulerat gressus resupina per urbem,   275
invidiosa suis! at nunc miseranda vel hosti.
corporibus gelidis incumbit, et ordine nullo
oscula dispensat natos suprema per omnes.
a quibus ad caelum liventia bracchia tollens,
' Pascere, crudelis, nostro, Latona, dolore: 280
pascere' ait, ' satiaque meo tua pectora luctu:

corque ferum satia' dixit; 'per funera septem
efferor: exsulta, victrixque inimica triumpha.
cur autem victrix? miserae mihi plura supersunt,
quam tibi felici.   Post tot quoque funera vinco.'   285
    Dixerat, et sonuit contento nervus ab arcu:
qui praeter Nioben unam conterruit omnes.
illa malo est audax.   Stabant cum vestibus atris
ante toros fratrum demisso crine sorores;
e quibus una, trahens haerentia viscere tela   290
imposito fratri, moribunda relanguit ore;
altera, solari miseram conata parentem,
conticuit subito, duplicataque vulnere caeco est,
oraque compressit, nisi postquam spiritus ibat;
haec frustra fugiens collabitur; illa sorori   295
inmoritur; latet haec; illam trepidare videres.
    Sexque datis leto diversaque vulnera passis,
ultima restabat; quam toto corpore mater,
tota veste tegens, 'Unam minimamque relinque!
de multis minimam posco' clamavit 'et unam.'   300
dumque rogat, pro qua rogat, occidit.   Orba resedit
exanimes inter natos natasque virumque,
diriguitque malis.   Nullos movet aura capillos,
in vultu color est sine sanguine, lumina maestis
stant immota genis, nihil est in imagine vivum.   305
ipsa quoque interius cum duro lingua palato
congelat, et venae desistunt posse moveri.
nec flecti cervix, nec bracchia reddere motus,
nec pes ire potest, intra quoque viscera saxum est:
flet tamen, et validi circumdata turbine venti   310
in patriam rapta est.   Ibi fixa cacumine montis
liquitur, et lacrimas etiam nunc marmora manant.

IX. THE ENCHANTMENTS OF MEDEA.

[BOOK VII. — 1-293.]

[THE doom of Niobe reminds one hearer of the vengeance inflicted on certain people of Lycia, who, having refused to Latona a draught of water from the lake in her extreme thirst, were by Jupiter turned into frogs (VI. 313-381); and another of the satyr Marsyas, who was conquered in music and flayed by Apollo; and another of the crime of Tantalus, Niobe's father, who caused his son Pelops to be served up at meat to the gods (382-411). Pandion of Athens, attacked for refusing the friendship of Pelops, is helped by Tereus, king of Thrace, to whom he gives his daughter Progne to wife. But Tereus, having committed incest with Progne's sister Philomel, is dreadfully revenged by the two, who serve to him in a banquet the body of his son Itys; and, pursuing them for vengeance, all are transformed to birds — Tereus becoming a hoopoë, Progne a swallow, Philomel a nightingale, and Itys a pheasant; while Pandion, dying of grief, is succeeded by Erectheus (412-676), whose daughter Orithyia is borne away by Boreas (the North Wind) to Thrace. Here she becomes mother of the winged heroes Zethes and Calais, who accompany Jason and the Argonauts in their voyage for the Golden Fleece (677-721).]

Arrived at Colchis, Jason is met by the enchantress' Medea, daughter of king Aëtes; who, moved by love, secures him by her enchantments from the Dragon guarding the fleece, and from the fire-breathing bulls, with which he ploughs the appointed field, sowing it with serpents' teeth (VII. 1-122). From these spring up armed men, who prepare to attack Jason; but he, instructed by Medea, casts a stone among them, whereat they perish in mutual slaughter (123-143). Returning to Iolchos with Medea, he entreats her to restore to youth his aged father. The magic is described at length, by which she prepares the juices of miraculous herbs; and, these proving efficacious, Æson is converted to the fresh vigor of forty years before (144-293).

JAMQUE fretum Minyae Pagasaea puppe secabant:
  perpetuaque trahens inopem sub nocte senectam
Phineus visus erat, juvenesque Aquilone creati
virgineas volucres miseri senis ore fugarant;

multaque perpessi claro sub Iasone tandem 5
contigerant rapidas limosi Phasidos undas.
   Dumque adeunt regem, Phrixeaque vellera poscunt,
voxque datur numeris magnorum horrenda laborum,
concipit interea validos Aeetias ignes;
et luctata diu, postquam ratione furorem 10
vincere non poterat, ' Frustra, Medea, repugnas:
nescio quis deus obstat' ait, ' mirumque, nisi hoc est,
aut aliquid certe simile huic, quod *amare* vocatur.
nam cur jussa patris nimium mihi dura videntur?
sunt quoque dura nimis. Cur, quem modo denique
    vidi,
            15
ne pereat, timeo? quae tanti causa timoris?
excute virgineo conceptas pectore flammas,
si potes, infelix. Si possem, sanior essem:
sed gravat invitam nova vis; aliudque cupido,
mens aliud suadet. Video meliora, proboque: 20
deteriora sequor. Quid in hospite, regia virgo,
ureris, et thalamos alieni concipis orbis?
haec quoque terra potest, quod ames, dare. Vivat,
    an ille
occidat, in dis est. Vivat tamen: idque precari
vel sine amore licet. Quid enim commisit Iason? 25
quem, nisi crudelem, non tangat Iasonis aetas
et genus et virtus? quem non, ut cetera desint,
ore movere potest? certe mea pectora movit.
   ' At nisi opem tulero, taurorum adflabitur ore,
concurretque suae segetis tellure creatis 30
hostibus, aut avido dabitur fera praeda draconi.
hoc ego si patiar, tum me de tigride natam,
tum ferrum et scopulos gestare in corde fatebor.
cur non et specto pereuntem, oculosque videndo
conscelero? cur non tauros exhortor in illum, 35
terrigenasque feros, insopitumque draconem?

'Di meliora velint: quamquam non ista precanda,
sed facienda mihi.   Prodamne ego regna parentis,
atque ope nescio quis servabitur advena nostra,
ut per me sospes sine me det lintea ventis,   40
virque sit alterius, poenae Medea relinquar?
si facere hoc, aliamve potest praeponere nobis,
occidat ingratus.   Sed non is vultus in illo,
non ea nobilitas animo est, ea gratia formae,
ut timeam fraudem meritique oblivia nostri.   45
et dabit ante fidem; cogamque in foedera testes
esse deos.   Quin tuta times! accingere, et omnem
pelle moram: tibi se semper debebit Iäson,
te face sollemni junget sibi, perque Pelasgas
servatrix urbes matrum celebrabere turba.   50
    'Ergo ego germanam fratremque patremque deosque
et natale solum, ventis ablata, relinquam?
nempe pater saevus, nempe est mea barbara tellus,
frater adhuc infans: stant mecum vota sororis;
maximus intra me deus est.   Non magna relinquam;
magna sequar: titulum servatae pubis Achivae,
notitiamque loci melioris, et oppida, quorum
hic quoque fama viget, cultusque artesque locorum;
quemque ego cum rebus, quas totus possidet orbis,
Aesoniden mutasse velim, quo conjuge felix   60
et dis cara ferar, et vertice sidera tangam.
    'Quid, quod nescio qui mediis incurrere in undis
dicuntur montes, ratibusque inimica Charybdis
nunc sorbere fretum, nunc reddere, cinctaque saevis
Scylla rapax canibus Siculo latrare profundo?   65
nempe tenens quod amo, gremioque in Iäsonis haerens,
per freta longa ferar.   Nihil illum amplexa verebor;
aut, si quid metuam, metuam de conjuge solo.
conjugiumne vocas, speciosaque nomina culpae
imponis, Medea, tuae? quin aspice, quantum   70

aggrediare nefas, et dum licet, effuge crimen.'
dixit; et ante oculos rectum pietasque pudorque
constiterant, et victa dabat jam terga Cupido.
  Ibat ad antiquas Hecates Perseïdos aras,
quas nemus umbrosum secretaque silva tegebat.   75
et jam fortis erat, pulsusque recesserat ardor;
cum videt Aesoniden, exstinctaque flamma revixit.
erubuere genae, totoque recanduit ore,
utque solet ventis alimenta assumere, quaeque
parva sub inducta latuit scintilla favilla,   80
crescere, et in veteres agitata resurgere vires,
sic jam lentus amor, jam quem languere putares,
ut vidit juvenem, specie praesentis inarsit.
  Et casu solito formosior Aesone natus
illa luce fuit: posses ignoscere amanti.   85
spectat, et in vultu veluti tum denique viso
lumina fixa tenet, nec se mortalia demens
ora videre putat, nec se declinat ab illo.
ut vero coepitque loqui, dextramque prehendit
hospes, et auxilium summissa voce rogavit,   90
promisitque torum, lacrimis ait illa profusis:
' Quid faciam video; nec me ignorantia veri
decipiet, sed amor. Servabere munere nostro:
servatus promissa dato.' Per sacra triformis
ille deae, lucoque foret quod numen in illo,   95
perque patrem soceri cernentem cuncta futuri,
eventusque suos et tanta pericula jurat.
creditus accepit cantatas protinus herbas,
edidicitque usum, laetusque in tesca recessit.
  Postera depulerat stellas aurora micantes: 100
conveniunt populi sacrum Mavortis in arvum,
consistuntque jugis.   Medio rex ipse resedit
agmine, purpureus sceptroque insignis eburno.
ecce adamanteis volcanum naribus efflant

aeripedes tauri, tactaeque vaporibus herbae   105
ardent.   Utque solent pleni resonare camini,
aut ubi terrena silices fornace soluti
concipiunt ignem liquidarum aspargine aquarum:
pectora sic intus clausas volventia flammas
gutturaque usta sonant.   Tamen illis Aesone natus
obvius it: vertere truces venientis ad ora
terribiles vultus praefixaque cornua ferro,
pulvereumque solum pede pulsavere bisulco,
fumificisque locum mugitibus impleverunt.

Deriguere metu Minyae.   Subit ille, nec ignes   115
sentit anhelatos, — tantum medicamina possunt, —
pendulaque audaci mulcet palearia dextra,
subpositosque jugo pondus grave cogit aratri
ducere, et insuetum ferro proscindere campum.
mirantur Colchi: Minyae clamoribus augent,   120
adiciuntque animos.   Galea tum sumit aëna
vipereos dentes, et aratos spargit in agros.
semina mollit humus valido praetincta veneno,
et crescunt, fiuntque sati nova corpora dentes.

Quos ubi viderunt praeacutae cuspidis hastas   131
in caput Haemonii juvenis torquere parantes,
demisere metu vultumque animumque Pelasgi.
ipsa quoque extimuit, quae tutum fecerat illum:
utque peti vidit juvenem tot ab hostibus unum,   135
palluit, et subito sine sanguine frigida sedit;
neve parum valeant a se data gramina, carmen
auxiliare canit, secretasque advocat artes.
ille, gravem medios silicem jaculatus in hostes,
a se depulsum Martem convertit in ipsos.   140
terrigenae pereunt per mutua vulnera fratres,
civilique cadunt acie.   Gratantur Achivi,
victoremque tenent, avidisque amplexibus haerent.

Tu quoque victorem complecti, barbara, velles:

obstitit incepto pudor; at complexa fuisses,   145
sed te, ne faceres, tenuit reverentia famae.
quod licet, adfectu tacito laetaris, agisque
carminibus grates et dis auctoribus horum.

Pervigilem superest herbis sopire draconem,
qui crista linguisque tribus praesignis et uncis   150
dentibus horrendus custos erat arietis aurei.
hunc postquam sparsit Lethaei gramine suci,
verbaque ter dixit placidos facientia somnos,
quae mare turbatum, quae concita flumina sistunt:
somnus in ignotos oculos sibi venit, et auro   155
heros Aesonius potitur; spolioque superbus,
muneris auctorem secum, spolia altera, portans,
victor Iölciacos tetigit cum conjuge portus.

Haemoniae matres pro gnatis dona receptis
grandaevique ferunt patres, congestaque flamma   160
tura liquefaciunt, inductaque cornibus aurum
victima vota cadit.   Sed abest gratantibus Aeson,
jam propior leto, fessusque senilibus annis.
cum sic Aesonides: 'O cui debere salutem
confiteor, conjunx, quamquam mihi cuncta dedisti, 165
excessitque fidem meritorum summa tuorum:
si tamen hoc possunt (quid enim non carmina possint?)
deme meis annis, et demptos adde parenti:'
nec tenuit lacrimas.   Mota est pietate rogantis,
dissimilemque animum subiit Aeeta relictus.   170

Nec tamen affectus tales confessa, 'Quod' inquit
'excidit ore pio, conjunx, scelus? ergo ego cuiquam
posse tuae videor spatium transcribere vitae?
nec sinat hoc Hecate, nec tu petis aequa.   Sed isto,
quod petis, experiar majus dare munus, Iäson.   175
arte mea soceri longum temptabimus aevum,
non annis revocare tuis: modo diva triformis
adjuvet, et praesens intentibus adnuat ausis'

Tres aberant noctes, ut cornua tota coirent
efficerentque orbem. . Postquam plenissima fulsit,   180
ac solida terras spectavit imagine luna,
egreditur tectis vestes induta recinctas,
nuda pedem, nudos humeris infusa capillos,
fertque vagos mediae per muta silentia noctis
incomitata gradus.   Homines volucresque ferasque
solverat alta quies; nullo cum murmure sepes;
immotaeque silent frondes; silet humidus aër;
sidera sola micant.   Ad quae sua bracchia tendens
ter se convertit, ter sumptis flumine crinem
inroravit aquis, ternisque ululatibus ora   190
solvit; et in dura summisso poplite terra : —
   ' Nox ' ait ' arcanis fidissima, quaeque diurnis
aurea cum luna succeditis ignibus, astra,
tuque triceps Hecate, quae coeptis conscia nostris
adjutrixque venis, cantusque artesque magorum   195
quaeque magos, Tellus, pollentibus instruis herbis,
auraeque et venti montesque amnesque lacusque,
dique omnes nemorum, dique omnes noctis adeste,
quorum ope, cum volui, ripis mirantibus amnes
in fontes rediere suos, concussaque sisto,   200
stantia concutio cantu freta, nubila pello,
nubilaque induco, ventos abigoque vocoque,
vipereas rumpo verbis et carmine fauces,
vivaque saxa, sua convulsaque robora terra
et silvas moveo, jubeoque tremescere montes   205
et mugire solum, manesque exire sepulchris;
   ' Te quoque, Luna, traho, quamvis Temesaea labores
aera tuos minuant, currus quoque carmine nostro
pallet avi, pallet nostris Aurora venenis : —
vos mihi taurorum flammas hebetastis, et unco   210
impatiens oneris collum pressistis aratro.
vos serpentigenis in se fera bella dedistis;

custodemque rudem somni sopistis, et aurum
vindice decepto Graias misistis in urbes.
    ' Nunc opus est sucis, per quos renovata senectus 215
in florem redeat, primosque recolligat annos.
et dabitis ; neque enim micuerunt sidera frustra,
nec frustra volucrum tractus cervice draconum
currus adest.'   Aderat demissus ab aethere currus.
    Quo simul ascendit, frenataque colla draconum   220
permulsit, manibusque leves agitavit habenas :
sublimis rapitur, subjectaque Thessala Tempe
despicit, et Threces regionibus applicat angues ;
et quas Ossa tulit, quas altum Pelion herbas,
Othrys quas Pindusque et Pindo major Olympus,   225
perspicit, et placitas partim radice revellit,
partim succidit curvamine falcis aënae.
multa quoque Apidani placuerunt gramina ripis,
multa quoque Amphrysi ; neque eras immunis, Enipeu ;
nec non Penëus, nec non Spercheïdes undae   230
contribuere aliquid, juncosaque litora Boebes.
carpsit et Euboïca vivax Anthedone gramen,
nondum mutato vulgatum corpore Glauci.
    Et jam nona dies curru pennisque draconum,
nonaque nox omnes lustrantem viderat agros,   235
cum rediit : neque erant tacti, nisi odore, dracones,
et tamen annosae pellem posuere senectae.
constitit adveniens citra limenque foresque,
et tantum caelo tegitur, refugitque viriles
contactus ; statuitque aras e cespite binas,   240
dexteriore Hecates, ast laeva parte Juventae.
    Has ubi verbenis silvaque incinxit agresti,
haud procul egesta scrobibus tellure duabus
sacra facit, cultrosque in guttura velleris atri
conicit, et patulas perfundit sanguine fossas.   245
tum super invergens liquidi carchesia bacchi,

aeneaque invergens tepidi carchesia lactis,
verba simul fudit, terrenaque numina civit,
umbrarumque rogat rapta cum conjuge regem,
ne properent artus anima fraudare senili.   250
   Quos ubi placavit, precibusque et murmure longo,
Aesonis effoetum proferri corpus ad auras
jussit, et in plenos resolutum carmine somnos,
exanimi similem stratis porrexit in herbis.
hinc procul Aesoniden, procul hinc jubet ire ministros,
et monet arcanis oculos removere profanos.
diffugiunt jussi; passis Medea capillis,
bacchantum ritu, flagrantes circuit aras:
multifidasque faces in fossa sanguinis atra
tinguit, et intinctas geminis accendit in aris;   260
terque senem flamma, ter aqua, ter sulfure lustrat.
   Interea validum posito medicamen aëno
fervet, et exsultat spumisque tumentibus albet.
illic Haemonia radices valle resectas
seminaque floresque et sucos incoquit acres.   265
adicit extremo lapides Oriente petitos,
et quas Oceani refluum mare lavit arenas.
addit et exceptas luna pernocte pruinas,
et strigis infames ipsis cum carnibus alas,
inque virum soliti vultus mutare ferinos   270
ambigui prosecta lupi; nec defuit illic
squamea Cinyphii tenuis membrana chelydri,
vivacisque jecur cervi, quibus insuper addit
ora caputque novem cornicis saecula passae.
   His et mille aliis postquam sine nomine rebus   275
propositum instruxit remorari Tartara munus,
arenti ramo jampridem mitis olivae
omnia confudit, summisque immiscuit ima.
ecce vetus calido versatus stipes aëno
fit viridis primo, nec longo tempore frondes   280

induit, et subito gravidis oneratur olivis.
at quacumque cavo spumas ejecit aëno
ignis, et in terram guttae cecidere calentes,
vernat humus, floresque et mollia pabula surgunt.

Quae simul ac vidit, stricto Medea recludit   285
ense senis jugulum, veteremque exire cruorem
passa, replet sucis.   Quos postquam conbibit Aeson,
aut ore acceptos aut vulnere, barba comaeque
canitie posita nigrum rapuere colorem ;
pulsa fugit macies, abeunt pallorque situsque,   290
adjectoque cavae supplentur corpore rugae,
membraque luxuriant.   Aeson miratur, et olim
ante quater denos hunc se reminiscitur annos.

X. The Flight of Dædalus.

[Book VIII. — 152–259.]

[Deceiving the daughters of Pelias, Jason's enemy, by a similar miracle wrought upon an aged ram, Medea brings about their father's death (VII. 297–349). Escaping by means of winged dragons, and passing over the scene of many transformations, Medea comes to Athens; whence (her attempted poisoning of Theseus being foiled by the recognition of his father Ægeus) she suddenly vanishes (350–424). A feast is celebrated in honor of Theseus' exploits; and hostility ensuing with Minos (Europa's son) of Crete, Cephalus is sent as envoy to Ægina; to whom the aged Æacus relates the marvellous transformation of ants to men (called *Myrmidons*), after his realm had been ravaged by pestilence (425–660). Now Cephalus had received from his wife Procris a hound and a dart that never missed its aim; and, as he delighted greatly in hunting, Procris being jealous watched him from a thicket; and he, taking it for the movement of some wild creature, shot her with that dart which was her own gift (661–865). Minos, making war on Athens to avenge the slaying of his son Androgeos, comes first to Megara; where Scylla, daughter of the king Nisus, out of love for Minos cuts the purple lock on which her father's kingdom and life depend. Disdained by Minos, she is changed to a sea-mew, and Nisus to an osprey (VIII. 1–151).]

Theseus, in his escape from the Cretan labyrinth, had borne away Ariadne, daughter of Minos; who, forsaken by him, is comforted by Bacchus, who sets her coronet among the stars (152–182). Dædalus, builder of the labyrinth, being imprisoned, escapes with his son Icarus by means of wings fastened with wax; but Icarus, soaring too near the sun, and the wax melting, falls into the sea named for him (183–234). His fall is gladly seen by Perdix, once sister's son to Dædalus, and slain by him out of envy, but changed by Minerva to a partridge (235–259).

VOTA Jovi Minos taurorum corpora centum
    solvit, ut, egressus ratibus, Curetida terram
contigit, et spoliis decorata est regia fixis.
creverat opprobrium generis, foedumque patebat   155
matris adulterium monstri novitate biformis.

destinat hunc Minos thalamis removere pudorem,
multiplicique domo caecisque includere tectis.
 Daedalus ingenio fabrae celeberrimus artis
ponit opus, turbatque notas, et lumina flexum 160
ducit in errorem variarum ambage viarum.
non secus ac liquidus Phrygiis Maendros in arvis
ludit, et ambiguo lapsu refluitque fluitque,
occurrensque sibi venturas aspicit undas,
et nunc ad fontes, nunc ad mare versus apertum 165
incertas exercet aquas: ita Daedalus implet
innumeras errore vias; vixque ipse reverti
ad limen potuit, tanta est fallacia tecti.
 Quo postquam geminam tauri juvenisque figuram
clausit, et Actaeo bis pastum sanguine monstrum 170
tertia sors annis domuit repetita novenis;
utque ope virginea nullis iterata priorum
janua difficilis filo est inventa relecto,
protinus Aegides rapta Minoïde Diam
vela dedit, comitemque suam crudelis in illo 175
litore destituit. Desertae et multa querenti
amplexus et opem Liber tulit, utque perenni
sidere clara foret, sumptam de fronte coronam
immisit caelo. Tenues volat illa per auras;
dumque volat, gemmae nitidos vertuntur in ignes, 180
consistuntque loco, specie remanente coronae,
qui medius Nixique genu est, Anguemque tenentis.
 Daedalus interea Creten longumque perosus
exsilium, tactusque loci natalis amore,
clausus erat pelago. 'Terras licet' inquit 'et undas
obstruat, at caelum certe patet: ibimus illac.
omnia possideat, non possidet aëra Minos.'
dixit; et ignotas animum dimittit in artes,
naturamque novat: nam ponit in ordine pennas,
a minima coeptas, longam breviore sequenti, 190

ut clivo crevisse putes. Sic rustica quondam
fistula disparibus paulatim surgit avenis.
tum lino medias et ceris adligat imas,
atque ita compositas parvo curvamine flectit,
ut veras imitetur aves. Puer Icarus una   195
stabat, et, ignarus sua se tractare pericla,
ore renidenti modo quas vaga moverat aura,
captabat plumas, flavam modo pollice ceram
mollibat, lusuque suo mirabile patris
impediebat opus. Postquam manus ultima coeptis 200
imposita est, geminas opifex libravit in alas
ipse suum corpus, motaque pependit in aura.

Instruit et natum, ' Medio ' que ' ut limite curras,
Icare,' ait ' moneo, ne, si demissior ibis,
unda gravet pennas, si celsior, ignis adurat :   205
inter utrumque vola. Nec te spectare Boöten
aut Helicen jubeo, strictumque Orionis ensem :
me duce carpe viam.' Pariter praecepta volandi
tradit, et ignotas humeris adcommodat alas :
inter opus monitusque genae maduere seniles,   210
et patriae tremuere manus. Dedit oscula nato
non iterum repetenda suo ; pennisque levatus
ante volat, comitique timet, velut ales, ab alto
quae teneram prolem produxit in aëra nido ;
hortaturque sequi, damnosasque erudit artes,   215
et movet ipse suas et nati respicit alas.

Hos aliquis tremula dum captat arundine pisces,
aut pastor baculo, stivave innixus arator,
vidit, et obstupuit, quique aethera carpere possent,
credidit esse deos. Et jam Junonia laeva   220
parte Samos fuerat, Delosque Parosque relictae,
dextra Lebinthos erat, fecundaque melle Calymne,
cum puer audaci coepit gaudere volatu,
deseruitque ducem, caelique cupidine tractus

altius egit iter.　Rapidi vicinia solis　　225
mollit odoratas, pennarum vincula, ceras.
tabuerant cerae : nudos quatit ille lacertos,
remigioque carens non ullas percipit auras.
oraque caerulea patrium clamantia nomen
excipiuntur aqua, quae nomen traxit ab illo.　　230
at pater infelix, nec jam pater, ' Icare,' dixit,
' Icare,' dixit ' ubi es? qua te regione requiram?'
' Icare' dicebat, pennas aspexit in undis :
devovitque suas artes, corpusque sepulchro
condidit, et tellus a nomine dicta sepulti.　　235
　　Hunc miseri tumulo ponentem corpora nati
garrula limoso prospexit ab elice perdix,
et plausit pennis, testataque gaudia cantu est :
unica tunc volucris, nec visa prioribus annis,
factaque nuper avis, longum tibi, Daedale, crimen.　240
namque huic tradiderat, fatorum ignara, docendam
progeniem germana suam, natalibus actis
bis puerum senis, animi ad praecepta capacis.
ille etiam medio spinas in pisce notatas
traxit in exemplum, ferroque incidit acuto　　245
perpetuos dentes, et serrae repperit usum ;
primus et ex uno duo ferrea bracchia nodo
vinxit, ut aequali spatio distantibus illis
altera pars staret, pars altera duceret orbem.
Daedalus invidit, sacraque ex arce Minervae　　250
praecipitem misit, lapsum mentitus; at illum
quae favet ingeniis, excepit Pallas, avemque
reddidit, et medio velavit in aëre pennis.
sed vigor ingenii quondam velocis in alas
inque pedes abiit; nomen quod et ante, remansit.　255
non tamen haec alte volucris sua corpora tollit,
nec facit in ramis altoque cacumine nidos :
propter humum volitat, ponitque in sepibus ova,
antiquique memor metuit sublimia casus.

XI. The Calydonian Hunt.

[Book VIII.—260–545.]

DIANA, angry with king Œneus, because her sacrifice had been neglected, sent a fierce boar to ravage the country of Calydon (260-298). Meleager, son of Œneus, summons the bravest youth of Greece to hunt the monster ; and among them comes Atalanta of Arcadia, whom Meleager beholds with love (299-328). After a difficult chase, Atalanta is first to wound the boar, which is finally killed by Meleager (329-439). He bestows the boar's head, as the prize of victory, on Atalanta ; which being resented by the brothers of his mother Althæa, they are slain by him in the quarrel, and Althæa, incensed at their death, after long debate with herself, plunges into the flames the fatal brand on which the life of her son depends, so that he perishes miserably (440-525).

JAMQUE fatigatum tellus Aetnaea tenebat
Daedalon, et sumptis pro supplice Cocalus armis
mitis habebatur. Jam lamentabile Athenae
pendere desierant Thesea laude tributum ;
templa coronantur, bellatricemque Minervam
cum Jove disque vocant aliis, quos sanguine voto   265
muneribusque datis et acerris turis adorant ;
sparserat Argolicas nomen vaga fama per urbes
Theseos, et populi, quos dives Achaïa cepit,
hujus opem magnis imploravere periclis.
Hujus opem Calydon, quamvis Meleagron haberet,
sollicita supplex petiit prece. Causa petendi
sus erat, infestae famulus vindexque Dianae.
Oenea namque ferunt pleni successibus anni
primitias frugum Cereri, sua vina Lyaeo,
Palladios flavae latices libasse Minervae ;   275
coeptus ab agricolis superos pervenit ad omnes
ambitiosus honor : solas sine ture relictas
praeteritae cessasse ferunt Latoïdos aras.

Tangit et ira deos : ' At non impune feremus,
quaeque inhonoratae, non et dicemur inultae'   280
inquit ; et Oeneos ultorem spreta per agros
misit aprum, quanto majores herbida tauros
non habet Epiros, sed habent Sicula arva minores.
sanguine et igne micant oculi, riget ardua cervix,
et setae similes rigidis hastilibus horrent ;   285
fervida cum rauco latos stridore per armos
spuma fluit ; dentes aequantur dentibus Indis ;
fulmen ab ore venit ; frondes adflatibus ardent.

Is modo crescentes segetes proculcat in herba,   290
nunc matura metit fleturi vota coloni,
et Cererem in spicis intercipit.   Area frustra,
et frustra expectant promissas horrea messes.
sternuntur gravidi longo cum palmite fetus,
bacaque cum ramis semper frondentis olivae.   295
saevit et in pecudes : non has pastorve canesve,
non armenta truces possunt defendere tauri.

Diffugiunt populi, nec se nisi moenibus urbis
esse putant tutos : donec Meleagros et una
lecta manus juvenum coïere cupidine laudis : —   300
Tyndaridae gemini, spectatus caestibus alter,
alter equo ; primaeque ratis molitor Iäson ;
et cum Pirithoö, felix concordia, Theseus ;
et duo Thestiadae ; proles Aphareïa, Lynceus
et velox Idas ; et jam non femina Caeneus ;   305
Leucippusque ferox, jaculoque insignis Acastus ;
Hippothousque,Dryasque, etcretus Amyntore Phoenix ;
Actoridaeque pares, et missus ab Elide Phyleus ;
nec Telamon aberat, magnique creator Achillis ;
cumque Pheretiade et Hyanteo Iolao   310
impiger Eurytion, et cursu invictus Echion ;
Naryciusque Lelex, Panopeusque, Hyleusque, feroxque
Hippasus, et primis etiamnum Nestor in annis ;

et quos Hippocoön antiquis misit Amyclis;
Penelopesque socer cum Parrhasio Ancaeo;   315
Ampycidesque sagax, et adhuc a conjuge tutus
Oeclides, nemorisque decus Tegeaea Lycaei.

  Rasilis huic summam mordebat fibula vestem;
crinis erat simplex, nodum collectus in unum;
ex humero pendens resonabat eburnea laevo   320
telorum custos; arcum quoque laeva tenebat:
talis erat cultu; facies, quam dicere vere
virgineam in puero, puerilem in virgine possis.

  Hanc pariter vidit, pariter Calydonius heros
optavit, renuente deo, flammasque latentes   325
hausit, et 'O felix, si quem dignabitur' inquit
'ista virum!' Nec plura sinit tempusque pudorque
dicere: majus opus magni certaminis urguet.

  Silva frequens trabibus, quam nulla ceciderat aetas,
incipit a plano, devexaque prospicit arva: 330
quo postquam venere viri, pars retia tendunt,
vincula pars adimunt canibus, pars pressa sequuntur
signa pedum, cupiuntque suum reperire periclum.
concava vallis erat, quo se demittere rivi
adsuerant pluvialis aquae: tenet ima lacunae   335
lenta salix ulvaeque leves juncique palustres,
viminaque et longa parvae sub arundine cannae.

  Hinc aper excitus medios violentus in hostes
fertur, ut excussis elisi nubibus ignes.
sternitur incursu nemus, et propulsa fragorem   340
silva dat. Exclamant juvenes, praetentaque forti
tela tenent dextra lato vibrantia ferro.
ille ruit spargitque canes, ut quisque furenti
obstat, et obliquo latrantes dissipat ictu.
cuspis Echionio primum contorta lacerto   345
vana fuit, truncoque dedit leve vulnus acerno.
proxima, si nimiis mittentis viribus usa

non foret, in tergo visa est haesura petito —
longius it : auctor teli Pagasaeus Iäson.
' Phoebe,' ait Ampycides ' si te coluique coloque,　350
da mihi quod petitur certo contingere telo ! '
qua potuit, precibus deus annuit.　Ictus ab illo est,
sed sine vulnere, aper : ferrum Diana volanti
abstulerat jaculo ; lignum sine acumine venit.

　　Ira feri mota est, nec fulmine lenius arsit :　355
emicat ex oculis, spirat quoque pectore flamma.
utque volat moles adducto concita nervo,
cum petit aut muros, aut plenas milite turres,
in juvenes certo sic impete vulnificus sus
fertur, et Eupalamon Pelagonaque, dextra tuentes　360
cornua, prosternit.　Socii rapuere jacentes ;
at non letiferos effugit Enaesimus ictus
Hippocoönte satus : trepidantem et terga parantem
vertere succiso liquerunt poplite nervi.
forsitan et Pylius citra Trojana perisset　365
tempora : sed sumpto posita conamine ab hasta
arboris insiluit, quae stabat proxima, ramis,
despexitque, loco tutus, quem fugerat hostem.

　　Dentibus ille ferox in querno stipite tritis
imminet exitio, fidensque recentibus armis　370
Ornytidae magni rostro femur hausit adunco.
at gemini, nondum caelestia sidera, fratres,
ambo conspicui, nive candidioribus ambo
vectabantur equis, ambo vibrata per auras
hastarum tremulo quatiebant spicula motu.　375
vulnera fecissent, nisi saetiger inter opacas
nec jaculis isset nec equo loca pervia, silvas.

　　Persequitur Telamon, studioque incautus eundi
pronus ab arborea cecidit radice retentus.
dum levat hunc Peleus, celerem Tegeaea sagittam　380
imposuit nervo, sinuatoque expulit ärcu.

fixa sub aure feri summum destringit arundo
corpus, et exiguo rubefecit sanguine saetas.
nec tamen illa sui successu laetior ictus,
quam Meleagros erat. Primus vidisse putatur,   385
et primus sociis visum ostendisse cruorem,
et ‘ Meritum ’ dixisse ‘ feres virtutis honorem.’
erubuere viri, seque exhortantur, et addunt
cum clamore animos, jaciuntque sine ordine tela :
turba nocet jactis, et quos petit, impedit ictus.   390

   Ecce furens contra sua fata bipennifer Arcas
‘ Discite, femineis quid tela virilia praestent,
O juvenes, operique meo concedite ’ dixit;
‘ ipsa suis licet hunc Latonia protegat armis,
invita tamen hunc perimet mea dextra Diana.’   395
talia magniloquo tumidus memoraverat ore,
ancipitemque manu tollens utraque securim
institerat digitis, primos suspensus in artus.
occupat audentem, quaque est via proxima leto,
summa ferus geminos direxit ad inguina dentes.   400
concidit Ancaeus, glomerataque sanguine multo
viscera lapsa fluunt, madefactaque terra cruore est.

   Ibat in adversum proles Ixionis hostem
Pirithoüs, valida quatiens venabula dextra.
cui procul Aegides ‘ O me mihi carior ’ inquit   405
‘ pars animae consiste meae ! licet eminus esse
fortibus : Ancaeo nocuit temeraria virtus.’
dixit, et aerata torsit grave cuspide cornum :
cui bene librato votique potente futuro
obstitit aesculea frondosus ab arbore ramus.   410
misit et Aesonides jaculum, quod casus ab illo
vertit in immeriti fatum latrantis, et inter
ilia conjectum tellure per ilia fixum est.

   At manus Oenidae variat ; missisque duabus
hasta prior terra, medio stetit altera tergo.   415

nec mora : dum saevit, dum corpora versat in orbem,
stridentemque novo spumam cum sanguine fundit,
vulneris auctor adest, hostemque irritat ad iram,
splendidaque adversos venabula condit in armos.
gaudia testantur socii clamore secundo, 420
victricemque petunt dextrae conjungere dextram.
immanemque ferum multa tellure jacentem
mirantes spectant ; neque adhuc contingere tutum
esse putant, sed tela tamen sua quisque cruentat.
ipse pede imposito caput exitiabile pressit, 425
atque ita : ' Sume mei spolium, Nonacria, juris '
dixit ' et in partem veniat mea gloria tecum.'
protinus exuvias, rigidis horrentia saetis
terga dat, et magnis insignia dentibus ora.

 Illi laetitiae est cum munere muneris auctor ; 430
invidere alii, totoque erat agmine murmur.
e quibus ingenti tendentes bracchia voce
' Pone age, nec titulos intercipe, femina, nostros '
Thestiadae clamant, ' nec te fiducia formae
decipiat, ne sit longe tibi captus amore 435
auctor ': et huic adimunt munus, jus muneris illi.
non tulit, et tumida frendens Mavortius ira,
' Discite, raptores alieni ' dixit ' honoris,
facta minis quantum distent ;' hausitque nefando
pectora Plexippi, nil tale timentia, ferro. 440
Toxea, quid faciat dubium, pariterque volentem
ulcisci fratrem fraternaque fata timentem,
haud patitur dubitare diu, calidumque priori
caede recalfecit consorti sanguine telum.

 Dona deum templis, nato victore, ferebat, 445
cum videt exstinctos fratres Althaea referri.
quae plangore dato maestis clamoribus urbem
implet, et auratis mutavit vestibus atras.
at simul est auctor necis editus, excidit omnis

luctus, et a lacrimis in poenae versus amorem est.　450
　Stipes erat, quem, cum partus enixa jaceret
Thestias, in flammam triplices posuere sorores;
staminaque impresso fatalia pollice nentes
'Tempora' dixerunt 'eadem lignoque tibique,
O modo nate, damus.'　Quo postquam carmine dicto
excessere deae, flagrantem mater ab igne
eripuit torrem, sparsitque liquentibus undis.
ille diu fuerat penetralibus abditus imis,
servatusque tuos, juvenis, servaverat annos.
protulit hunc genitrix, taedasque et fragmina poni　460
imperat, et positis inimicos admovet ignes.
　Tum conata quater flammis imponere ramum,
coepta quater tenuit.　Pugnant materque sororque,
et diversa trahunt unum duo nomina pectus.
saepe metu sceleris pallebant ora futuri;　　465
saepe suum fervens oculis dabat ira ruborem.
et modo nescio quid similis crudele minanti
vultus erat, modo quem misereri credere posses;
cumque ferus lacrimas animi siccaverat ardor,
inveniebantur lacrimae tamen.　Utque carina,　470
quam ventus, ventoque rapit contrarius aestus,
vim geminam sentit, paretque incerta duobus —
Thestias haud aliter dubiis affectibus errat,
inque vices ponit, positamque resuscitat iram.
　Incipit esse tamen melior germana parente,　475
et consanguineas ut sanguine leniat umbras,
impietate pia est: nam postquam pestifer ignis
convaluit, 'Rogus iste cremet mea viscera' dixit;
utque manu dira lignum fatale tenebat,
ante sepulcrales infelix adstitit aras,　　480
'Poenarum' que 'deae triplices, furialibus,' inquit
'Eumenides, sacris vultus advertite vestros.
ulciscor, facioque nefas: mors morte pianda est.

in scelus addendum scelus est, in funera funus;
per coacervatos pereat domus impia luctus.   485
an felix Oeneus nato victore fruetur,
Thestius orbus erit? Melius lugebitis ambo.
vos modo, fraterni manes, animaeque recentes,
officium sentite meum, magnoque paratas
accipite inferias, uteri mala pignora nostri.   490
    ' Ei mihi ! quo rapior? fratres ignoscite matri !
deficiunt ad coepta manus. Meruisse fatemur
illum, cur pereat: mortis mihi displicet auctor.
ergo impune feret, vivusque et victor et ipso
successu tumidus regnum Calydonis habebit?   495
vos cinis exiguus gelidaeque jacebitis umbrae?
haud equidem patiar. Pereat sceleratus, et ille
spemque patris regnique trahat patriaeque ruinam.
mens ubi materna est? ubi sunt pia jura parentum?
et quos sustinui bis mensum quinque labores?   500
O utinam primis arsisses ignibus infans,
idque ego passa forem ! Vixisti munere nostro:
nunc merito moriere tuo. Cape praemia facti,
bisque datam, primum partu, mox stipite rapto,
redde animam, vel me fraternis adde sepulcris.   505
    ' Et cupio, et nequeo: quid agam? modo vulnera
       fratrum
ante oculos mihi sunt, et tantae caedis imago:
nunc animum pietas maternaque nomina frangunt.
me miseram ! male vincetis, sed vincite, fratres:
dummodo quae dedero vobis solacia, vosque   510
ipsa sequar.' Dixit, dextraque aversa trementi
funereum torrem medios conjecit in ignes.
aut dedit, aut visus gemitus est ille dedisse
stipes, ut invitis correptus ab ignibus arsit.

    Inscius atque absens flamma Meleagros ab illa   515
uritur, et caecis torreri viscera sentit

ignibus, ac magnos superat virtute dolores.
quod tamen ignavo cadat et sine sanguine leto,
maeret, et Ancaei felicia vulnera dicit;
grandaevumque patrem fratresque piasque sorores 520
cum gemitu, sociamque tori vocat ore supremo;
forsitan et matrem.   Crescunt ignisque dolorque,
languescuntque iterum : simul est exstinctus uterque,
inque leves abiit paulatim spiritus auras
paulatim cana prunam velante favilla. 525

    Alta jacet Calydon : lugent juvenesque senesque,
vulgusque proceresque gemunt, scissaeque capillos
planguntur matres Calydonides Eueninae.
pulvere canitiem genitor vultusque seniles ·
foedat humi fusus, spatiosumque increpat aevum.
nam de matre manus diri sibi conscia facti 530
exegit poenas, acto per viscera ferro.
non mihi si centum deus ora sonantia linguis,
ingeniumque capax, totumque Helicona dedisset,
tristia persequerer miserarum dicta sororum.
inmemores decoris liventia pectora tundunt; 535
dumque manet corpus, corpus refoventque foventque;
oscula dant ipsi, posito dant oscula lecto;
post cinerem cineres haustos ad pectora pressant;
adfusaeque jacent tumulo, signataque saxo
nomina complexae lacrimas in nomina fundunt. 540
quas Parthaoniae tandem Latonia clade
exsatiata domus, praeter Gorgenque nurumque
nobilis Alcmenae, natis in corpore pennis
allevat, et longas per bracchia porrigit alas,
corneaque ora facit, versasque per aëra mittit. 545

XII. PHILEMON AND BAUCIS.

[BOOK VIII.—620–724.]

[HERCULES, returning from the Calydonian Hunt, is entertained
with his friends by the river-god Achelous, who recounts the fate of
certain nymphs, turned into rocks and islands. These prodigies
are mocked by Pirithous, son of Ixion, who is among them. To
silence his cavil, Lelex relates the following tale (589–619).]

Jupiter and Mercury, journeying once in Phrygia, were refused
hospitality by all the inhabitants of a certain place, except two
pious rustics, Philemon and his wife Baucis, who provide such
entertainment as they are able (620–688). While the inhospitable
town was drowned in a marsh, the poor hut of Philemon became
a temple, of which he and his wife were made attendants; until in
a good old age they were both transformed to trees, he to an oak
and she to a linden (689–724).

TILIAE contermina quercus
    collibus est Phrygiis, modico circumdata muro.
haud procul huic stagnum est, tellus habitabilis olim,
nunc celebres mergis fulicisque palustribus undae. 625
Juppiter huc specie mortali, cumque parente
venit Atlantiades, positis caducifer alis.
mille domos adiere, locum requiemque petentes:
mille domos clausere serae. Tamen una recepit,
parva quidem, stipulis et canna tecta palustri: 630
sed pia Baucis anus parilique aetate Philemon
illa sunt annis juncti juvenilibus, illa
consenuere casa; paupertatemque fatendo
effecere levem, nec iniqua mente ferendo.
nec refert, dominos illic, famulosne requiras: 635
tota domus duo sunt, idem parentque jubentque.

Ergo ubi caelicolae parvos tetigere penates,
summissoque humiles intrarunt vertice postes,
membra senex posito jussit relevare sedili,

quo superinjecit textum rude sedula Baucis, 640
inde foco tepidum cinerem dimovit, et ignes
suscitat hesternos, foliisque et cortice sicco
nutrit, et ad flammas anima producit anili,
multifidasque faces ramaliaque arida tecto
detulit, et minuit, parvoque admovit aëno. 645
quodque suus conjunx riguo collegerat horto,
truncat olus foliis.   Furca levat ille bicorni
sordida terga suis nigro pendentia tigno;
servatoque diu resecat de tergore partem
exiguam, sectamque domat ferventibus undis. 650

Interea medias fallunt sermonibus horas,
concutiuntque torum de molli fluminis ulva 655
impositum lecto, sponda pedibusque salignis.
vestibus hunc velant, quas non nisi tempore festo
sternere consuerant; sed et haec vilisque vetusque
vestis erat, lecto non indignanda saligno.

Accubuere dei.   Mensam succincta tremensque 660
ponit anus: mensae sed erat pes tertius impar:
testa parem fecit.   Quae postquam subdita clivum
sustulit, aequatam mentae tersere virentes.
ponitur hic bicolor sincerae baca Minervae;
conditaque in liquida corna autumnalia faece; 665
intibaque, et radix, et lactis massa coacti,
ovaque non acri leviter versata favilla,—
omnia fictilibus.   Post haec caelatus eodem
sistitur argento crater, fabricataque fago
pocula, qua cava sunt, flaventibus illita ceris. 670

Parva mora est, epulasque foci misere calentes,
nec longae rursus referuntur vina senectae,
dantque locum mensis paulum seducta secundis.
hic nux, hic mixta est rugosis carica palmis,
prunaque, et in patulis redolentia mala canistris, 675
et de purpureis collectae vitibus uvae.

candidus in medio favus est.　Super omnia vultus
accessere boni, nec iners pauperque voluntas.
　　Interea totiens haustum cratera repleri
sponte sua, per seque vident succrescere vina.　680
attoniti novitate pavent, manibusque supinis
concipiunt Baucisque preces timidusque Philemon,
et veniam dapibus nullisque paratibus orant.
　　Unicus anser erat, minimae custodia villae,
quem dis hospitibus domini mactare parabant.　685
ille celer penna tardos aetate fatigat,
eluditque diu, tandemque est visus ad ipsos
confugisse deos.　Superi vetuere necari :
' Di ' que ' sumus, meritasque luet vicinia poenas
impia ' dixerunt; ' vobis immunibus hujus　690
esse mali dabitur : modo vestra relinquite tecta,
ac nostros comitate gradus, et in ardua montis
ite simul.'　Parent ambo, baculisque levati
nituntur longo vestigia ponere clivo.
　　Tantum aberant summo, quantum semel ire sagitta
missa potest : flexere oculos, et mersa palude
cetera prospiciunt, tantum sua tecta manere.
dumque ea mirantur, dum deflent fata suorum,
illa vetus, dominis etiam casa parva duobus
vertitur in templum ; furcas subiere columnae ;　700
stramina flavescunt, aurataque tecta videntur,
caelataeque fores, adopertaque marmore tellus.
　　Talia tum placido Saturnius edidit ore :
' Dicite, juste senex, et femina conjuge justo
digna, quid optetis.'　Cum Baucide pauca locutus,
judicium superis aperit commune Philemon :
' Esse sacerdotes, delubraque vestra tueri
poscimus ; et quoniam concordes egimus annos,
auferat hora duos eadem, nec conjugis umquam
busta meae videam, neu sim tumulandus ab illa.'　710

Vota fides sequitur : templi tutela fuere,
donec vita data est.   Annis aevoque soluti,
ante gradus sacros cum starent forte, locique
inciperent casus, frondere Philemona Baucis,
Baucida conspexit senior frondere Philemon.   715
jamque super geminos crescente cacumine vultus
mutua, dum licuit, reddebant dicta, *Vale* que
O conjunx dixere simul, simul abdita texit
ora frutex.   Ostendit adhuc Thineïus illic
incola de gemino vicinos corpore truncos.   720
haec mihi non vani — neque erat cur fallere vellent —
narravere senes : equidem pendentia vidi
serta super ramos ; ponensque recentia, dixi :
Cura pii dis sunt, et qui coluere coluntur.

XIII. THE DEATH OF HERCULES.

[BOOK IX.— 134-272.]

[ACHELOUS, continuing the discourse, tells of the transformations of Proteus; and of Metra, daughter of Eresichthon, who
(receiving this power from Neptune) long, by cheats and wiles,
sustained her father cursed with extreme rage of hunger for the
violation of a grove of Ceres (VIII. 725–884). And as Theseus
inquires the cause of his broken horn, Achelous replies that con-
tending once with Hercules for the possession of Dejanira, sister
of Meleager, that horn had been wrested off, and, being filled by
the Naiads with autumn fruits, became the horn of Plenty (IX.
1–100). In defence of the same Dejanira, Hercules had once
slain the centaur Nessus; who, dying, gave her a tunic stained
with his blood, mixed with venom of the Lernæan hydra, which (he
said) would recall her husband's love if ever it should wander or
cool (101–133).]

Afterward, Hercules being about to wed Iole, daughter of Eurytus, Dejanira sent to him this tunic as a marriage gift. But when
it took heat from the altar flames as he was about to sacrifice, Hercules, being in extreme torment, and unable to tear it off, cast into
the sea the bearer of the gift, Lichas, who was converted into a
rock, retaining his human form (134–227). Then Hercules, building a great funeral pile upon Mount Œta of Thessaly, burned himself thereon; and, his mortal parts being purged away, was
received into the company of the gods (228–272).

L ONGA fuit medii mora temporis, actaque magni
  Herculis implerant terras, odiumque novercae.
victor ab Oechalia Cenaeo sacra parabat
vota Jovi, cum fama loquax praecessit ad aures,
Deïanira, tuas, quae veris addere falsa
gaudet, et e minimo sua per mendacia crescit,
Amphitryoniaden Iöles ardore teneri.   140
 Credit amans, venerisque novae perterrita fama
indulsit primo lacrimis, flendoque dolorem
diffudit miseranda suum. Mox deinde, ' Quid autem

flemus?' ait: 'pellex lacrimis laetabitur istis.
quae quoniam adveniet, properandum, aliquidque no-
      vandum est,   145
dum licet, et nondum thalamos tenet altera nostros.
conquerar, an sileam? repetam Calydona, morerne?
excedam tectis? an, si nihil amplius, obstem?
quid si me, Meleagre, tuam memor esse sororem
forte paro facinus, quantumque injuria possit   150
femineusque dolor, jugulata pellice testor?'

   Incursus animus varios habet: omnibus illis
praetulit imbutam Nesseo sanguine vestem
mittere, quae vires defecto reddat amori.
ignaroque Lichae, quid tradat nescia, luctus   155
ipsa suos trädit, blandisque miserrima verbis,
dona det illa viro, mandat.   Capit inscius heros,
induiturque humeris Lernaeae virus echidnae.

   Tura dabat primis et verba precantia flammis,
vinaque marmoreas patera fundebat in aras: 160
incaluit vis illa mali, resolutaque flammis
Herculeos abiit late diffusa per artus.
dum potuit, solita gemitum virtute repressit;
victa malis postquam est patientia, reppulit aras,
implevitque suis nemorosum vocibus Oeten.   165
nec mora, letiferam conatur scindere vestem:
qua trahitur, trahit illa cutem, foedumque relatu,
aut haeret membris frustra temptata revelli,
aut laceros artus et grandia detegit ossa.
ipse cruor, gelido ceu quondam lamina candens   170
tincta lacu, stridit, coquiturque ardente veneno.

   Nec modus est: sorbent avidae praecordia flammae,
caeruleusque fluit toto de corpore sudor,
ambustique sonant nervi, caecaque medullis
tabe liquefactis tendens ad sidera palmas,   175
'Cladibus' exclamat, 'Saturnia, pascere nostris:

pascere, et hanc pestem specta, crudelis, ab alto,
corque ferum satia. Vel si miserandus et hosti
hoc aestu tibi sum, diris cruciatibus aegram
invisamque animam natamque laboribus aufer. 180
mors mihi munus erit: decet haec dare dona novercam.
ergo ego foedantem peregrino templa cruore
Busirin domui? saevoque alimenta parentis
Antaeo eripui? nec me pastoris Hiberi
forma triplex, nec forma triplex tua, Cerbere, movit?
vosne, manus, validi pressistis cornua tauri?
vestrum opus Elis habet, vestrum Stymphalides undae,
Partheniumque nemus? vestra virtute relatus
Thermodontiaco caelatus balteus auro,
pomaque ab insomni concustodita dracone? 190
nec mihi Centauri potuere resistere, nec mi
Arcadiae vastator aper? nec profuit hydrae
crescere per damnum, geminasque resumere vires?
quid, cum Thracis equos humano sanguine pingues
plenaque corporibus laceris praesepia vidi, 195
visaque dejeci, dominumque ipsosque peremi?
his elisa jacet moles Nemeaea lacertis;
hac caelum cervice tuli. Defessa jubendo est
saeva Jovis conjunx: ego sum indefessus agendo.
sed nova pestis adest, cui nec virtute resisti, 200
nec telis armisque potest. Pulmonibus errat
ignis edax imis, perque omnes pascitur artus.
at valet Eurystheus! Et sunt, qui credere possint
esse deos?' Dixit, perque altum saucius Oeten
haud aliter graditur, quam si venabula taurus 205
corpore fixa gerat, factique refugerit auctor.
saepe illum gemitus edentem, saepe frementem,
saepe retemptantem totas refringere vestes,
sternentemque trabes, irascentemque videres
montibus, aut patrio tendentem bracchia caelo. 210

Ecce Lichan trepidum latitantem rupe cavata
aspicit; utque dolor rabiem collegerat omnem,
'Tune, Licha,' dixit 'feralia dona dedisti?
tune meae necis auctor eris?' Tremit ille, pavetque
pallidus, et timide verba excusantia dicit.   215
dicentem genibusque manus adhibere parantem
corripit Alcides, et terque quaterque rotatum
mittit in Euboïcas tormento fortius undas.
ille per aërias pendens induruit auras;
utque ferunt imbres gelidis concrescere ventis,   220
inde nives fieri, nivibus quoque molle rotatis
astringi, et spissa glomerari grandine corpus:
sic illum validis actum per inane lacertis
exsanguemque metu nec quicquam humoris habentem,
in rigidos versum silices prior edidit aetas.   225
nunc quoque in Euboïco scopulus brevis emicat alto
gurgite, et humanae servat vestigia formae,
quem, quasi sensurum, nautae calcare verentur,
appellantque Lichan.
                    At tu, Jovis inclita proles,
arboribus caesis, quas ardua gesserat Oete,   230
inque pyram structis, arcum pharetramque capacem
regnaque visuras iterum Trojana sagittas
ferre jubes Poeante satum, quo flamma ministro
subdita; dumque avidis comprenditur ignibus agger,
congeriem silvae Nemeaeo vellere summam   235
sternis, et imposita clavae cervice recumbis,
haud alio vultu, quam si conviva jaceres
inter plena meri redimitus pocula sertis.

Jamque valens et in omne latus diffusa sonabat,
securosque artus contemptoremque petebat   240
flamma suum. Timuere dei pro vindice terrae:
quos ita, sensit enim, laeto Saturnius ore
Juppiter adloquitur: 'Nostra est timor iste voluptas,

O superi; totoque libens mihi pectore grator,
quod memoris populi dicor rectorque paterque,   245
et mea progenies vestro quoque tuta favore est.
nam quamquam ipsius datur hoc immanibus actis,
obligor ipse tamen.   Sed enim, ne pectora vano
fida metu paveant, Oetaeas spernite flammas.
omnia qui vicit, vincet, quos cernitis, ignes;   250
nec nisi materna vulcanum parte potentem
sentiet.   Aeternum est a me quod traxit, et expers
atque immune necis, nullaque domabile flamma:
idque ego defunctum terra caelestibus oris
accipiam, cunctisque meum laetabile factum   255
dis fore confido.   Siquis tamen Hercule, siquis
forte deo doliturus erit, data praemia nolet:
sed meruisse dari sciet, invitusque probabit.'

Assensere dei; conjunx quoque regia visa est
cetera non duro, duro tamen ultima vultu   260
dicta tulisse Jovis, seque indoluisse notatam.

Interea quodcumque fuit populabile flammae,
Mulciber abstulerat; nec cognoscenda remansit
Herculis effigies, nec quicquam ab imagine ductum
matris habet, tantumque Jovis vestigia servat.   265
utque novus serpens posita cum pelle senecta
luxuriare solet, squamaque virere recenti:
sic ubi mortales Tirynthius exuit artus,
parte sui meliore viget, majorque videri
coepit, et augusta fieri gravitate verendus.   270
quem pater omnipotens inter cava nubila raptum
quadrijugo curru radiantibus intulit astris.

XIV. Orpheus and Eurydice.

[Book X. — 1-77.]

[ALCMENE, mother of Hercules, to entertain Iole (who had married his son Hyllus), relates the tale of Hercules' birth, which was long delayed, but at last brought about by the artifice of Galanthis, a waiting maid; who, for the falsehood she told, was turned into a weasel by Ilithyia, whom she had deceived (IX. 273-323). Iole relates in turn of her sister Dryope, changed to a lotus (324-339). The restoring of Iolaus to youth, and the miraculous manhood bestowed on the children of Callirhoë, having moved the displeasure of some of the gods, Jupiter reminds them of the painful old age of his own son Minos (400-442). The tale is told of Byblis, daughter of Miletus (who had migrated from Crete to Asia): she, filled with a guilty love for her brother Cannus, became a fountain in Caria (443-665). Iphis, daughter of Ligdus of Crete, having been brought up as a youth to avoid her father's displeasure that a daughter was born to him, was at length changed to a young man by Isis, and so became the husband of Ianthe (666-797).]

Hymen, proceeding to Thrace, after the marriage of Iphis, unites Orpheus to Eurydice, but not happily, for she died from the bite of a serpent. To recover her, Orpheus penetrated the shadows of the Lower World, where even the Furies are moved to tears at his song, the pains of hell are stayed, and Proserpine is won to yield him back his wife, only on condition that he shall not look behind him till again in the upper world. Turning about too soon, in his eagerness to see her, he loses her again, and is not suffered a second time to enter Hades (X. 1-77).

INDE per immensum croceo velatus amictu
aethera digreditur, Ciconumque Hymenaeus ad
  oras
tendit, et Orphea nequiquam voce vocatur.
adfuit ille quidem; sed nec sollemnia verba,
nec laetos vultus, nec felix attulit omen.   5
fax quoque, quam tenuit, lacrimoso stridula fumo
usque fuit, nullosque invenit motibus ignes.

exitus auspicio gravior; nam nupta, per herbas
dum nova naïadum turba comitata vagatur,
occidit, in talum serpentis dente recepto.   10
  Quam satis ad superas postquam Rhodopeïus auras
deflevit vates, ne non temptaret et umbras,
ad Styga Taenaria est ausus descendere porta;
perque leves populos simulacraque functa sepulcro
Persephonen adiit, inamoenaque regna tenentem   15
umbrarum dominum.   Pulsisque ad carmina nervis
sic ait: 'O positi sub terra numina mundi,
in quem recidimus, quicquid mortale creamur;
si licet, et falsi positis ambagibus oris
vera loqui sinitis, non huc, ut opaca viderem   20
Tartara, descendi, nec uti villosa colubris
terna Medusaei vincirem guttura monstri.
causa viae conjunx, in quam calcata venenum
vipera diffudit, crescentesque abstulit annos.
posse pati volui, nec me temptasse negabo: 25
vicit Amor.   Supera deus hic bene notus in ora est:
an sit et hic, dubito, sed et hic tamen auguror esse.
famaque si veteris non est mentita rapinae,
vos quoque junxit Amor. Per ego haec loca plena
        timoris,
per Chaos hoc ingens, vastique silentia regni,   30
Eurydices, oro, properata retexite fata.
omnia debemur vobis, paulumque morati
serius aut citius sedem properamus ad unam.
tendimus huc omnes, haec est domus ultima; vosque
humani generis longissima regna tenetis.   35
haec quoque, cum justos matura peregerit annos,
juris erit vestri. Pro munere poscimus usum.
quod si fata negant veniam pro conjuge, certum est
nolle redire mihi: leto gaudete duorum.'
  Talia dicentem nervosque ad verba moventem   40

exsangues flebant animae; nec Tantalus undam
captavit refugam, stupuitque Ixionis orbis,
nec carpsere jecur volucres, urnisque vacarunt
Belides, inque tuo sedisti, Sisyphe, saxo.
tunc primum lacrimis victarum carmine fama est   45
Eumenidum maduisse genas.   Nec regia conjunx
sustinet oranti, nec qui regit ima, negare:
Eurydicenque vocant.   Umbras erat illa recentes
inter, et incessit passu de vulnere tardo.
hanc simul et legem Rhodopeïus accipit heros,   50
ne flectat retro sua lumina, donec Avernas
exierit valles, aut irrita dona futura.
   Carpitur acclivis per muta silentia trames,
arduus, obscurus, caligine densus opaca.
nec procul afuerunt telluris margine summae: 55
hic, ne deficeret metuens, avidusque videndi,
flexit amans oculos; et protinus illa relapsa est,
bracchiaque intendens prendique et prendere captans
nil nisi cedentes infelix arripit auras.
jamque iterum moriens non est de conjuge quicquam
questa suo: quid enim nisi se quereretur amatam?
supremumque *Vale!* quod jam vix auribus ille
acciperet, dixit, revolutaque rursus eodem est.
   Non aliter stupuit gemina nece conjugis Orpheus,
quam tria qui timidus, medio portante catenas,   65
colla canis vidit; quem non pavor ante reliquit,
quam natura prior, saxo per corpus oborto:
quique in se crimen traxit voluitque videri
Olenos esse nocens, tuque O confisa figurae,
infelix Lethaea, tuae, junctissima quondam   70
pectora, nunc lapides, quos humida sustinet Ide.
   Orantem frustraque iterum transire volentem
portitor arcuerat.   Septem tamen ille diebus
squalidus in ripa Cereris sine munere sedit;

cura dolorque animi lacrimaeque alimenta fuere.   75
esse deos Erebi crudeles questus, in altam
se recipit Rhodopen pulsumque aquilonibus Haemum.

XV. THE SONG OF ORPHEUS.

[BOOK X. — 86-219.]

WITHDRAWN apart from the love of women, and having
gathered by his song a grove of forest trees [among them the pine
which was once the youth Attis, and Cyparissus changed by Apollo
into a Cypress], Orpheus sings of the loves of the gods for mortal
men.   And first of Ganymede of Troy, borne to heaven by Jupiter
in the form of an eagle (143-161) ; and of Hyacinthus, a beautiful
youth of Sparta, beloved by Apollo, but accidentally killed by him
with a discus (or quoit) that he had hurled into the air; from
whose blood sprang the flower that bears his name (162-219).

[He further sings of certain people of Cyprus, cruel to
strangers, who by Venus were changed to oxen (220-237); of the
statue wrought by Pygmalion, which became a living maiden, and
his bride (243-297) ; of Myrrha, who because of her incestuous love
of her father became a tree weeping fragrant gum (298-502) ; of her
child Adonis, loved by Venus (503-559) ; of Atalanta, fleet of foot,
who was won in the race by craft of Hippomenes with three golden
apples, but both were afterwards changed into lions (560-707) ;
and of the death of Adonis, slain by a wild boar, and by Venus
converted into the flower Anemone, as Menthe had aforetime been
by Proserpine into the herb Mint (708-739).]

COLLIS erat, collemque super planissima campi
      area, quam viridem faciebant graminis herbae.
umbra loco deërat : qua postquam parte resedit
dis genitus vates, et fila sonantia movit,
umbra loco venit.   Non Chaonis afuit arbor,   90
non nemus Heliadum, non frondibus aesculus altis,

nec tiliae molles, nec fagus et innuba laurus,
nec coryli fragiles, et fraxinus utilis hastis,
enodisque abies, curvataque glandibus ilex,
et platanus genialis, acerque coloribus impar,   95
amnicolaeque simul salices et aquatica lotos,
perpetuoque virens buxum, tenuesque myricae,
et bicolor myrtus, et bacis caerula tinus.
vos quoque, flexipedes hederae, venistis, et una
pampineae vites et amictae vitibus ulmi;   100
ornique et piceae, pomoque onerata rubenti
arbutus, et lentae (victoris praemia) palmae,
et succincta comas hirsutaque vertice pinus,
grata deum matri : siquidem Cybeleïus Attis
exuit hac hominem, truncoque induruit illo.   105

   Tale nemus vates attraxerat; inque ferarum
concilio medius turba volucrumque sedebat.
ut satis impulsas temptavit pollice chordas,   145
et sensit varios, quamvis diversa sonarent,
concordare modos, hoc vocem carmine movit :

   ' Ab Jove, Musa parens (cedunt Jovis omnia regno)
carmina nostra move : Jovis est mihi saepe potestas
dicta prius.   Cecini plectro graviore Gigantas,   150
sparsaque Phlegraeis victricia fulmina campis;
nunc opus est leviore lyra, puerosque canamus
dilectos superis, inconcessisque puellas
ignibus attonitas meruisse libidine poenam.

   ' Rex superum Phrygii quondam Ganymedis amore
arsit, et inventum est aliquid, quod Juppiter esse,
quam quod erat, mallet.   Nulla tamen alite verti
dignatur, nisi quae posset sua fulmina ferre.
nec mora : percusso mendacibus aëre pennis
abripit Iliaden, qui nunc quoque pocula miscet,   160
invitaque Jovi nectar Junone ministrat.

   ' Te quoque, Amyclide, posuisset in aethere Phoebus,

tristia si spatium ponendi fata dedissent.
qua licet, aeternus tamen es; quotiensque repellit
ver hiemem, Piscique Aries succedit aquoso,   165
tu totiens oreris, viridique in cespite flores.
te meus ante omnes genitor dilexit, et orbe
in medio positi caruerunt praeside Delphi,
dum deus Eurotan immunitamque frequentat
Sparten: nec citharae, nec sunt in honore sagittae. 170
inmemor ipse sui non retia ferre recusat,
non tenuisse canes, non per juga montis iniqui
isse comes; longaque alit assuetudine flammas.

'Jamque fere medius Titan venientis et actae
noctis erat, spatioque pari distabat utrimque: 175
corpora veste levant, et suco pinguis olivi
splendescunt, latique ineunt certamina disci.

'Quem prius aërias libratum Phoebus in auras
misit, et oppositas disjecit pondere nubes.
recidit in solidam longo post tempore terram   180
pondus, et exhibuit junctam cum viribus artem.
protinus imprudens actusque cupidine ludi
tollere Taenarides orbem properabat; at illum
dura repercussum subjecit in aëra tellus
in vultus, Hyacinthe, tuos. Expalluit aeque   185
quam puer ipse deus; collapsosque excipit artus,
et modo te refovet, modo tristia vulnera siccat,
nunc animam admotis fugientem sustinet herbis.

'Nil prosunt artes: erat immedicabile vulnus.
ut si quis violas riguove papaver in horto,   190
liliaque infringat fulvis haerentia virgis,
marcida demittant subito caput illa gravatum,
nec se sustineant, spectentque cacumine terram:
sic vultus moriens jacet, et defecta vigore
ipsa sibi est oneri cervix humeroque recumbit.   195

'"Laberis, Oebalide, prima fraudate juventa,

Phoebus ait, videoque tuum, mea crimina, vulnus.
tu dolor es, facinusque meum : mea dextera leto
inscribenda tuo est; ego sum tibi funeris auctor.
quae mea culpa tamen? nisi si lusisse vocari   200
culpa potest, nisi culpa potest et amasse vocari.
atque utinam pro te vitam, tecumve liceret
reddere! Quod quoniam fatali lege tenemur,
semper eris mecum, memorique haerebis in ore.
te lyra pulsa manu, te carmina nostra sonabunt;   205
flosque novus scripto gemitus imitabere nostros :
tempus et illud erit, quo se fortissimus heros
addat in hunc florem, folioque legatur eodem."
  ' Talia dum vero memorantur Apollinis ore,
ecce cruor, qui fusus humo signaverat herbam,   210
desinit esse cruor, Tyrioque nitentior ostro
flos oritur, formamque capit quam lilia, si non
purpureus color his, argenteus esset in illis.
non satis hoc Phoebo est (is enim fuit auctor honoris) :
ipse suos gemitus foliis inscribit, et AI AI   215
flos habet inscriptum, funestaque littera ducta est.
nec genuisse pudet Sparten Hyacinthon, honorque
durat in hoc aevi; celebrandaque more priorum
annua praelata redeunt Hyacinthia pompa.'

XVI. THE DEATH OF ORPHEUS.

[BOOK XI. — 1–84.]

STILL lamenting in solitude for his lost Eurydice, Orpheus is assailed in a frenzy by the women of Thrace, who tear him in pieces ; so that while his body is borne upon the Hebrus, and to the isle of Lesbos, his shade securely joins that of his wife in the Elysian Fields (XI. 1–66); the women who had caused his death being by Bacchus changed to trees (67–84).

CARMINE dum tali silvas animosque ferarum
　　Threïcius vates et saxa sequentia ducit,
ecce nurus Ciconum, tectae lymphata ferinis
pectora velleribus, tumuli de vertice cernunt
Orphea, percussis sociantem carmina nervis.　　　5
e quibus una, levem jactato crine per auram,
‘En,’ ait ‘ en hic est nostri contemptor !’ et hastam
vatis Apollinei vocalia misit in ora :
quae foliis praesuta notam sine vulnere fecit.

　Alterius telum lapis est, qui missus, in ipso　　10
aëre concentu victus vocisque lyraeque est,
ac veluti supplex pro tam furialibus ausis
ante pedes jacuit.　Sed enim temeraria crescunt
bella, modusque abiit, insanaque regnat Erinys.

　Cunctaque tela forent cantu mollita ; sed ingens　15
clamor et infracto Berecyntia tibia cornu,
tympanaque et plausus et Bacchei ululatus
obstrepuere sono citharae.　Tum denique saxa
non exauditi rubuerunt sanguine vatis.
ac primum attonitas etiamnum voce canentis　　20
innumeras volucres, anguesque agmenque ferarum,
Maenades Orphei titulum rapuere triumphi.

　Inde cruentatis vertuntur in Orphea dextris,
et coëunt ut aves, si quando luce vagantem

noctis avem cernunt; structoque utrimque theatro   25
ceu matutina cervus periturus arena
praeda canum est, vatemque petunt, et fronde virentes
coniciunt thyrsos, non haec in munera factos.
hae glebas, illae direptos arbore ramos,
pars torquent silices.   Neu desint tela furori,   30
forte boves presso subigebant vomere terram ;
nec procul hinc, multo fructum sudore parantes,
dura lacertosi fodiebant arva coloni.
agmine qui viso fugiunt, operisque relinquunt
arma sui; vacuosque jacent dispersa per agros   35
sarculaque rastrique graves longique ligones.
quae postquam rapuere ferae, cornuque minaces
divellere boves, ad vatis fata recurrunt,
tendentemque manus atque illo tempore primum
irrita dicentem, nec quicquam voce moventem,   40
sacrilegae perimunt; perque os, pro Juppiter ! illud,
auditum saxis intellectumque ferarum
sensibus, in ventos anima exhalata recessit.
    Te maestae volucres, Orpheu, te turba ferarum,
te rigidi silices, te carmina saepe secutae   45
fleverunt silvae ; positis te frondibus arbos
tonsa comam luxit; lacrimis quoque flumina dicunt
increvisse suis, obstrusaque carbasa pullo
naïdes et dryades passosque habuere capillos.
membra jacent diversa locis : caput, Hebre, lyramque
excipis; et, mirum ! medio dum labitur amne,
flebile nescio quid queritur lyra, flebile lingua
murmurat exanimis, respondent flebile ripae.
jamque mare invectae flumen populare relinquunt,
et Methymnaeae potiuntur litore Lesbi.   55
hic ferus expositum peregrinis anguis arenis
os petit et sparsos stillanti rore capillos.
tandem Phoebus adest, morsusque inferre parantem

arcet, et in lapidem rictus serpentis apertos
congelat, et patulos, ut erant, indurat hiatus.   60
  Umbra subit terras, et quae loca viderat ante,
cuncta recognoscit; quaerensque per arva piorum
invenit Eurydicen, cupidisque amplectitur ulnis.
hic modo conjunctis spatiantur passibus ambo,
nunc praecedentem sequitur, nunc praevius anteit, 65
Eurydicenque suam jam tuto respicit Orpheus.
  Non impune tamen scelus hoc sinit esse Lyaeus:
amissoque dolens sacrorum vate suorum,
protinus in silvis matres Edonidas omnes,
quae videre nefas, torta radice ligavit.   70
quippe pedum digitos, in quantum quaeque secuta est,
traxit, et in solidam detrusit acumine terram;
utque suum laqueis, quos callidus abdidit auceps,
crus ubi commisit volucris, sensitque teneri,
plangitur, ac trepidans astringit vincula motu: 75
sic, ut quaeque solo defixa cohaeserat harum,
exsternata fugam frustra temptabat; at illam
lenta tenet radix, exsultantemque coërcet.
dumque ubi sint digiti, dum pes ubi, quaerit, et ungues,
aspicit in teretes lignum succedere suras;   80
et conata femur maerenti plangere dextra,
robora percussit.   Pectus quoque robora fiunt;
robora sunt humeri; porrectaque bracchia veros
esse putes ramos, et non fallare putando.

XVII. The Story of Midas.

[Book XI. — 85-193.]

Proceeding from Thrace into Phrygia, Bacchus is deserted by Silenus, whom king Midas restores to him, and so receives from Bacchus whatever boon he should desire. Choosing that whatever he touched might become gold, Midas presently finds his gift a curse; but by help of the god is freed from it on bathing in the river Pactolus, whose sands thenceforth become gold (85-145). Afterwards, frequenting woods and lonely places, he became witness of a contest for the palm of music between Pan and Apollo. By Tmolus, the mountain-god, Apollo is judged victor; and Midas pronouncing for Pan, his ears are by Apollo lengthened into ass's ears (146-179); the secret of which being by his servant whispered to the earth, there sprang up reeds, which in their rustling told the shame of Midas (180-193).

NEC satis hoc Baccho est: ipsos quoque deserit
       agros,
cumque choro meliore sui vineta Timoli
Pactolonque petit — quamvis non aureus illo
tempore, nec caris erat invidiosus arenis.
hunc assueta cohors satyri bacchaeque frequentant,
at Silenus abest.   Titubantem annisque meroque   90
ruricolae cepere Phryges, vinctumque coronis
ad regem duxere Midan, cui Thracius Orpheus
orgia tradiderat cum Cecropio Eumolpo.
qui simul agnovit socium comitemque sacrorum,
hospitis adventu festum genialiter egit   95
per bis quinque dies et junctas ordine noctes.
  Et jam stellarum sublime coëgerat agmen
Lucifer undecimus, Lydos cum laetus in agros
rex venit, et juveni Silenum reddit alumno.
huic deus optandi gratum, sed inutile, fecit   100
muneris arbitrium, gaudens altore recepto.

ille, male usurus donis, ait ' Effice, quicquid
corpore contigero, fulvum vertatur in aurum.'
adnuit optatis, nocituraque munera solvit
Liber, et indoluit, quod non meliora petisset. 105

  Laetus abit, gaudetque malo Berecyntius heros :
pollicitique fidem tangendo singula temptat.
vixque sibi credens, non alta fronde virenti
ilice detraxit virgam : virga aurea facta est ;
tollit humo saxum : saxum quoque palluit auro ; 110
contigit et glebam : contactu gleba potenti
massa fit ; arentis Cereris decerpsit aristas :
aurea messis erat ; demptum tenet arbore pomum :
Hesperidas donasse putes. Si postibus altis
admovit digitos, postes radiare videntur ; 115
ille etiam liquidis palmas ubi laverat undis,
unda fluens palmis Danaën eludere posset.

  Vix spes ipse suas animo capit, aurea fingens
omnia. Gaudenti mensas posuere ministri
exstructas dapibus, nec tostae frugis egentes : 120
tum vero, sive ille sua Cerealia dextra
munera contigerat, Cerealia dona rigebant ;
sive dapes avido convellere dente parabat,
lamina fulva dapes, admoto dente, premebat ;
miscuerat puris auctorem muneris undis : 125
fusile per rictus aurum fluitare videres.

  Attonitus novitate mali, divesque miserque,
effugere optat opes, et quae modo voverat, odit.
copia nulla famem relevat : sitis arida guttur
urit, et inviso meritus torquetur ab auro. 130
ad caelumque manus et splendida bracchia tollens,
' Da veniam, Lenaee pater ! peccavimus,' inquit,
' sed miserere, precor, speciosoque eripe damno.'

  Mite deum numen, Bacchus peccasse fatentem
restituit, factique fide data munera solvit. 135

' Neve male optato maneas circumlitus auro,
vade' ait ' ad magnis vicinum Sardibus amnem,
perque jugum montis labentibus obvius undis
carpe viam, donec venias ad fluminis ortus;
spumigeroque tuum fonti, quo plurimus exit,   140
subde caput, corpusque simul, simul elue crimen.'
rex jussae succedit aquae.   Vis aurea tinxit
flumen, et humano de corpore cessit in amnem.
nunc quoque jam veteris percepto semine venae
arva rigent auro madidis pallentia glebis.   145
   Ille, perosus opes, silvas et rura colebat,
Panaque montanis habitantem semper in antris.
pingue sed ingenium mansit; nocituraque, ut ante,
rursus erant domino stolidae praecordia mentis.
nam freta prospiciens late riget arduus alto   150
Tmolus in ascensu, clivoque extensus utroque
Sardibus hinc, illinc parvis finitur Hypaepis.
Pan ibi dum teneris jactat sua carmina nymphis,
et leve cerata modulatur arundine carmen,
ausus Apollineos prae se contemnere cantus,   155
judice sub Tmolo certamen venit ad impar.
   Monte suo senior judex consedit, et aures
liberat arboribus: quercu coma caerula tantum
cingitur, et pendent circum cava tempora glandes.
isque deum pecoris spectans, ' In judice ' dixit   160
' nulla mora est.'   Calamis agrestibus insonat ille:
barbaricoque Midan — aderat nam forte canenti —
carmine delenit.   Post hunc sacer ora retorsit
Tmolus ad os Phoebi: vultum sua silva secuta est.
   Ille, caput flavum lauro Parnaside vinctus,   165
verrit humum Tyrio saturata murice palla;
instrictamque fidem gemmis et dentibus Indis
sustinet a laeva, tenuit manus altera plectrum:
artificis status ipse fuit.   Tum stamina docto

pollice sollicitat, quorum dulcedine captus   170
Pana jubet Tmolus citharae summittere cannas.
  Judicium sanctique placet sententia montis
omnibus.   Arguitur tamen, atque injusta vocatur
unius sermone Midae.   Nec Delius aures
humanam stolidas patitur retinere figuram;   175
sed trahit in spatium, villisque albentibus implet,
instabilesque imas facit, et dat posse moveri.
cetera sunt hominis: partem damnatur in unam,
induiturque aures lente gradientis aselli.
  Ille quidem celat, turpique onerata pudore   180
tempora purpureis temptat velare tiaris;
sed solitus longos ferro resecare capillos
viderat hoc famulus.   Qui, cum nec prodere visum
dedecus auderet, cupiens efferre sub auras,
nec posset reticere tamen, secedit, humumque   185
effodit, et, domini quales aspexerit aures,
voce refert parva, terraeque inmurmurat haustae;
indiciumque suae vocis tellure regesta
obruit, et scrobibus tacitus discedit opertis.
creber arundinibus tremulis ibi surgere lucus   190
coepit, et, ut primum pleno maturuit anno,
prodidit agricolam.   Leni nam motus ab austro
obruta verba refert, dominique coarguit aures.

XVIII. The Chiefs at Troy.

[Book XII. — 1-145.]

[DEPARTING from Tmolus, Apollo, with Neptune, serves king Laomedon in building the walls of Troy, whom they punish for his perfidy (XI. 194-220). The transformations of Thetis, who is given as bride to Peleus and becomes mother of Achilles (221-265). But Peleus, having slain his brother Phocus, flees to Ceyx of Trachin, whose brother Dædalion (grieving for the loss of his daughter Chio) had cast himself from Parnassus and been turned by Apollo into a hawk (266-345). Meanwhile the cattle brought by Peleus are destroyed by a wolf, through anger of the Nereid mother of Phocus, the wolf being afterwards turned to stone (346-409). Ceyx, against the entreaty of his wife Alcyone, goes to consult the oracle of Apollo at Claros upon these prodigies; but being shipwrecked, and so not returning at the appointed time, Alcyone entreats Juno for him in her prayers, until she is shown in vision that he is dead, and discovers his floating body near the shore; and by pity of the gods they are both transformed to kingfishers, in whose breeding season the waters are ever still and calm (410-748). An old man, beholding them as they circle in their flight, points out a sea-gull, which (he says) is the altered form of Æsacus, son of Priam, who had plunged into the sea through grief at the loss of the nymph Hesperia (749-795).]

At the mourning for Æsacus, Paris is absent, whose guilt in the rape of Helen brought the chiefs of Greece to war against Troy. Detained at Aulis by contrary winds, Agamemnon is commanded to sacrifice his daughter Iphigenia; who, however, is borne away by Diana, a hind being put in her place (XII. 1-36). The Palace of Fame, who reports the Grecian armament (37-65). In the fight at their landing, the invulnerable Cygnus is strangled by Achilles, and changed by his father Neptune to a Swan (65-145).

NESCIUS adsumptis Priamus pater Aesacon alis
       vivere, lugebat; tumulo quoque nomen habenti
inferias dederat cum fratribus Hector inanes.
defuit officio Paridis praesentia tristi,
postmodo qui rapta longum cum conjuge bellum   5

attulit in patriam, conjurataeque sequuntur
mille rates, gentisque simul commune Pelasgae.
nec dilata foret vindicta, nisi aequora saevi
invia fecissent venti, Boeotaque tellus
Aulide piscosa puppes tenuisset ituras.   10

   Hic patrio de more Jovi cum sacra parassent,
ut vetus accensis incanduit ignibus ara,
serpere caeruleum Danaï videre draconem
in platanum, coeptis quae stabat proxima sacris.
nidus erat volucrum bis quattuor arbore summa,   15
quas simul et matrem circum sua damna volantem
corripuit serpens, avidaque abscondidit alvo.
obstupuere omnes.   At veri providus augur
Thestorides ' Vincemus' ait, ' gaudete, Pelasgi :
Troja cadet; sed erit nostri mora longa laboris;'   20
atque novem volucres in belli digerit annos.
ille, ut erat, virides amplexus in arbore ramos
fit lapis, et superat serpentis imagine saxum.

   Permanet Aoniis Nereus violentus in undis,
bellaque non transfert; et sunt, qui parcere Trojae   25
Neptunum credant, quia moenia fecerat urbi.
at non Thestorides: nec enim nescitve tacetve,
sanguine virgineo placandam virginis iram
esse deae.   Postquam pietatem publica causa,
rexque patrem vicit, castumque datura cruorem   30
flentibus ante aram stetit Iphigenia ministris,
victa dea est, nubemque oculis objecit, et inter
officium turbamque sacri vocesque precantum
subposita fertur mutasse Mycenida cerva.
ergo ubi, qua decuit, lenita est caede Diana,   35
et pariter Phoebes, pariter maris ira recessit;
accipiunt ventos a tergo mille carinae,
multaque perpessae Phrygia potiuntur arena.

   Orbe locus medio est inter terrasque fretumque

caelestesque plagas, triplicis confinia mundi :   40
unde quod est usquam, quamvis regionibus absit,
inspicitur, penetratque cavas vox omnis ad aures.
Fama tenet, summaque domum sibi legit in arce ;
innumerosque aditus ac mille foramina tectis
addidit, et nullis inclusit limina portis.   45
nocte dieque patet : tota est ex aere sonanti ;
tota fremit, vocesque refert, iteratque quod audit ;
nulla quies intus, nullaque silentia parte.
nec tamen est clamor, sed parvae murmura vocis :
qualia de pelagi, si quis procul audiat, undis   50
esse solent ; qualemve sonum, cum Juppiter atras
increpuit nubes, extrema tonitrua reddunt.
atria turba tenet : veniunt leve vulgus, euntque ;
mixtaque cum veris passim commenta vagantur
milia rumorum, confusaque verba volutant.   55
e quibus hi vacuas implent sermonibus aures,
hi narrata ferunt alio, mensuraque ficti
crescit, et auditis aliquid novus adicit auctor.
illic Credulitas, illic temerarius Error,
vanaque Laetitia est, consternatique Timores,   60
Seditioque recens, dubioque auctore Susurri.
ipsa quid in caelo rerum pelagoque geratur
et tellure, videt, totumque inquirit in orbem.

    Fecerat haec notum, Graias cum milite forti
adventare rates ; neque inexspectatus in armis   65
hostis adest.   Prohibent aditus, litusque tuentur
Troës ; et Hectorea primus fataliter hasta,
Protesilaë, cadis, commissaque proelia magno
stant Danaïs, fortisque animae nece cognitus Hector.
nec Phryges exiguo, quid Achaïca dextera posset,   70
sanguine senserunt.   Et jam Sigea rubebant
litora ; jam leto proles Neptunia, Cygnus
mille viros dederat ; jam curru instabat Achilles,

totaque Peliacae sternebat cuspidis ictu
agmina,perque acies aut Cygnum aut Hectora quaerens.
 Congreditur Cygno : decimum dilatus in annum
Hector erat. Tum colla jugo candentia pressos
exhortatus equos, currum direxit in hostem,
concutiensque suis vibrantia tela lacertis,
' Quisquis es, O juvenis,' dixit ' solamen habeto 80
mortis, ab Haemonio quod sis jugulatus Achille.'
hactenus Aeacides : vocem gravis hasta secuta est.
sed quamquam certa nullus fuit error in hasta,
nil tamen emissi profecit acumine ferri,
utque hebeti pectus tantummodo contudit ictu. 85
 ' Nate dea, nam te fama praenovimus,' inquit
ille, ' quid a nobis vulnus miraris abesse? ' —
mirabantur enim — ' Non haec, quam cernis, equinis
fulva jubis cassis, neque onus cava parma sinistrae
auxilio mihi sunt : decor est quaesitus ab istis ; 90
Mars quoque ob hoc capere arma solet. Removebitur
  hujus
tegminis officium : tamen indestrictus abibo.
est aliquid, non esse satum Nereïde, sed qui
Nereaque et natas et totum temperet aequor.'
 Dixit, et haesurum clipei curvamine telum 95
misit in Aeaciden, quod et aes et proxima rupit
terga novena boum, decimo tamen orbe moratum est.
excutit hoc heros, rursusque trementia forti
tela manu torsit : rursus sine vulnere corpus
sincerumque fuit ; nec tertia cuspis apertum 100
et se praebentem valuit destringere Cygnum.
haud secus exarsit, quam circo taurus aperto,
cum sua terribili petit irritamina cornu,
poeniceas vestes, elusaque vulnera sensit.
 Num tamen exciderit ferrum, considerat, hastae :
haerebat ligno. ' Manus est mea debilis ergo,

quasque ' ait ' ante habuit vires, effudit in uno?
nam certe valui, vel cum Lyrnesia primus
moenia dejeci, vel cum Tenedonque suoque
Eëtioneas implevi sanguine Thebas;	110
vel cum purpureus populari caede Caÿcus
fluxit, opusque meae bis sensit Telephus hastae.
hic quoque tot caesis, quorum per litus acervos
et feci, et video, valuit mea dextra valetque.'

Dixit, et, ante actis veluti male crederet, hastam	115
misit in adversum Lycia de plebe Menoeten,
loricamque simul subjectaque pectora rupit.
quo plangente gravem moribundo vertice terram,
extrahit illud idem calido de vulnere telum,
atque ait: ' Haec manus est, haec, qua modo vicimus,
		hasta;	120
utar in hoc isdem: sit in hoc precor exitus idem.'
sic fatur, Cygnumque petit; nec fraxinus errat,
inque humero sonuit non evitata sinistro:
inde velut muro solidaque a caute repulsa est.
qua tamen ictus erat, signatum sanguine Cygnum	125
viderat, et frustra fuerat gavisus Achilles.
vulnus erat nullum: sanguis erat ille Menoetae.

Tum vero praeceps curru fremebundus ab alto
desilit, et nitido securum cominus hostem
ense petens, parmam gladio galeamque cavari	130
cernit, at in duro laedi quoque corpore ferrum.
haud tulit ulterius, clipeoque adversa retecto
ter quater ora viri et capulo cava tempora pulsat;
cedentique sequens instat, turbatque, ruitque,
attonitoque negat requiem. Pavor occupat illum:	135
ante oculosque natant tenebrae, retroque ferenti
aversos passus medio lapis obstitit arvo.
quem super impulsum resupino pectore Cygnum
vi multa vertit, terraeque adflixit Achilles.

tum clipeo genibusque premens praecordia duris,   140
vincla trahit galeae, quae presso subdita mento
elidunt fauces, et respiramen iterque
eripiunt animae.   Victum spoliare parabat:
arma relicta videt; corpus deus aequoris albam
contulit in volucrem, cujus modo nomen habebat.   145

XIX. Rivalry of Ajax and Ulysses.

[Book XIII. — 1-398.]

[As the chiefs marvel at this prodigy, Nestor relates of Cæneus, once a maiden (Cænis), but made into an invulnerable man, who was present when the nuptial feast of Pirithous and Hippodamia was disturbed by the battle of the Lapithæ and the Centaurs. For the Centaurs, monsters of vast strength and fury, half-man, half-horse, had attempted to steal away the bride. And Cæneus, remaining unhurt through the fight, was at length overwhelmed with vast piles of trees, and transformed by Neptune to an eagle (XII. 146-535). The son of Hercules, Tlepolemus, tells also of Periclymenus, slain by Hercules as he flew against him in the form of an eagle (536-579). At the request of Neptune, whose son Cygnus had been slain, Apollo guides the arrow of Paris to the vulnerable heel of Achilles; so that he dies, and a strife arises among the other chiefs who shall receive his armor, the rival claimants being Ajax and Ulysses (580-628).]

Ajax maintains his claim, before the assembled chiefs, first as of nobler descent, and then by his martial exploits, chiefly the defence of the Grecian fleet; at the same time scorning the strategy of Ulysses, and asserting that himself alone has might to wield the immortal armour (1-122). To which Ulysses replies, that his own counsel had been most effective in the siege, and his own acts most essential, especially in the night attack of the tents of Rhesus, and the carrying away of the Palladium (123-381). To him the victory is judged; and Ajax, in ungovernable wrath, slays himself with his own sword, — the flower hyacinth springing from his ·blood (382-398).

CONSEDERE duces, et vulgi stante corona
   surgit ad hos clipei dominus septemplicis Ajax.
utque erat impatiens irae, Sigeïa torvo
litora respexit, classemque in litore vultu,
intendensque manus, ' Agimus, pro Juppiter!' inquit 5
' ante rates causam, et mecum confertur Ulixes!
at non Hectoreis dubitavit cedere flammis,

quas ego sustinui, quas hac a classe fugavi.
tutius est igitur fictis contendere verbis,
quam pugnare manu.   Sed nec mihi dicere promptum,
nec facere est isti; quantumque ego marte feroci
inque acie valeo, tantum valet iste loquendo.
 ' Nec memoranda tamen vobis mea facta, Pelasgi,
esse reor, vidistis enim : sua narret Ulixes,
quae sine teste gerit, quorum nox conscia sola est.   15
praemia magna peti fateor, sed demit honorem
aemulus : Ajaci non est tenuisse superbum,
sit licet hoc ingens, quicquid speravit Ulixes.
iste tulit pretium jam nunc certaminis hujus :
quo cum victus erit, mecum certasse feretur.   20
 ' Atque ego, si virtus in me dubitabilis esset,
nobilitate potens essem, Telamone creatus,
moenia qui forti Trojana sub Hercule cepit,
litoraque intravit Pagasaea Colcha carina.
Aeacus huic pater est, qui jura silentibus illic   25
reddit, ubi Aeoliden saxum grave Sisyphon urguet.
Aeacon agnoscit summus, prolemque fatetur
Juppiter esse suam.   Sic ab Jove tertius Ajax.
nec tamen haec series in causam prosit, Achivi,
si mihi cum magno non est communis Achille.   30
frater erat : fraterna peto.   Quid sanguine cretus
Sisyphio, furtisque et fraude simillimus illi,
inserit Aeacidis alienae nomina gentis?
 ' An quod in arma prior, nulloque sub indice veni,
arma neganda mihi? potiorque videbitur ille,   35
ultima qui cepit, detrectavitque furore
militiam ficto, donec sollertior isto,
sed sibi inutilior, timidi commenta retexit
Naupliades animi, vitataque traxit in arma?
optima num sumat, quia sumere noluit ulla?   40
nos inhonorati et donis patruelibus orbi,

obtulimus quia nos ad prima pericula, simus?

   ' Atque utinam aut verus furor ille, aut creditus esset,
nec comes hic Phrygias umquam venisset ad arces
hortator scelerum ! non te, Poeantia proles,   45
expositum Lemnos nostro cum crimine haberet :
qui nunc, ut memorant, silvestribus abditus antris,
saxa moves gemitu, Laërtiadaeque precaris
quae meruit, quae, si di sunt, non vana precaris.
et nunc ille eadem nobis juratus in arma,   50
heu ! pars una ducum, quo successore sagittae
Herculis utuntur, fractus morboque fameque
velaturque aliturque avibus, volucresque petendo
debita Trojanis exercet spicula fatis,
ille tamen vivit, quia non comitavit Ulixen.   55

   ' Mallet et infelix Palamedes esse relictus :
quem male convicti nimium memor iste furoris
prodere rem Danaam finxit, fictumque probavit
crimen, et ostendit, quod jam praefoderat, aurum.   60

   ' Ergo aut exsilio vires subduxit Achivis,
aut nece : sic pugnat, sic est metuendus Ulixes.
qui licet eloquio fidum quoque Nestora vincat,
haud tamen efficiet, desertum ut Nestora crimen
esse rear nullum : qui cum imploraret Ulixen   65
vulnere tardus equi, fessusque senilibus annis,
proditus a socio est.   Non haec mihi crimina fingi
scit bene Tydides, qui nomine saepe vocatum
corripuit, trepidoque fugam exprobravit amico.
aspiciunt oculis superi mortalia justis :   70
en eget auxilio, qui non tulit ; utque reliquit,
sic linquendus erat : legem sibi dixerat ipse.

   ' Conclamat socios.   Adsum ; videoque trementem
pallentemque metu et trepidantem morte futura.
opposui molem clipei, texique jacentem,   75
servavique animam (minimum est hoc laudis) inertem.

si perstas certare, locum redeamus in illum :
redde hostem, vulnusque tuum, solitumque timorem,
post clipeumque late, et mecum contende sub illo.
at postquam eripui, cui standi vulnera vires   80
non dederant, nullo tardatus vulnere fugit.
  ' Hector adest, secumque deos in proelia ducit :
quaque ruit, non tu tantum terreris, Ulixe,
sed fortes etiam, tantum trahit ille timoris.
hunc ego sanguineae successu caedis ovantem   85
cominus ingenti resupinum pondere fudi ;
hunc ego poscentem, cum quo concurreret, unus
sustinui, sortemque meam vovistis, Achivi,
et vestrae valuere preces.   Si quaeritis hujus
fortunam pugnae, non sum superatus ab illo.   90
ecce ferunt Troës ferrumque ignemque Jovemque
in Danaas classes : ubi nunc facundus Ulixes?
nempe ego mille meo protexi pectore puppes,
spem vestri reditus.   Date tot pro navibus arma.
  ' Quod si vera licet mihi dicere, quaeritur istis,   95
quam mihi, major honos, conjunctaque gloria nostra
        est :
atque Ajax armis, non Ajaci arma petuntur.
conferat his Ithacus Rhesum, imbellemque Dolona,
Priamidenque Helenum rapta cum Pallade captum.
luce nihil gestum, nihil est Diomede remoto.   100
si semel ista datis meritis tam vilibus arma,
dividite, et pars sit major Diomedis in illis.
quo tamen haec Ithaco? qui clam, qui semper inermis
rem gerit, et furtis incautum decipit hostem?
ipse nitor galeae claro radiantis ab auro   105
insidias prodet, manifestabitque latentem.
  ' Sed neque Dulichius sub Achillis casside vertex
pondera tanta feret, nec non onerosa gravisque
Pelias hasta potest imbellibus esse lacertis,

nec clipeus, vasti caelatus imagine mundi,   110
conveniet timidae nataeque ad furta sinistrae.
debilitaturum quid te petis, improbe, munus?
quod tibi si populi donaverit error Achivi,
cur spolieris erit, non cur metuaris ab hoste:
et fuga, qua sola cunctos, timidissime, vincis,   115
tarda futura tibi est gestamina tanta trahenti.

 ' Adde quod iste tuus, tam raro proelia passus,
integer est clipeus: nostro, qui tela ferendo
mille patet plagis, novus est successor habendus.
denique, quid verbis opus est?   Spectemur agendo !
arma viri fortis medios mittantur in hostes :
inde jubete peti, et referentem ornate relatis.'

 Finierat Telamone satus, vulgique secutum
ultima murmur erat; donec Läertius heros
astitit, atque oculos paulum tellure moratos   125
sustulit ad proceres, expectatoque resolvit
ora sono; neque abest facundis gratia dictis.

 ' Si mea cum vestris valuissent vota, Pelasgi,
non foret ambiguus tanti certaminis heres,
tuque tuis armis, nos te poteremur, Achille.   130
quem quoniam non aequa mihi vobisque negarunt
fata,' manuque simul veluti lacrimantia tersit
lumina ' quis magno melius succedat Achilli,
quam per quem magnus Danaïs successit Achilles?
huic modo ne prosit, quod, uti est, hebes esse videtur :
neve mihi noceat, quod vobis semper, Achivi,
profuit ingenium; meaque haec facundia, siqua est,
quae nunc pro domino, pro vobis saepe locuta est,
invidia careat; bona nec sua quisque recuset.

 ' Nam genus et proavos et quae non fecimus ipsi,
vix ea nostra voco. Sed enim, quia rettulit Ajax
esse Jovis pronepos, nostri quoque sanguinis auctor
Juppiter est, totidemque gradus distamus ab illo.

nam mihi Laërtes pater est, Arcesius illi,
Juppiter huic; neque in his quisquam damnatus et
  exsul. 145
est quoque per matrem Cyllenius addita nobis
altera nobilitas: deus est in utroque parente.

 ' Sed neque materno quod sum generosior ortu,
nec mihi quod pater est fraterni sanguinis insons,
proposita arma peto: meritis expendite causam. 150
dummodo quod fratres Telamon Peleusque fuerunt
Ajacis meritum non sit, nec sanguinis ordo,
sed virtutis honor spoliis quaeratur in istis.
aut — si proximitas primusque requiritur heres —
est genitor Peleus, est Pyrrhus filius illi. 155
quis locus Ajaci? Phthiam haec Scyronve ferantur.
nec minus est isto Teucer patruelis Achilli:
num petit ille tamen? num, si petat, auferat illa?
ergo operum quoniam nudum certamen habetur,
plura quidem feci quam quae comprendere dictis 160
in promptu mihi sit; rerum tamen ordine ducar.

 ' Praescia venturi genitrix Nereïa leti
dissimulat cultu natum: deceperat omnes,
in quibus Ajacem, sumptae fallacia vestis.
arma ego femineis, animum motura virilem, 165
mercibus inserui. Neque adhuc projecerat heros
virgineos habitus, cum parmam hastamque tenenti
Nate dea (dixi) *tibi se peritura reservant*
Pergama. Quid dubitas ingentem evertere Trojam?
injecique manum, fortemque ad fortia misi. 170
ergo opera illius mea sunt. Ego Telephon hasta
pugnantem domui; victum orantemque refeci.
quod Thebae cecidere, meum est. Me credite Lesbon,
me Tenedon, Chrysenque, et Cillan, Apollinis urbes,
et Scyron cepisse. Mea concussa putate 175
procubuisse solo Lyrnesia moenia dextra.

utque alios taceam, qui saevum perdere posset
Hectora, nempe dedi: per me jacet inclitus Hector.
illis haec armis, quibus est inventus Achilles,
arma peto: vivo dederam, post fata reposco.   130
    ' Ut dolor unius Danaos pervenit ad omnes,
Aulidaque Euboicam complerunt mille carinae,
exspectata diu, nulla aut contraria classi
flamina sunt, duraeque jubent Agamemnona sortes
immeritam saevae natam mactare Dianae.   185
denegat hoc genitor, divisque irascitur ipsis,
atque in rege tamen pater est.   Ego mite parentis
ingenium verbis ad publica commoda verti.
nunc equidem fateor, fassoque ignoscat Atrides:
difficilem tenui sub iniquo judice causam.   190
hunc tamen utilitas populi fraterque datique
summa movet sceptri, laudem ut cum sanguine penset.
mittor et ad matrem, quae non hortanda, sed astu
decipienda fuit.   Quo si Telamonius isset,
orba suis essent etiam nunc lintea ventis.   195
    ' Mittor et Iliacas audax orator ad arces,
visaque et intrata est altae mihi curia Trojae:
plenaque adhuc erat illa viris.   Interritus egi
quam mihi mandarat communis Graecia causam,
accusoque Parin, praedamque Helenamque reposco,
et moveo Priamum Priamoque Antenora junctum.
at Paris et fratres et qui rapuere sub illo,
vix tenuere manus — scis hoc, Menelaë! — nefandas;
primaque lux nostri tecum fuit illa pericli.
    ' Longa referre mora est, quae consilioque manuque
utiliter feci spatiosi tempore belli.
post acies primas urbis se moenibus hostes
continuere diu, nec aperti copia martis
ulla fuit: decimo demum pugnavimus anno.
quid facis interea, qui nil, nisi proelia, nosti?   210

quis tuus usus erat?   Nam si mea facta requiris,
hostibus insidior, fossas munimine cingo,
consolor socios, ut longi taedia belli
mente ferant placida ; doceo, quo simus alendi
armandique modo ; mittor, quo postulat usus.   215

' Ecce Jovis monitu, deceptus imagine somni,
rex jubet incoepti curam dimittere belli :
ille potest auctore suam defendere vocem.
non sinat hoc Ajax, delendaque Pergama poscat,
quodque potest, pugnet !   Cur non remoratur ituros?
cur non arma capit, dat, quod vaga turba sequatur?
non erat hoc nimium numquam nisi magna loquenti.
quid quod et ipse fugit?   Vidi, puduitque videre,
cum tu terga dares, inhonestaque vela parares.
nec mora : *Quid facitis ? quae vos dementia* (dixi)
concitat, O socii, captam dimittere Trojam ?
quidve domum fertis decimo, nisi dedecus, anno ?
talibus atque aliis, in quae dolor ipse disertum
fecerat, aversos profuga de classe reduxi.

' Convocat Atrides socios terrore paventes ;   230
nec Telamoniades etiam nunc hiscere quicquam
audet.   At ausus erat reges incessere dictis
Thersites, etiam per me haud impune, protervis.
erigor, et trepidos cives exhortor in hostem,
amissamque mea virtutem voce reposco.   235
tempore ab hoc, quodcumque potest fecisse videri
fortiter iste, meum est, qui dantem terga retraxi.
denique de Danais quis te laudatve petitve?

' At sua Tydides mecum communicat acta,
me probat, et socio semper confidit Ulixe.   240
est aliquid, de tot Graiorum milibus unum
a Diomede legi.   Nec me sors ire jubebat :
sic tamen, et spreto noctisque hostisque periclo,
ausum eadem, quae nos, Phrygia de gente Dolona

interimo; non ante tamen, quam cuncta coëgi   245
prodere, et edidici, quid perfida Troja pararet.
omnia cognoram, nec quod specularer habebam;
et jam promissa poteram cum laude reverti:
haud contentus eo, petii tentoria Rhesi,
inque suis ipsum castris comitesque peremi: 250
atque ita captivo victor votisque potitus
ingredior curru laetos imitante triumphos.
cujus equos pretium pro nocte poposcerat hostis,
arma negate mihi, fueritque benignior Ajax!

    'Quid Lycii referam Sarpedonis agmina ferro   255
devastata meo? cum multo sanguine fudi
Coeranon Iphitiden et Alastoraque Chromiumque
Alcandrumque Haliumque Noëmonaque Prytaninque,
exitioque dedi cum Chersidamante Thoöna,
et Charopem, fatisque immitibus Ennomon actum,   260
quique minus celebres nostra sub moenibus urbis
procubuere manu.   Sunt et mihi vulnera, cives,
ipso pulchra loco: nec vanis credite verbis.
aspicite en!' vestemque manu diduxit; et 'Haec sunt
pectora semper' ait 'vestris exercita rebus.   265
at nil impendit per tot Telamonius annos
sanguinis in socios, et habet sine vulnere corpus.

    'Quid tamen hoc refert, si se pro classe Pelasga
arma tulisse refert contra Troasque Jovemque?
confiteorque, tulit: neque enim benefacta maligne   270
detractare meum est; sed ne communia solus
occupet, atque aliquem vobis quoque reddat honorem;
reppulit Actorides sub imagine tutus Achillis
Troas ab arsuris cum defensore carinis.
ausum etiam Hectoreo solum concurrere marti   275
se putat, oblitus regisque ducumque meique,
nonus in officio, et praelatus munere sortis.
sed tamen eventus vestrae, fortissime, pugnae

quis fuit? est Hector violatus vulnere nullo.
'Me miserum! quanto cogor meminisse dolore   280
temporis illius, quo Graium murus, Achilles
procubuit! nec me lacrimae luctusve timorve
tardarunt, quin corpus humo sublime referrem.
his humeris, his, inquam, humeris ego corpus Achillis,
et simul arma tuli, quae nunc quoque ferre laboro.   285
'Sunt mihi, quae valeant in talia pondera, vires;
est animus certe vestros sensurus honores.
scilicet idcirco pro gnato caerula mater
ambitiosa suo fuit, ut caelestia dona,
artis opus tantae, rudis et sine pectore miles   290
indueret? neque enim clipei caelamina norit,
Oceanum et terras, cumque alto sidera caelo,
Pleïadasque, Hyadasque, immunemque aequoris
        Arcton,
diversasque urbes, nitidumque Orionis ensem.
postulat ut capiat quae non intellegit arma.   295
'Quid quod me, duri fugientem munera belli,
arguit incoepto serum accessisse labori,
nec se magnanimo maledicere sentit Achilli?
si simulasse vocas crimen, simulavimus ambo;
si mora pro culpa est, ego sum maturior illo.   300
me pia detinuit conjunx, pia mater Achillem;
primaque sunt illis data tempora, cetera vobis.
haud timeo, si jam nequeo defendere crimen
cum tanto commune viro. Deprensus Ulixis
ingenio tamen ille, at non Ajacis Ulixes.   305
'Neve in me stolidae convicia fundere linguae
admiremur eum, vobis quoque digna pudore
obicit. An falso Palameden crimine turpe
accusasse mihi, vobis damnasse decorum est?
sed neque Naupliades facinus defendere tantum   310
tamque patens valuit, nec vos audistis in illo

crimina : vidistis, pretioque objecta patebant.
   Nec Poeantiaden quod habet Vulcania Lemnos,
esse reus merui : factum defendite vestrum ;
consensistis enim.   Nec me suasisse negabo,   315
ut se subtraheret bellique viaeque labori,
temptaretque feros requie lenire dolores :
paruit, et vivit. . Non haec sententia tantum
fida, sed et felix ; cum sit satis, esse fidelem.
quem quoniam vates delenda ad Pergama poscunt,   320
ne mandate mihi : melius Telamonius ibit,
eloquioque virum morbis iraque furentem
molliet, aut aliqua producet callidus arte.
ante retro Simoïs fluet, et sine frondibus Ide
stabit, et auxilium promittet Achaïa Trojae,   325
quam, cessante meo pro vestris pectore rebus,
Ajacis stolidi Danais sollertia prosit.
sis licet infestus sociis, regique, mihique,
dure Philoctete : licet exsecrere, meumque
devoveas sine fine caput, cupiasque dolenti   330
me tibi forte dari, nostrumque haurire cruorem ;
utque tui mihi, sic fiat tibi copia nostri :
te tamen aggrediar, mecumque reducere nitar ;
tamque tuis potiar, faveat Fortuna, sagittis,
quam sum Dardanio, quem cepi, vate potitus ;   335
quam responsa deum Trojanaque fata retexi ;
quam rapui Phrygiae signum penetrale Minervae
hostibus e mediis.   Et se mihi comparat Ajax ?
nempe capi Trojam prohibebant fata sine illis.
   ' Fortis ubi est Ajax ? ubi sunt ingentia magni   340
verba viri ? cur hic metuis ? cur audet Ulixes
ire per excubias, et se committere nocti ?
perque feros enses non tantum moenia Troum,
verum etiam summas arces intrare, suaque
eripere aede deam, raptamque adferre per hostes ?   345

quae nisi fecissem, frustra Telamone creatus
gestasset laeva taurorum tergora septem.
illa nocte mihi Trojae victoria parta est:
Pergama tunc vici, cum vinci posse coëgi.
 ' Desine Tydiden vultuque et murmure nobis 350
ostentare meum: pars est sua laudis in illo.
nec tu, cum socia clipeum pro classe tenebas,
solus eras: tibi turba comes, mihi contigit unus;
qui nisi pugnacem sciret sapiente minorem
esse, nec indomitae deberi praemia dextrae, 355
ipse quoque haec peteret; peteret moderatior Ajax,
Eurypylusque ferox, claroque Andraemone natus;
nec minus Idomeneus, patriaque creatus eadem
Meriones; peteret majoris frater Atridae:
quippe manu fortes, nec sunt mihi marte secundi, 360
consiliis cessere meis. Tibi dextera bello
utilis: ingenium est, quod eget moderamine nostro.
tu vires sine mente geris: mihi cura futuri.
tu pugnare potes: pugnandi tempora mecum
eligit Atrides. Tu tantum corpore prodes: 365
nos animo. Quantoque ratem qui temperat, anteit
remigis officium, quanto dux milite major,
tantum ego te supero. Nec non in corpore nostro
pectora sunt potiora manu: vigor omnis in illis.
 ' At vos, O proceres, vigili date praemia vestro: 370
proque tot annorum cura, quibus anxius egi,
hunc titulum meritis pensandum reddite nostris.
jam labor in fine est: obstantia fata removi,
altaque posse capi faciendo Pergama, cepi.
per spes nunc socias, casuraque moenia Troum, 375
perque deos oro, quos hosti nuper ademi,
per siquid superest, quod sit sapienter agendum, —
si quid adhuc audax, ex praecipitique petendum est,
si Trojae fatis aliquid restare putatis, —

este mei memores! aut si mihi non datis arma,   380
huic date!'—et ostendit signum 'fatale Minervae.
    Mota manus procerum est, et quid facundia posset,
re patuit; fortisque viri tulit arma disertus.
Hectora qui solus, qui ferrum, ignesque, Jovemque
sustinuit totiens, unam non sustinet iram :   385
invictumque virum vincit dolor.   Arripit ensem,
et ' Meus hic certe est.   An et hunc sibi poscit Ulixes?
hoc ' ait ' utendum est in me mihi; quique cruore
saepe Phrygum maduit, domini nunc caede madebit,
ne quisquam Ajacem possit superare, nisi Ajax.'   390
dixit, et in pectus tum demum vulnera passum
qua patuit ferrum, letalem condidit ensem.
nec valuere manus infixum educere telum :
expulit ipse cruor; rubefactaque sanguine tellus
purpureum viridi genuit de cespite florem,   395
qui prius Oebalio fuerat de vulnere natus.
littera communis mediis pueroque viroque
inscripta est foliis : haec nominis, illa querellae.

XX. THE TALE OF GALATEA.

[BOOK XIII. — 750–897.]

[DURING the return of the chiefs from Troy, Hecuba, having plucked out the eyes of Polymestor, king of Thrace, who had murdered her son Polydorus, is changed to a dog (XIII. 399–575). Aurora, mourning for her son Memnon, slain by Achilles, obtains that his ashes shall become birds, while her tears are changed to dew (576–622). Æneas at Delphi is told by Anius, priest of Apollo, of his daughters' transformation into doves while fleeing from the power of Agamemnon (623–674); and at his departing receives from him a bowl engraved with the self-devotion of Orion's daughters, sacrificed for Thebes, out of whose ashes sprang the youths *Coronæ* (675–699). Thence sailing to Crete and Italy, he passes at Actium the stone image of the judge Ambracus, and Dodona where the sons of Molossus took the form of birds (700–718). On the coast of Sicily he nears the rock of the monster Scylla, once the beautiful daughter of Phorcus, who hears from her attendant nymph Galatea (daughter of Nereus and Doris) the following tale (719–749).]

Acis, son of Faunus and the nymph Symæthis, the most beautiful youth of Sicily, loved and was loved by Galatea. But the giant Polyphemus had likewise conceived a wild passion for her, which he utters in song (750–869); and seeing them as they are seated together in a wood, he is filled with jealousy, and casts a rock from Ætna upon them, by which Acis is crushed, and his blood, oozing beneath the rock, becomes a river (870–897).

[Thereafter, as Scylla paces the shore, she is seen and pursued by Glaucus, who relates to her the story of his own transformation from a mortal to a sea-divinity (898–968). Going then to Circe, a mistress of enchantments, he entreats her to aid his suit of Scylla; but she in jealousy, because she herself loved Glaucus, so enchanted the waters Scylla used to bathe, that she was converted to a foul monster, girt about the loins with wild dogs, and afterwards (lest she might harm Æneas' fleet) to a rock (XIV. 1–74).]

ACIS erat Fauno nymphaque Symaethide cretus,
    magna quidem patrisque sui matrisque voluptas,
nostra tamen major, nam me sibi junxerat uni.

pulcher et octonis iterum natalibus actis,
signarat dubia teneras lanugine malas.
hunc ego, me Cyclops nulla cum fine petebat;   755
nec, si quaesieris, odium Cyclopis, amorne
Acidis in nobis fuerit praesentior, edam :
par utrumque fuit.   Pro ! quanta potentia regni
est, Venus alma, tui ! nempe ille immitis et ipsis
horrendus silvis, et visus ab hospite nullo   760
impune, et magni cum dis contemptor Olympi,
quid sit amor sentit, nostrique cupidine captus
uritur, oblitus pecorum antrorumque suorum.

　　Jamque tibi formae, jamque est tibi cura placendi,
jam rigidos pectis rastris, Polypheme, capillos;   765
jam libet hirsutam tibi falce recidere barbam,
et spectare feros in aqua, et componere vultus.
caedis amor feritasque sitisque immensa cruoris
cessant, et tutae veniuntque abeuntque carinae.
Telemus interea Siculam delatus ad Aetnen,   770
Telemus Eurymides, quem nulla fefellerat ales,
terribilem Polyphemon adit; ' Lumen ' que, ' quod
　　　　unum
fronte geris media, rapiet tibi' dixit ' Ulixes.'
risit, et ' O vatum stolidissime, falleris ' inquit :
' altera jam rapuit.'   Sic frustra vera monentem   775
spernit, et aut gradiens ingenti litora passu
degravat, aut fessus sub opaca revertitur antra.

　　Prominet in pontum cuneatus acumine longo
collis : utrumque latus circumfluit aequoris unda :
huc ferus ascendit Cyclops, mediusque resedit;   780
lanigerae pecudes, nullo ducente, secutae.
cui postquam pinus, baculi quae praebuit usum,
ante pedes posita est, antemnis apta ferendis,
sumptaque arundinibus compacta est fistula centum,
senserunt toti pastoria sibila montes,   785

senserunt undae. Latitans ego rupe, meique
Acidis in gremio residens, procul auribus hausi
talia dicta meis, auditaque mente notavi :
　‘ Candidior folio nivei, Galatea, ligustri,
floridior pratis, longa procerior alno,　　　　　　790
splendidior vitro, tenero lascivior haedo,
levior adsiduo detritis aequore conchis,
solibus hibernis, aestiva gratior umbra,
nobilior pomis, platano conspectior alta,
lucidior glacie, matura dulcior uva,　　　　　　795
mollior et cygni plumis et lacte coacto,
et, si non fugias, riguo formosior horto : —
saevior indomitis eadem Galatea juvencis,
durior annosa quercu, fallacior undis,
lentior et salicis virgis et vitibus albis,　　　　　800
his immobilior scopulis, violentior amne,
laudato pavone superbior, acrior igni,
asperior tribulis, foeta truculentior ursa,
surdior aequoribus, calcato immitior hydro,
et (quod praecipue vellem tibi demere possem)　　805
non tantum cervo claris latratibus acto,
verum etiam ventis volucrique fugacior aura !
　‘ At, bene si noris, pigeat fugisse ; morasque
ipsa tuas damnes, et me retinere labores.
sunt mihi, pars montis, vivo pendentia saxo　　810
antra, quibus nec sol medio sentitur in aestu,
nec sentitur hiemps ; sunt poma gravantia ramos ;
sunt auro similes longis in vitibus uvae ;
sunt et purpureae : tibi et has servamus, et illas.
ipsa tuis manibus silvestri nata sub umbra　　815
mollia fraga leges, ipsa autumnalia corna,
prunaque, non solum nigro liventia suco,
verum etiam generosa novasque imitantia ceras.
nec tibi castaneae me conjuge, nec tibi deerunt

arbutei fetus : omnis tibi serviet arbos.   820
  ' Hoc pecus omne meum est : multae quoque valli-
      bus errant,
multas silva tegit, multae stabulantur in antris ;
nec, si forte roges, possim tibi dicere quot sint :
pauperis est numerare pecus.   De laudibus harum
nil mihi credideris : praesens potes ipsa videre,   825
ut vix circumeant distentum cruribus uber.
sunt, fetura minor, tepidis in ovilibus agni ;
sunt quoque, par aetas, aliis in ovilibus haedi.
lac mihi semper adest niveum : pars inde bibenda
servatur, partem liquefacta coagula durant.   830
  ' Nec tibi deliciae faciles, vulgataque tantum
munera contingent, dammae, leporesque, caperque,
parve columbarum, demptusve cacumine nidus.
inveni geminos, qui tecum ludere possint,
inter se similes, vix ut dignoscere possis,   835
villosae catulos in summis montibus ursae ;
inveni, et dixi *Dominae servabimus istos.*
jam modo caeruleo nitidum caput exsere ponto,
jam, Galatea, veni, nec munera despice nostra.
  ' Certe ego me novi, liquidaeque in imagine vidi 840
nuper aquae : placuitque mihi mea forma videnti.
aspice, sim quantus : non est hoc corpore major
Juppiter in caelo — nam vos narrare soletis
nescio quem regnare Jovem.   Coma plurima torvos
prominet in vultus, humerosque, ut lucus, obumbrat.
nec mihi quod rigidis horrent densissima saetis
corpora, turpe puta.   Turpis sine frondibus arbor ;
turpis equus, nisi colla jubae flaventia velent ;
barba viros hirtaeque decent in corpore saetae.   850
unum est in media lumen mihi fronte, sed instar
ingentis clipei.   Quid? non haec omnia magno
sol videt e caelo? soli tamen unicus orbis.

adde, quod in vestro genitor meus aequore regnat:
hunc tibi do socerum.   Tantum miserere, precesque
supplicis exaudi, tibi enim succumbimus uni.
quique Jovem et caelum sperno et penetrabile fulmen,
Nereï, te vereor: tua fulmine saevior ira est.

  ' Atque ego contemptus essem patientior hujus,
si fugeres omnes.   Sed cur Cyclope repulso   860
Acin amas? praefersque meis amplexibus Acin?
ille tamen placeatque sibi, placeatque licebit,
quod nollem, Galatea, tibi.   Modo copia detur!
sentiet esse mihi tanto pro corpore vires:
viscera viva traham, divulsaque membra per agros,
perque tuas spargam — sic se tibi misceat! — undas.
uror enim, laesusque exaestuat acrius ignis;
cumque suis videor translatam viribus Aetnam
pectore ferre meo: nec tu, Galatea, moveris.'

  Talia nequiquam questus — nam cuncta videbam —
surgit, et ut taurus vacca furibundus adempta,
stare nequit, silvaque et notis saltibus errat:
cum ferus ignaros, nec quicquam tale timentes,
me videt atque Acin; ' Video ' que exclamat ' et ista
ultima sit, faciam, veneris concordia vestrae.'   875
tantaque vox, quantam Cyclops iratus habere
debuit, illa fuit.   Clamore perhorruit Aetne,
ast ego vicino pavefacta sub aequore mergor.

  Terga fugae dederat conversa Symaethius heros,
et ' Fer opem, Galatea, precor, mihi! ferte parentes,'
dixerat, ' et vestris ·periturum admittite regnis!'
insequitur Cyclops, partemque e monte revulsam
mittit; et extremus quamvis pervenit ad illum
angulus is montis, totum tamen obruit Acin.

  At nos, quod solum fieri per fata licebat,   885
fecimus, ut vires assumeret Acis avitas.
puniceus de mole cruor manabat, et intra

temporis exiguum rubor evanescere coepit:
fitque color primo turbati fluminis imbre,
purgaturque mora.   Tum moles fracta dehiscit,   890
vivaque per rimas proceraque surgit arundo,
osque cavum saxi sonat exsultantibus undis;
miraque res, subito media tenus exstitit alvo
incinctus juvenis flexis nova cornua cannis,
qui, nisi quod major, quod toto caerulus ore,   895
Acis erat.   Sed sic quoque erat tamen Acis, in amnem
versus, et antiquum tenuerunt flumina nomen.

XXI. THE WISDOM OF KING NUMA.

[BOOK XV. — 1-487.]

[ÆNEAS had passed, on the coast of Italy, the isle of the Cercopes, turned by Jupiter into apes (XIV. 75-100), and coming to Cumæ, finds the Sibyl Amalthea, daughter of Scylla, who relates that, being loved by Apollo, he had granted her wish to live so many years as the grains of sand in her hand (101-153). Arriving at Cajetas, he meets Macareus, an old companion of Ulysses, who relates the adventure of the Cyclops and the enchantments of Circe, at whose palace they had remained a full year (154-312). During this time, Circe tells of Picus, son of Saturn, whom, not returning her love, she had converted to a woodpecker, and his companions to various beasts, while his wife Canens wasted into air (313-440). In the wars which followed Æneas' arrival in Latium, Diomed refuses aid to Turnus, but his companions, desiring to grant it, are changed to white hinds (441-511). Various transformations follow: of the shepherd Apulus to a wild olive; of Æneas' ships to water-nymphs; of the ashes of the city Ardea to a heron; and at length of Æneas himself to one of the gods *Indigetes;* of Tiberinus to a river; of Vertumnus to sundry shapes, with the tales by which he at length won the love of Pomona; lastly of Romulus, who at his death became the god Quirinus, and his wife Hersilia the goddess Ora (512-851).]

Guided by an ancient sage, Numa seeks wisdom among the Greeks of Southern Italy; [whereby violating the Sabine law, he is accused, but acquitted, the black lots being changed by miracle to white in the urn (XV. 1-59)]. At Heraclea Pythagoras, exiled from Samos, instructs him in the doctrine of metempsychosis, and the law which forbids all shedding of blood. This was unknown in the golden age, but began with the slaughter of animals for food (75-142). Pythagoras — recalling his own former existence as Euphorbas (slain by Menelaus before Troy)—teaches that all life incessantly passes from one to another form; all things are in flux and change — the heavenly bodies, the seasons types of human life, the elements with their transmutations, the vast changes on the face of the earth (237-277). [These changes detailed: waters that disappear, or overflow regions once dry; islands formed from mainland, and plains uplifted into hills; springs alternately hot and cold, or strangely affecting those who drink of them; Delos and the Symplegades; Ætna, which did not always flame. Earth herself lives and breathes, and suffers all these changes; life springs from decay, and shows strange metamorphoses, as of worms to butterflies, tadpoles to frogs, and shapeless cubs to bears; fable of the Phœnix, hyæna, and chameleon, and the growth of coral; States change and pass away, — Sparta, Mycenæ, Thebes, — while new Rome is rising from ancient Troy (278-453).] The lesson of mercy is reinforced; and, fortified with this doctrine, Numa rules peacefully the state of Rome until his death (454-457).

[Egeria, grieving at his loss, listens to the tale of Hippolytus, son of Theseus (banished by the false accusations of Phædra, and dashed to pieces on the shores of Corinth), but changed to the Italian *Virbius*, and is changed by Diana to a fountain (488-551). Tale of the Etruscan *Tages*, who sprang from a clod; and of Cipus, on whose brow grew horns, and who refused the sovereignty of his city portended thereby (532-621).]

D ESTINAT imperio clarum praenuntia veri
   Fama Numam.   Non ille satis cognosse Sabinae
gentis habet ritus : animo majora capaci   5
concipit, et quae sit rerum natura requirit.
hujus amor curae, patria Curibusque relictis,
fecit, ut Herculei penetraret ad hospitis urbem.

   Vir fuit hic, ortu Samius, sed fugerat una   60
et Samon et dominos, odioqué tyrannidis exsul
sponte erat; isque, licet caeli regione remotos,
mente deos adiit, et quae natura negabat
visibus humanis, oculis ea pectoris hausit.
cumque animo et vigili perspexerat omnia cura,   65
in medium discenda dabat; coetusque silentum
dictaque mirantum magni primordia mundi
et rerum causas et quid natura, docebat :
quid deus, unde nives, quae fulminis esset origo ;
Juppiter an venti discussa nube tonarent ;   70
quid quateret terras, qua sidera lege mearent,

et quodcumque latet; primusque animalia mensis
arguit imponi.   Primus quoque talibus ora
docta quidem solvit, sed non et credita, verbis:
  ' Parcite, mortales, dapibus temerare nefandis   75
corpora!   Sunt fruges, sunt deducentia ramos
pondere poma suo, tumidaeque in vitibus uvae;
sunt herbae dulces, sunt quae mitescere flamma
mollirique queant; nec vobis lacteus humor
eripitur, nec mella thymi redolentia flore.   80
prodiga divitias alimentaque mitia tellus
suggerit, atque epulas sine caede et sanguine praebet.
carne ferae sedant jejunia, nec tamen omnes:
quippe equus et pecudes armentaque gramine vivunt;
at quibus ingenium est inmansuetumque ferumque,   85
Armeniaeque tigres iracundique leones,
cumque lupis ursi, dapibus cum sanguine gaudent.
  ' Heu quantum scelus est in viscera viscera condi,
congestoque avidum pinguescere corpore corpus,
alteriusque animantem animantis vivere leto!   90
  ' Scilicet in tantis opibus, quas optima matrum
Terra parit, nil te nisi tristia mandere saevo
vulnera dente juvat, rictusque referre Cyclopum?
nec, nisi perdideris alium, placare voracis
et male morati poteris jejunia ventris?   95
  ' At vetus illa aetas, cui fecimus *aurea* nomen,
fetibus arboreis et quas humus educat herbis
fortunata fuit, nec polluit ora cruore.
tunc et aves tutae movere per aëra pennas,
et lepus inpavidus mediis erravit in herbis,   100
nec sua credulitas piscem suspenderat hamo;
cuncta sine insidiis nullamque timentia fraudem
plenaque pacis erant.   Postquam non utilis auctor
victibus invidit, quisquis fuit ille, priorum,
corporeasque dapes avidam demersit in alvum,   105

fecit iter sceleri.   Primaque e caede ferarum
incaluisse putem maculatum sanguine ferrum.
idque satis fuerat: nostrumque petentia letum
corpora missa neci salva pietate fatemur;
sed quam danda neci, tam non epulanda fuerunt. 110
   ' Longius inde nefas abiit, et prima putatur
hostia sus meruisse mori, quia semina pando
eruerit rostro, spemque interceperit anni.
vite caper morsa Bacchi mactandus ad aras
ducitur ultoris: nocuit sua culpa duobus. 115
quid meruistis, oves, placidum pecus, inque tuendos
natum homines, pleno quae fertis in ubere nectar,
mollia quae nobis vestras velamina lanas
praebetis, vitaque magis, quam morte juvatis?
quid meruere boves, animal sine fraude dolisque, 120
innocuum, simplex, natum tolerare labores?
immemor est demum, nec frugum munere dignus,
qui potuit curvi dempto modo pondere aratri
ruricolam mactare suum, qui trita labore
illa, quibus totiens durum renovaverat arvum, 125
condiderat messes, percussit colla securi.
   ' Nec satis est, quod tale nefas committitur: ipsos
inscripsere deos sceleri, numenque supernum
caede laboriferi credunt gaudere juvenci.
victima labe carens et praestantissima forma — 130
nam placuisse nocet — vittis praesignis et auro
sistitur ante aras, auditque ignara precantem,
imponique suae videt inter cornua fronti
quas coluit, fruges, percussaque sanguine cultros
inficit in liquida praevisos forsitan unda. 135
protinus ereptas viventi pectore fibras
inspiciunt, mentesque deum scrutantur in illis.
unde fames homini vetitorum tanta ciborum est?
audetis vesci, genus O mortale? quod (oro)

ne facite, et monitis animos advertite nostris :   140
cumque boum dabitis caesorum membra palato,
mandere vos vestros scite et sentite colonos.

'Et, quoniam deus ora movet, sequar ora moventem
rite deum, Delphosque meos ipsumque recludam
aethera et augustae reserabo oracula mentis.   145
magna, nec ingeniis evestigata priorum,
quaeque diu latuere, canam. Juvat ire per alta
astra ; juvat terris et inerti sede relicta
nube vehi, validique humeris insistere Atlantis ;
palantesque homines passim ac rationis egentes   150
despectare procul, trepidosque obitumque timentes
sic exhortari, seriemque evolvere fati.

'O genus attonitum gelidae formidine mortis !
quid Styga, quid tenebras et nomina vana timetis,
materiem vatum, falsique pericula mundi ?   155
corpora sive rogus flamma, seu tabe vetustas
abstulerit, mala posse pati non ulla putetis.
morte carent animae, semperque, priore relicta
sede, novis domibus vivunt habitantque receptae.
ipse ego — nam memini — Trojani tempore belli   160
Panthoïdes Euphorbus eram, cui pectore quondam
haesit in adverso gravis hasta minoris Atridae.
cognovi clipeum, laevae gestamina nostrae,
nuper Abanteïs templo Junonis in Argis.

'Omnia mutantur : nihil interit. Errat, et illinc   165
huc venit, hinc illuc, et quoslibet occupat artus
spiritus, eque feris humana in corpora transit,
inque feras noster, nec tempore deperit ullo.
utque novis facilis signatur cera figuris,
nec manet ut fuerat, nec formas servat easdem,   170
sed tamen ipsa eadem est, animam sic semper eandem
esse, sed in varias doceo migrare figuras.
ergo — nec pietas sit victa cupidine ventris —

parcitė, vaticinor, cognatas caede nefanda
exturbare aniinas, nec sanguine sanguis alatur.   175
   ' Et quoniam magno feror aequore, plenaque ventis
vela dedi : Nihil est, toto quod perstet in orbe.
cuncta fluunt, omnisque. vagans formatur imago.
ipsa quoque assiduo labuntur tempora motu,
non secus ac flumen.. Neque enim consistere flumen,
nec levis hora potest; sed ut unda impellitur unda,
urgueturque eadem veniens urguetque priorem —
tempora sic fugiunt pariter, pariterque sequuntur,
et nova sunt semper; nam quod fuit ante, relictum est,
fitque, quod haud fuerat, momentaque cuncta novantur.
   ' Cernis et emensas in lucem tendere noctes,
et jubar hoc nitidum nigrae succedere nocti;
nec color est idem caelo, cum lassa quiete
cuncta jacent media, cumque albo Lucifer exit
clarus equo; rursusque alius, cum praevia lucis   190
tradendum Phoebo Pallantias inficit orbem.
ipse dei clipeus terra cum tollitur ima
mane rubet, terraque rubet cum conditur ima;
candidus in summo est, melior natura quod illic
aetheris est, terraeque procul contagia fugit.   195
nec par aut eadem nocturnae forma Dianae
esse potest umquam; semperque hodierna sequente,
si crescit, minor est, major, si contrahit orbem.
   ' Quid? non in species succedere quattuor annum
aspicis, aetatis peragentem imitamina nostrae?   200
nam tener et lactens puerique simillimus aevo
Vere novo est; tunc herba recens et roboris expers
turget, et insolida est, et spe delectat agrestes.
omnia tunc florent, florumque coloribus almus
ludit ager, neque adhuc virtus in frondibus ulla est.
transit in Aestatem post ver robustior annus
fitque valens juvenis; neque enim robustior aetas

aut hominum certe, tuta esse et honesta sinamus,
neve Thyesteis cumulemus viscera mensis.
  ' Quam male consuescit, quam se parat ille cruori
impius humano, vituli qui guttura ferro
rumpit, et inmotas praebet mugitibus aures!   465
aut qui vagitus similes puerilibus haedum
edentem jugulare potest, aut alite vesci,
cui dedit ipse cibos!   Quantum est, quod desit in istis
ad plenum facinus? quo transitus inde paratur?
bos aret, aut mortem senioribus imputet annis;   470
horriferum contra Borean ovis arma ministret;
ubera dent saturae manibus pressanda capellae.
retia cum pedicis, laqueos, artesque dolosas
tollite; nec volucrem viscata fallite virga;
nec formidatis cervos illudite pennis;   475
nec celate cibis uncos fallacibus hamos.
perdite siqua nocent, verum haec quoque perdite
        tantum:
ora vacent epulis, alimentaque mitia carpant.'
  Talibus atque aliis instructo pectore dictis
in patriam remeasse ferunt, ultroque petitum   480
accepisse Numam populi Latiaris habenas:
conjuge qui felix nympha ducibusque Camenis
sacrificos docuit ritus, gentemque feroci
assuetam bello pacis traduxit ad artes.
qui postquam senior regnumque aevumque peregit,
exstinctum Latiaeque nurus populusque Patresque
deflevere Numam.

XXII. The Worship of Æsculapius.

[Book XV. — 622-744.]

The people of Rome, being in terror of a pestilence, seek
counsel of Apollo, who bids them invite his son (Æsculapius) to
their city. Proceeding to Epidaurus, the messengers summon his
help (622-652); who, giving them favorable answer in a dream,
takes the shape of a serpent, and goes aboard their ship (653-693);
and arriving at Rome, makes his dwelling in an island of the Tiber
(694-744).— B. C. 293.

PANDITE nunc, Musae, praesentia numina vatum,
    (scitis enim, nec vos fallit spatiosa vetustas)
unde Coroniden circumflua Thybridis alti
insula Romuleae sacris asciverit urbis.   625
    Dira lues quondam Latias vitiaverat auras,
pallidaque exsangui squalebant corpora tabo.
funeribus fessi postquam mortalia cernunt
temptamenta nihil, nihil artes posse medentum,
auxilium caeleste petunt; mediamque tenentes   630
orbis humum Delphos adeunt, oracula Phoebi,
utque salutifera miseris succurrere rebus
sorte velit, tantaeque urbis mala finiat, orant.
et locus et laurus et, quas habet ipse, pharetrae
intremuere simul; cortinaque reddidit imo   635
hanc adyto vocem, pavefactaque pectora movit:
' Quod petis hinc, propiore loco, Romane, petisses:
et pete nunc propiore loco; nec Apolline vobis,
qui minuat luctus, opus est, sed Apolline nato:
ite bonis avibus, prolemque accersite nostram.'   640
    Jussa dei prudens postquam accepere Senatus,
quam colat, explorant, juvenis Phoebeïus urbem,
quique petant ventis Epidauria litora, mittunt.
quae postquam curva missi tetigere carina,

concilium Graiosque patres adiere, darentque,   645
oravere, deum, qui praesens funera gentis
finiat Ausoniae : certas ita dicere sortes.
  Dissidet et variat sententia ; parsque negandum
non putat auxilium ; multi retinere, suamque
non emittere opem, nec numina tradere suadent.   650
dum dubitant, seram pepulere crepuscula lucem,
umbraque telluris tenebras induxerat orbi :
cum deus in somnis opifer consistere visus
ante tuum, Romane, torum, sed qualis in aede
esse solet, baculumque tenens agreste sinistra,   655
caesariem longae dextra deducere barbae,
et placido tales emittere pectore voces :
  ' Pone metus ; veniam, simulacraque nostra relin-
       quam :
hunc modo serpentem, baculum qui nexibus ambit,
perspice, et usque nota visu, ut cognoscere possis : 660
vertar in hunc ; sed major ero, tantusque videbor,
in quantum debent caelestia corpora verti.'
extemplo cum voce deus, cum voce deoque
somnus abit, somnique fugam lux alma secuta est.
  Postera sidereos Aurora fugaverat ignes ;   665
incerti quid agant, proceres ad templa petiti
conveniunt operosa dei, quaque ipse morari
sede velit, signis caelestibus indicet, orant.
vix bene desierant, cum cristis aureus altis
in serpente deus praenuntia sibila misit,   670
adventuque suo signumque arasque foresque
marmoreumque solum fastigiaque aurea movit,
pectoribusque tenus media sublimis in aede
constitit, atque oculos circumtulit igne micantes.
  Territa turba pavet : cognovit numina castos   675
evinctus vitta crines albente sacerdos,
et ' Deus en ! deus en ! animis linguisque favete,

quisquis ades!' dixit 'Sis, O pulcherrime, visus
utiliter, populosque juves tua sacra colentes.'
quisquis adest, jussum veneratur numen, et omnes   680
verba sacerdotis referunt geminata, piumque
Aeneadae praestant et mente et voce favorem.
adnuit his, motisque deus rata pignora cristis
et repetita dedit vibrata sibila lingua.
tum gradibus nitidis delabitur, oraque retro   685
flectit, et antiquas abiturus respicit aras,
assuetasque domos habitataque templa salutat;
inde per injectis adopertam floribus ingens
serpit humum, flectitque sinus, mediamque per urbem
tendit ad incurvo munitos aggere portus;   690
restitit hic, agmenque suum turbaeque sequentis
officium placido visus dimittere vultu
corpus in Ausonia posuit rate.   Numinis illa
sensit onus, pressa estque dei gravitate carina.

　　Aeneadae gaudent, caesoque in litore tauro   695
torta coronatae solvunt retinacula classis.
impulerat levis aura ratem.   Deus eminet alte,
impositaque premens puppim cervice recurvam
caeruleas despectat aquas, modicisque per aequor
Ionium zephyris sexto Pallantidos ortu   700
Italiam tenuit, praeterque Lacinia templo
nobilitata deae, Scylaceaque litora fertur.
linquit Iäpygiam, laevisque Amphrisia remis
saxa fugit, dextra praerupta Celennia parte,
Romethiumque legit, Caulonaque, Naryciamque,   705
evincitque fretum Siculique angusta Pelori,
Hippotadaeque domos regis, Temesesque metalla,
Leucosiamque petit, tepidique rosaria Paesti.
inde legit Capreas, promontoriumque Minervae,
et Surrentino generosos palmite colles,   710
Herculeamque urbem, Stabiasque, et in otia natam

Parthenopen, et ab hac Cumaeae templa Sibyllae.
hinc calidi fontes lentisciferumque tenetur
Linternum, multamque trahens sub gurgite arenam
Volturnus, niveisque frequens Sinuessa columbis,   715
Minturnaeque graves, et quam tumulavit alumnus,
Antiphataeque domus, Trachasque obsessa palude,
et tellus Circaea, et spissi litoris Antium.
      Huc ubi veliferam nautae advertere carinam —
asper enim jam pontus erat — deus explicat orbes,   720
perque sinus crebros et magna volumina labens,
templa parentis init flavum tangentia litus.
aequore pacato patrias Epidaurius aras
linquit, et hospitio juncti sibi numinis usus
litoream tractu squamae crepitantis arenam   725
sulcat, et innixus moderamine navis in alta
puppe caput posuit, donec Castrumque sacrasque
Lavinî sedes Tiberinaque ad ostia venit.
      Huc omnes populi passim, matrumque patrumque
obvia turba ruit, quaeque ignes, Troïca, servant,   730
Vesta, tuos, laetoque deum clamore salutant;
quaque per adversas navis cita ducitur undas,
tura super ripas aris ex ordine factis
parte ab utraque sonant, et odorant aëra fumis:
ictaque conjectos incalfacit hostia cultros.   735
      Jamque caput rerum, Romanam intraverat urbem.
erigitur serpens, summoque acclinia malo
colla movet, sedesque sibi circumspicit aptas.
scinditur in geminas partes circumfluus amnis:
insula nomen habet; laterumque e parte duorum   740
porrigit aequales media tellure lacertos.
huc se de Latia pinu Phoebeïus anguis
contulit, et finem specie caeleste resumpta
luctibus imposuit, venitque salutifer Urbi.

XXIII. The Apotheosis of Cæsar.

[Book XV.—745-879.]

After the triumphs of Cæsar, and his death by treachery of his friends, Venus obtained from Jupiter that he should be received into the number of the Immortals, — a native deity, while Æsculapius was of foreign origin (745-844). She takes therefore his spirit as he falls, and bears it above, his path being shown by a miraculous star which appeared in the heavens at his death (845-880).

Conclusion, 881-889.

HIC tamen accessit delubris advena nostris :
    Caesar in Urbe sua deus est, quem marte togaque
praecipuum non bella magis finita triumphis,
resque domi gestae properataque gloria rerum,
in sidus vertere novum stellamque comantem,
quam sua progenies. Neque enim de Caesaris actis
ullum majus opus, quam quod pater exstitit hujus.
scilicet aequoreos plus est domuisse Britannos,
perque papyriferi semptemflua flumina Nili
victrices egisse rates, Numidasque rebelles
Cinyphiumque Jubam, Mithridateisque tumentem   755
nominibus Pontum populo adjecisse Quirini,
et multos meruisse, aliquos egisse triumphos,
quam tantum genuisse virum? Quo praeside rerum
humano generi, Superi, favistis abunde.

   Ne foret hic igitur mortali semine cretus,   760
ille deus faciendus erat. Quod ut aurea vidit
Aeneae genitrix, vidit quoque triste parari
pontifici letum et conjurata arma moveri,
palluit; et cunctis, ut cuique erat obvia, divis
' Aspice,' dicebat ' quanta mihi mole parentur   765
insidiae, quantaque caput cum fraude petatur,

quod de Dardanio solum mihi restat Iülo.
solane semper ero justis exercita curis?
quam modo Tydidae Calydonia vulneret hasta,
nunc male defensae confundant moenia Trojae;   770
quae videam natum longis erroribus actum
jactarique freto sedesque intrare silentum,
bellaque cum Turno gerere, aut, si vera fatemur,
cum Junone magis?   Quid nunc antiqua recordor
damna mei generis?   Timor hic meminisse priorum
non sinit: in me acui sceleratos cernitis enses.
quos prohibete, precor, facinusque repellite! neve
caede sacerdotis flammas exstinguite Vestae.'
    Talia nequiquam toto Venus anxia caelo
verba jacit, superosque movet; qui rumpere quamquam
ferrea non possunt veterum decreta sororum,
signa tamen luctus dant haud incerta futuri.
arma ferunt inter nigras crepitantia nubes
terribilesque tubas, auditaque cornua caelo
praemonuisse nefas.   Solis quoque tristis imago   785
lurida sollicitis praebebat lumina terris.
saepe faces visae mediis ardere sub astris;
saepe inter nimbos guttae cecidere cruentae.
caerulus et vultum ferrugine Lucifer atra
sparsus erat, sparsi lunares sanguine currus.   790
tristia mille locis Stygius dedit omina bubo;
mille locis lacrimavit ebur, cantusque feruntur
auditi sanctis et verba minantia lucis.
victima nulla litat, magnosque instare tumultus
fibra monet, caesumque caput reperitur in extis;   795
inque foro circumque domos et templa deorum
nocturnos ululasse canes, umbrasque silentum
erravisse ferunt, motamque tremoribus urbem.
    Non tamen insidias venturaque vincere fata
praemonitus potuere deum; strictique feruntur   800

in templum gladii; neque enim locus ullus in Urbe
ad facinus diramque placet, nisi curia, caedem.
tum vero Cytherea manu percussit utraque
pectus, et aetheria molitur condere nube,
qua prius infesto Paris est ereptus Atridae,   805
et Diomedeos Aeneas fugerat enses.

   Talibus hanc genitor: ' Sola insuperabile fatum,
nata, movere paras? intres licet ipsa sororum
tecta trium! cernes illic molimine vasto
ex aere et solido rerum tabularia ferro,   810
quae neque concursum caeli, neque fulminis iram,
nec metuunt ullas tuta atque aeterna ruinas.
invenies illic incisa adamante perenni
fata tui generis: legi ipse animoque notavi,
et referam, ne sis etiamnum ignara futuri.   815

   ' Hic sua complevit, pro quo, Cytherea, laboras,
tempora perfectis quos terrae debuit annis.
ut deus accedat caelo templisque locetur,
tu facies natusque suus, qui nominis haeres
impositum feret unus onus, caedisque parentis   820
nos in bella suos fortissimus ultor habebit.
illius auspiciis obsessae moenia pacem
victa petunt Mutinae; Pharsalia sentiet illum;
Emathiaque iterum madefient caede Philippi;
et magnum Siculis nomen superabitur undis;   825
Romanique ducis conjunx Aegyptia taedae
non bene fisa cadet: frustraque erit illa minata,
servitura suo Capitolia nostra Canopo.

   ' Quid tibi barbariem, gentes ab utroque jacentes
Oceano numerem? Quodcumque habitabile tellus   830
sustinet, hujus erit; pontus quoque serviet illi.
pace data terris, animum ad civilia vertet
jura suum, legesque feret justissimus auctor:
exemploque suo mores reget, inque futuri

temporis aetatem venturorumque nepotum   835
prospiciens; prolem sancta de conjuge natam
ferre simul nomenque suum curasque jubebit:
nec, nisi cum senior Pylios aequaverit annos,
aetherias sedes cognataque sidera tanget.
hanc animam interea caeso de corpore raptam   840
fac jubar, ut semper Capitolia nostra forumque
divus ab excelsa prospectet Julius aede.'
    Vix ea fatus erat, media cum sede senatus
constitit alma Venus, nulli cernenda, suique
Caesaris eripuit membris, nec in aëra solvi   845
passa recentem animam caelestibus intulit astris.
dumque tulit, lumen capere atque ignescere sensit,
emisitque sinu.   Luna volat altius illa,
flammiferumque trahens spatioso limite crinem
stella micat, natique videns benefacta fatetur   850
esse suis majora, et vinci gaudet ab illo.
hic sua praeferri quamquam vetat acta paternis,
libera fama tamen nullisque obnoxia jussis
invitum praefert, unaque in parte repugnat.
sic magni cedit titulis Agamemnonis Atreus;   855
Aegea sic Theseus, sic Pelea vincit Achilles.
denique, ut exemplis ipsos aequantibus utar,
sic et Saturnus minor est Jove.   Juppiter arces
temperat aetherias et mundi regna triformis;
terra sub Augusto: pater est et rector uterque.   860
    Di, precor, Aeneae comites, quibus ensis et ignis
cesserunt, dique Indigetes, genitorque Quirine
Urbis, et invicti genitor Gradive Quirini,
Vestaque Caesareos inter sacrata penates,
et cum Caesarea tu, Phoebe domestice, Vesta,   865
quique tenes altus Tarpeïas Juppiter arces,
quosque alios vati fas appellare piumque est:
tarda sit illa dies et nostro serior aevo,

qua caput Augustum, quem temperat, orbe relicto
accedat caelo, faveatque precantibus absens.   870

JAMQUE opus exegi, — quod nec Jovis ira nec ignis
nec poterit ferrum nec edax abolere vetustas.
cum volet, illa dies, quae nil nisi corporis hujus
jus habet, incerti spatium mihi finiat aevi:
parte tamen meliore mei super alta perennis   875
astra ferar, nomenque erit indelebile nostrum.
quaque patet domitis Romana potentia terris,
ore legar populi, perque omnia saecula fama,
si quid habent veri vatum praesagia, vivam.

SHORTER POEMS.

I. THE FASTI.

THE word *fasti*, properly applied to those days of the year on which it was permitted (*fas*) to transact public business, came to be applied to the Roman Calendar, or systematic arrangement and classification of the days of each month. Ovid's purpose in this poem was to cast this calendar into a poetic form, describing whatever was peculiar and characteristic in the Roman usages, —as festivals and rites,—and working into it whatever traditions and myths were current among the people. The Roman religion was so meagre in the elements of fable, that its mythology, as presented in this work, is hardly more than a clumsy adaptation and vamping over of Grecian myths. It was, however, as rich in form and ceremonial as it was poor in story; and the most valuable and original portions of the *Fasti* are those which describe fragments of these primitive rites, which had managed to survive the inroad of the more fashionable Greek and Oriental forms of worship, and still lingered in the community. Some of them, indeed, held their own for centuries longer, and some were transformed and adopted into the Christian calendar.

Only six books of the Fasti, containing the months from January to June inclusive, are extant. It is a much disputed question whether the other six books have been lost, or were never written. It is probable that they were written in the rough, but unfinished at the time of the poet's exile, and never published. At any rate, there are no citations in ancient authors from any but the first six books.

The following extracts from the fourth book (April) contain a description of two very ancient festivals, with the traditional account of the founding of Rome, introduced in the usual manner of the poet.

1. *The Festival of Pales* (April 21).

NOX abiit, oriturque Aurora. *Parilia* poscor:
   Non poscor frustra, si favet alma Pales.

Alma Pales, faveas pastoria sacra canenti,
  Prosequor officio si tua festa pio.
Certe ego de vitulo cinerem stipulasque fabalis   725
  Saepe tuli plena (februa casta) manu.
Certe ego transilui positas ter in ordine flammas,
  Udaque roratas laurea misit aquas.
Mota dea est, operique favet : navalibus exi,
  Puppis ! habent ventos jam mea vela suos.   730
I, pete virginea, populus, suffimen ab ara :
  Vesta dabit; Vestae munere purus eris.
Sanguis equi suffimen erit, vitulique favilla,
  Tertia res durae culmen inane fabae.
Pastor, oves saturas ad prima crepuscula lustra :   735
  · Unda prius spargat, virgaque verrat humum.
Frondibus et fixis decorentur ovilia ramis,
  Et tegat ornatas longa corona fores.
Caerulei fiant vivo de sulphure fumi,
  . Tactaque fumanti sulphure balet ovis.   740
Ure mares oleas, taedamque, herbasque Sabinas,
  Et crepet in mediis laurus adusta focis.
Libaque de milio milii fiscella sequetur :
  Rustica praecipue est hoc dea laeta cibo.
Adde dapes mulctramque suas, dapibusque resectis   745
  Silvicolam tepido lacte precare Palen.
Consule (dic) *pecori pariter pecorisque magistris:*
  Effugiat stabulis noxa repulsa meis.
Sive sacro pavi, sedive sub arbore sacra,
  Pabulaque e bustis inscia carpsit ovis;   750
Si nemus intravi vetitum, nostrisve fugatae
  Sunt oculis nymphae, semicaperve deus;
Si mea falx ramo lucum spoliavit opaco,
  Unde data est aegrae fiscina frondis ovi;
Da veniam culpae, nec, dum degrandinat, obsit   755
  Agresti fano supposuisse pecus.

Nec noceat turbasse lacus: ignoscite, nymphae,
    Mota quod obscuras ungula fecit aquas.
Tu, dea, pro nobis fontes fontanaque placa
    Numina; tu sparsos per nemus omne deos.   760
Nec dryadas, nec nos videamus labra Dianae,
    Nec Faunum, medio cum premit arva die.
Pelle procul morbos: valeant hominesque gregesque,
    Et valeant vigiles, provida turba, canes.
Neve minus multos redigam quam mane fuerunt,   765
    Neve gemam referens vellera rapta lupo.
Absit iniqua fames: herbae frondesque supersint,
    Quaeque lavent artus, quaeque bibantur, aquae.
Ubera plena premam: referat mihi caseus aera,
    Denique viam liquido vimina rara sero.   770
Lanaque proveniat nullas laesura puellas,
    Mollis et ad teneras quamlibet apta manus.
Quae precor, eveniant; et nos faciamus ad annum 775
    Pastorum dominae grandia liba Pali.
His dea placanda est; haec tu conversus ad ortus
    Dic quater, et vivo perlue rore manus.
Tum licet adposita, veluti cratere, camella,
    Lac niveum potes purpureamque sapam;   780
Moxque per ardentes stipulae crepitantes acervos
    Traicias celeri strenua membra pede.
Expositus mos est: moris mihi restat origo.
    Turba facit dubium, coeptaque nostra tenet.
Omnia purgat edax ignis, vitiumque metallis   785
    Excoquit: idcirco cum duce purgat ovis?
An, quia cunctarum contraria semina rerum
    Sunt duo discordes, ignis et unda, dei,
Junxerunt elementa patres, aptumque putarunt
    Ignibus et sparsa tangere corpus aqua?   790
An, quod in his vitae causa est, haec perdidit exsul,
    His nova fit conjunx, haec duo magna putant?

Vix equidem credo : sunt qui Phaëthonta referri
    Credant, et nimias Deucalionis aquas.
Pars quoque, cum saxis pastores saxa feribant,   795
    Scintillam subito prosiluisse ferunt:
Prima quidem periit, stipulis excepta secunda est.
    Hoc argumentum flamma Parilis habet?
An magis hunc morem pietas Aeneïa fecit,
    Innocuum victo cui dedit ignis iter?   800
Num tamen est vero propius, cum condita Roma est,
    Transferri jussos in nova tecta Lares,
Mutantesque domum tectis agrestibus ignem,
    Et cessaturae supposuisse casae,
Per flammas saluisse pecus, saluisse colonos?   805
    Quod fit natali nunc quoque, Roma, tuo.
Ipse locus causas vati facit.   Urbis origo
    Venit: ades factis, magne Quirine, tuis !

2. *The Founding of Rome.*

JAM luerat poenas frater Numitoris, et omne
    Pastorum gemino sub duce volgus erat.   810
Contrahere agrestes et moenia ponere utrique
    Convenit: ambigitur, moenia ponat uter.
'Nil opus est' dixit 'certamine' Romulus 'ullo:
    Magna fides avium est; experiamur aves.'
Res placet: alter adit nemorosi saxa Palati;   815
    Alter Aventinum mane cacumen init.
Sex Remus, hic volucres bis sex videt ordine; pacto
    Statur, et arbitrium Romulus urbis habet.
Apta dies legitur, qua moenia signet aratro.
    Sacra Palis suberant; inde movetur opus: 820
Fossa fit ad solidum; fruges jaciuntur in ima,
    Et de vicino terra petita solo.

Fossa repletur humo, plenaeque imponitur ara,
 Et novus accenso fungitur igne focus.
Inde premens stivam designat moenia sulco :   825
 Alba jugum niveo cum bove vacca tulit.
Vox fuit haec regis : *Condenti, Juppiter, urbem*
 Et genitor Mavors Vestaque mater, ades!
Quosque pium est adhibere deos, advertite cuncti!
 Auspicibus vobis hoc mihi surgat opus.   830
Longa sit huic aetas dominaeque potentia terrae,
 Sitque sub hac oriens occiduusque dies.
Ille precabatur : tonitru dedit omina laevo
 Juppiter, et laevo fulmina missa polo.
Augurio laeti jaciunt fundamina cives,   835
 Et novus exiguo tempore murus erat.
Hoc Celer urget opus, quem Romulus ipse vocarat,
 ' Sint'que, ' Celer, curae' dixerat ' ista tuae :
Neve quis aut muros, aut factam vomere fossam
 Transeat, audentem talia dede neci.'   840
Quod Remus ignorans humiles contemnere muros
 Coepit, et ' His populus ' dicere ' tutus erit? '
Nec mora, transiluit : rutro Celer occupat ausum ;
 Ille premit duram sanguinulentus humum.
Haec ubi rex didicit, lacrimas introrsus obortas   845
 Devorat, et clausum pectore volnus habet ;
Flere palam non volt, exemplaque fortia servat,
 Sic que *meos muros transeat hostis* ait.
Dat tamen exsequias ; nec jam suspendere fletum
 Sustinet, et pietas dissimulata patet.   850
Osculaque adplicuit posito suprema feretro,
 Atque ait, *Invito frater adempte, vale!*
Arsurosque artus unxit. Fecere, quod ille,
 Faustulus et maestas Acca soluta comas ;
Tum juvenem nondum facti flevere Quirites ;   855
 Ultima plorato subdita flamma rogo est.

Urbs oritur — quis tunc hoc ulli credere posset? —
  Victorem terris impositura pedem.
Cuncta regas, et sis magno sub Caesare semper:
  Saepe etiam pluris nominis hujus habe;   860
Et quotiens steteris domito sublimis in orbe,
  Omnia sint humeris inferiora tuis.

2. *Ritual to avert Blight* (April 25).

SEX ubi, quae restant, luces Aprilis habebit,
  In medio cursu tempora veris erunt,
Et frustra pecudem quaeres Athamantidos Helles,
  Signaque dant imbres, exoriturque Canis.
Hac mihi Nomento Romam cum luce redirem,   905
  Obstitit in media candida turba via;
Flamen in antiquae lucum Robiginis ibat,
  Exta canis flammis, exta daturus ovis.
Protinus accessi, ritus ne nescius essem;
  Edidit haec Flamen verba, Quirine, tuus: 910
Aspera Robigo, parcas Cerialibus herbis,
  Et tremat in summa leve cacumen humo.
Tu sata sideribus caeli nutrita secundi
  Crescere, dum fiant falcibus apta, sinas.
Vis tua non levis est: quae tu frumenta notasti,   915
  Maestus in amissis illa colonus habet.
Nec venti tantum Cereri nocuere, nec imbres,
  Nec sic marmoreo pallet adusta gelu,
Quantum, si culmos Titan incalfacit udos:
  Tunc locus est irae, diva timenda, tuae.   920
Parce, precor, scabrasque manus a messibus aufer,
  Neve noce cultis: posse nocere sat est.
Nec teneras segetes, sed durum amplectere ferrum,
  Quodque potest alios perdere, perde prior.

Utilius gladios et tela nocentia carpes: 925
 Nil opus est illis; otia mundus agit.
Sarcula nunc durusque bidens et vomer aduncus,
 Ruris opes, niteant: inquinet arma situs.
Conatusque aliquis vagina ducere ferrum,
 Adstrictum longa sentiat esse mora. 930
At tu ne viola Cererem! semperque colonus
 Absenti possit solvere vota tibi.
Dixerat; a dextra villis mantele solutis,
 Cumque meri patera turis acerra fuit;
Tura focis vinumque dedit, fibrasque bidentis, 935
 Turpiaque obscenae (vidimus) exta canis.
Tum mihi ' Cur detur sacris nova victima, quaeris?'—
 Quaesieram — ' Causam percipe' flamen ait.
' Est canis, Icarium dicunt, quo sidere moto
 Tosta sitit tellus, praecipiturque seges. 940
Pro cane sidereo canis hic imponitur arae,
 Et quare pereat, nil nisi nomen habet.'

II. HEROIDES.

THE *Heroides* (" Heroines ") are a series of about twenty letters addressed from various mythical and legendary persons, — chiefly from lonely wives and forsaken brides to husband or lover. The example here given is the first and perhaps best of the series.

Penelope to Ulysses.

HANC tua Penelope lento tibi mittit, Ulixe:
    Nil mihi rescribas, at tamen ipse veni.
Troja jacet certe, Danais invisa puellis;
    Vix Priamus tanti totaque Troja fuit.
O utinam tum, cum Lacedaemona classe petebat,   5
    Obrutus insanis esset adulter aquis !
Non ego deserto jacuissem frigida lecto,
    Non quererer tardos ire relicta dies;
Nec mihi quaerenti spatiosam fallere noctem
    Lassasset viduas pendula tela manus.   10
Quando ego non timui graviora pericula veris?
    Res est solliciti plena timoris amor.
In te fingebam violentos Troas ituros;
    Nomine in Hectoreo pallida semper eram.
Sive quis Antilochum narrabat ab Hectore victum,   15
    Antilochus nostri causa timoris erat;
Sive, Menoetiaden falsis cecidisse sub armis,
    Flebam successu posse carere dolos;
Sanguine Tlepolemus Lyciam tepefecerat hastam,
    Tlepolemi leto cura novata mea est;   20
Denique, quisquis erat castris jugulatus Achivis
    Frigidius glacie pectus amantis erat.
Sed bene consuluit casto deus aequus amori:
    Versa est in cineres sospite Troja viro.

Argolici rediere duces : altaria fumant ;   25
   Ponitur ad patrios barbara praeda deos ;
Grata ferunt nymphae pro salvis dona maritis ;
   Illi victa suis Troïca fata canunt.
Mirantur justique senes trepidaeque puellae :
   Narrantis conjunx pendet ab ore viri.   30
Atque aliquis posita monstrat fera proelia mensa,
   Pingit et exiguo Pergama tota mero :
' Hac ibat Simoïs, hac est Sigeïa tellus,
   Hic steterat Priami regia celsa senis ;
Illic Aeacides, illic tendebat Ulixes ;   35
   Hic alacer missos terruit Hector equos.'
Omnia namque tuo senior, te quaerere misso,
   Retulerat gnato Nestor, at ille mihi.
Retulit et ferro Rhesumque Dolonaque caesos,
   Utque sit hic somno proditus, ille dolo.   40
Ausus es, O nimium nimiumque oblite tuorum,
   Thracia nocturno tangere castra dolo,
Totque simul mactare viros, adjutus ab uno !
   At bene cautus eras et memor ante mei?
Usque metu micuere sinus, dum victor amicum   45
   Dictus es Ismariis isse per agmen equis.
Sed mihi quid prodest vestris disjecta lacertis
   Ilios et murus quod fuit, esse solum,
Si maneo qualis Troja durante manebam,
   Virque mihi dempto fine carendus abest?   50
Diruta sunt aliis, uni mihi Pergama restant,
   Incola captivo quae bove victor arat.
Jam seges est, ubi Troja fuit, resecandaque falce
   Luxuriat Phrygio sanguine pinguis humus ;
Semisepulta virum curvis feriuntur aratris   55
   Ossa ; ruinosas occulit herba domos.
Victor abes : nec scire mihi, quae causa morandi,
   Aut in quo lateas ferreus orbe, licet.

Quisquis ad haec vertit peregrinam littora puppim,
    Ille mihi de te multa rogatus abit :   60
Quamque tibi reddat, si te modo viderit usquam,
    Traditur huic digitis charta novata meis.
Nos Pylon, antiqui Neleïa Nestoris arva,
    Misimus : incerta est fama remissa Pylo.
Misimus et Sparten : Sparte quoque nescia veri.   65
    Quas habitas terras, aut ubi lentus abes?
Utilius starent etiam nunc moenia Phoebi.
    Irascor votis heu levis ipsa meis !
Scirem ubi pugnares, et tantum bella timerem,
    Et mea cum multis juncta querela foret.   70
Quid timeam, ignoro ; timeo tamen omnia demens,
    Et patet in curas area lata meas.
Quaecumque aequor habet, quaecumque pericula tellus,
    Tam longae causas suspicor esse morae.
Haec ego dum stulte metuo, quae vestra libido est,   75
    Esse peregrino captus amore potes.
Forsitan et narres, quam sit tibi rustica conjunx,
    Quae tantum lanas non sinat esse rudes.
Fallar, et hoc crimen tenues vanescat in auras,
    Neve, revertendi liber, abesse velis !   80
Me pater Icarius viduo discedere lecto
    Cogit, et immensas increpat usque moras.
Increpet usque licet : tua sum, tua dicar oportet ;
    Penelope conjunx semper Ulixis ero.
Ille tamen pietate mea precibusque pudicis   85
    Frangitur, et vires temperat ipse suas.
Dulichii Samiique et quos tulit alta Zacynthos,
    Turba ruunt in me luxuriosa proci ;
Inque tua regnant, nullis prohibentibus, aula :
    Viscera nostra, tuae dilacerantur opes.   90
Quid tibi Pisandrum Polybumque Medontaque dirum
    Eurymachique avidas Antinoique manus

Atque alios referam, quos omnes turpiter absens
　Ipse tuo partis sanguine rebus alis?
Irus egens pecorisque Melanthius actor edendi　　95
　Ultimus accedunt in tua damna pudor.
Tres sumus inbelles numero, sine viribus uxor,
　Laërtesque senex, Telemachusque puer.
Ille per insidias paene est mihi nuper ademptus,
　Dum parat invitis omnibus ire Pylon.　　100
Di, precor, hoc jubeant, ut euntibus ordine fatis
　Ille meos oculos comprimat, ille tuos.
Hinc faciunt custosque boum longaevaque nutrix,
　Tertius immundae cura fidelis harae.
Sed neque Laërtes, ut qui sit inutilis armis,　　105
　Hostibus in mediis regna tenere potest.
Telemacho veniet, vivat modo, fortior aetas :
　Nunc erat auxiliis illa tuenda patris.
Nec mihi sunt vires inimicos pellere tectis :
　Tu citius venias, portus et aura tuis.　　110
Est tibi, sitque, precor, gnatus, qui mollibus annis
　In patrias artes erudiendus erat.
Respice Laërten, ut jam sua lumina condas,
　Extremum fati sustinet ille diem.
Certe ego, quae fueram te discedente puella,　　115
　Protinus ut venias, facta videbor anus.

III. AMORES.

THE *Amores* consist of three books of short poems, very miscellaneous in their subjects, sentimental, voluptuous, complimentary, or personal. Those here given have a special interest, as illustrating the poet's earlier aspiration, and the more playful aspect of his verse.

1. *The Poet of Idleness* (i. 15).

QUID mihi, Livor edax, ignavos obicis annos,
   Ingeniique vocas carmen inertis opus?
Non me more patrum, dum strenua sustinet aetas
   Praemia militiae pulverulenta sequi,
Nec me verbosas leges ediscere, nec me   5
   Ingrato vocem prostituisse foro.
Mortale est, quod quaeris, opus: mihi fama perennis
   Quaeritur, in toto semper ut orbe canar.
Vivet Maeonides, Tenedos dum stabit et Ide,
   Dum rapidas Simoïs in mare volvet aquas.   10
Vivet et Ascraeus, dum mustis uva tumebit,
   Dum cadet incurva falce resecta Ceres.
Battiades semper toto cantabitur orbe:
   Quamvis ingenio non valet, arte valet.
Nulla Sophocleo veniet jactura cothurno;   15
   Cum sole et luna semper Aratus erit.
Dum fallax servus, durus pater, improba lena
   Vivent et meretrix blanda, Menandros erit.
Ennius arte carens animosique Accius oris
   Casurum nullo tempore nomen habent.   20
Varronem primamque ratem quae nesciet aetas,
   Aureaque Aesonio terga petita duci?
Carmina sublimis tunc sunt peritura Lucreti,
   Exitio terras cum dabit una dies.

Tityrus et fruges Aeneïaque arma legentur,   25
  Roma triumphati dum caput orbis erit.
Donec erunt ignes arcusque Cupidinis arma,
  Discentur numeri, culte Tibulle, tui.
Gallus et Hesperiis et Gallus notus Eois,
  Et sua cum Gallo nota Lycoris erit.   30
Ergo cum silices, cum dens patientis aratri
  Depereant aevo, carmina morte carent.
Cedant carminibus reges regumque triumphi,
  Cedat et auriferi ripa benigna Tagi.
Vilia miretur vulgus : mihi flavus Apollo   35
  Pocula Castalia plena ministret aqua,
Sustineamque coma metuentem frigora myrtum :
  Atque ita sollicito multus amante legar.
Pascitur in vivis Livor ; post fata quiescit,
  Cum suus ex merito quemque tuetur honos.   40
Ergo etiam cum me supremus adederit ignis,
  Vivam, parsque mei multa superstes erit.

2. *Elegy on a Parrot* (ii. 6).

PSITTACUS, eois imitatrix ales ab Indis,
  Occidit ! exsequias ite frequenter, aves.
Ite, piae volucres, et plangite pectora pinnis,
  Et rigido teneras ungue notate genas.
Horrida pro maestis lanietur pluma capillis,   5
  Pro longa resonent carmina vestra tuba.
Quod scelus Ismarii quereris, Philomela, tyranni,
  Expleta est annis ista querella suis.
Alitis in rarae miserum devertere funus :
  Magna sed antiqui causa doloris Itys.   10
Omnes, quae liquido libratis in aëre cursus,
  Tu tamen ante alios, turtur amice, dole.

Plena fuit vobis omni concordia vita,
    Et stetit ad finem longa tenaxque fides.
Quod fuit Argolico juvenis Phoceus Orestae,   15
    Hoc tibi, dum licuit, psittace, turtur erat.
Quid tamen ista fides, quid rari forma coloris,
    Quid vox mutandis ingeniosa sonis,
Quid juvat, ut datus es, nostrae placuisse puellae?
    Infelix avium gloria, nempe jaces.   20
Tu poteras fragiles pinnis hebetare zmaragdos,
    Tincta gerens rubro Punica rostra croco.
Non fuit in terris vocum simulantior ales:
    Reddebas blaeso tam bene verba sono.
Raptus es invidia: non tu fera bella movebas;   25
    Garrulus et placidae pacis amator eras.
Ecce, coturnices inter sua proelia vivunt,
    Forsitan et fiant inde frequenter anus.
Plenus eras minimo: nec prae sermonis amore
    In multos poteras ora vacare cibos.   30
Nux erat esca tibi, causaeque papavera somni,
    Pellebatque sitim simplicis umor aquae.
Vivet edax vultur, ducensque per aëra gyros
    Miluus, et pluviae graculus auctor aquae;
Vivet et armiferae cornix invisa Minervae,   35
    Illa quidem saeclis vix moritura novem.
Occidit ille loquax, humanae vocis imago,
    Psittacus, extremo munus ab orbe datum.
Optima prima fere manibus rapiuntur avaris;
    Implentur numeris deteriora suis.   40
Tristia Phylacidae Thersites funera vidit:
    Jamque cinis, vivis fratribus, Hector erat.
Quid referam timidae pro te pia vota puellae,
    Vota procelloso per mare rapta noto?
Septima lux aderat, non exhibitura sequentem,   45
    Et stabat vacuo jam tibi Parca colo;

Nec tamen ignavo stupuerunt verba palato:
    Clamavit moriens lingua *Corinna, vale!*
Colle sub Elysio nigra nemus ilice frondet,
    Udaque perpetuo gramine terra viret.   50
Siqua fides dubiis, volucrum locus ille piarum
    Dicitur, obscenae quo prohibentur aves:
Illic innocui late pascuntur olores,
    Et vivax phoenix, unica semper avis;
Explicat ipsa suas ales Junonia pinnas,   55
    Oscula dat cupido blanda columba mari.
Psittacus has inter nemorali sede receptus
    Convertit volucres in sua verba pias.
Ossa tegit tumulus, tumulus pro corpore magnus,
    Quo lapis exiguus par sibi carmen habet: 60
Colligor ex ipso dominae placuisse sepulchro:
    Ora fuere mihi plus ave docta loqui.

3. *Farewell to the Loves* (iii. 15).

QUAERE novum vatem, tenerorum mater Amorum!
    Raditur hic elegis ultima meta meis:
Quos ego composui, Peligni ruris alumnus;
    Nec me deliciae dedecuere meae.
Siquid id est, usque a proavis vetus ordinis heres,   5
    Non modo militiae turbine factus eques.
Mantua Vergilio gaudet; Verona Catullo:
    Pelignae dicar gloria gentis ego,
Quam sua libertas ad honesta coëgerat arma,
    Cum timuit socias anxia Roma manus.   10
Atque aliquis spectans hospes Sulmonis aquosi
    Moenia, quae campi jugera pauca tenent,
'Quae tantum' dicet 'potuistis ferre poetam,
    Quantulacumque estis, vos ego magna voco.'

Culte puer, puerique parens Amathusia culti,   15
    Aurea de campo vellite signa meo.
Corniger increpuit thyrso graviore Lyaeus:
    Pulsanda est magnis area major equis.
Imbelles Elegi, genialis Musa, valete,
    Post mea mansurum fata superstes opus!   20

IV. Tristia.

THE *Tristia* (" Complaints ") are five books of poems written during Ovid's long banishment.   Some of them have much biographical interest, and all are full of personal feeling ; sometimes monotonous, abject, and unmanly, more often a genuine and most pathetic expression of the sorrows of exile.   (Respecting the causes and circumstances of Ovid's banishment, see the Life.)

1. *Banished from Rome* (i. 3).

CUM subit illius tristissima noctis imago,
   Qua mihi supremum tempus in Urbe fuit,
Cum repeto noctem, qua tot mihi cara reliqui,
   Labitur ex oculis nunc quoque gutta meis.
Jam prope lux aderat, qua me discedere Caesar   5
   Finibus extremae jusserat Ausoniae.
Nec spatium fuerat, nec mens satis apta parandi :
   Torpuerant longa pectora nostra mora.
Non mihi servorum, comitis non cura legendi,
   Non aptae profugo vestis opisve fuit.   10
Non aliter stupui, quam qui Jovis ignibus ictus
   Vivit, et est vitae nescius ipse suae.
Ut tamen hanc animi nubem dolor ipse removit,
   Et tandem sensus convaluere mei ;
Adloquor extremum maestos abiturus amicos,   15
   Qui modo de multis unus et alter erant.
Uxor amans flentem flens acrius ipsa tenebat,
   Imbre per indignas usque cadente genas ;
Nata procul Libycis aberat diversa sub oris,
   Nec poterat fati certior esse mei.   20
Quocumque aspiceres, luctus gemitusque sonabant,
   Formaque non taciti funeris intus erat.
Femina virque meo, pueri quoque funere maerent ;
   Inque domo lacrimas angulus omnis habet :

Si licet exemplis in parvo grandibus uti,   25
    Haec facies Trojae, cum caperetur, erat.
Jamque quiescebant voces hominumque canumque,
    Lunaque nocturnos alta regebat equos.
Hanc ego suspiciens et ab hac Capitolia cernens,
    Quae nostro frustra juncta fuere lari,   30
' Numina vicinis habitantia sedibus,' inquam,
    ' Jamque oculis numquam templa videnda meis,
Dique relinquendi, quos urbs tenet alta Quirini,
    Este salutati tempus in omne mihi !
Et quamquam sero clipeum post vulnera sumo,   35
    Attamen hanc odiis exonerate fugam,
Caelestique viro, quis me deceperit error,
    Dicite : pro culpa ne scelus esse putet.
Ut quod vos scitis, poenae quoque sentiat auctor,
    Placato possum non miser esse deo.'   40
Hac prece adoravi superos ego ; pluribus uxor,
    Singultu medios impediente sonos.
Illa etiam, ante Lares passis prostrata capillis,
    Contigit exstinctos ore tremente focos,
Multaque in adversos effudit verba Penates   45
    Pro deplorato non valitura viro.
Jamque morae spatium nox praecipitata negabat,
    Versaque ab axe suo Parrhasis arctos erat.
Quid facerem? blando patriae retinebar amore ;
    Ultima sed jussae nox erat illa fugae.   50
Ah ! quotiens aliquo dixi properante ' Quid urgues?
    Vel quo festines ire, vel unde, vide ! '
Ah ! quotiens certam me sum mentitus habere
    Horam, propositae quae foret apta viae.
Ter limen tetigi, ter sum revocatus, et ipse   55
    Indulgens animo pes mihi tardus erat ;
Saepe *Vale* dicto rursus sum multa locutus,
    Et quasi discedens oscula summa dedi ;

Saepe eadem mandata dedi, meque ipse fefelli,
  Respiciens oculis pignora cara meis. 60
Denique 'Quid propero? Scythia est, quo mittimur,'
    inquam;
  'Roma relinquenda est: utraque justa mora est.
Uxor in aeternum vivo mihi viva negatur,
  Et domus et fidae dulcia membra domus,
Quosque ego fraterno dilexi more sodales, 65
  O mihi Thesea pectora juncta fide!
Dum licet, amplectar: numquam fortasse licebit
  Amplius: in lucro est quae datur hora mihi.'
Nec mora, sermonis verba inperfecta relinquo,
  Complectens animo proxima quaeque meo. 70
Dum loquor et flemus, caelo nitidissimus alto,
  Stella gravis nobis, Lucifer ortus erat:
Dividor haud aliter, quam si mea membra relinquam,
  Et pars abrumpi corpore visa suo est.
Sic doluit Mettus tunc, cum in contraria versos 75
  Ultores habuit proditionis equos.
Tum vero exoritur clamor gemitusque meorum,
  Et feriunt maestae pectora nuda manus.
Tum vero conjunx, humeris abeuntis inhaerens,
  Miscuit haec lacrimis tristia dicta suis: 80
'Non potes avelli: simul, ah! simul ibimus' inquit;
  'Te sequar et conjunx exsulis exsul ero.
Et mihi facta via est, et me capit ultima tellus:
  Accedam profugae sarcina parva rati.
Te jubet a patria discedere Caesaris ira, 85
  Me pietas: pietas haec mihi Caesar erit.'
Talia temptabat, sicut temptaverat ante,
  Vixque dedit victas utilitate manus.
Egredior, — sive illud erat sine funere ferri,
  Squalidus inmissis hirta per ora comis. 90
Illa dolore amens tenebris narratur obortis
  Semianimis media procubuisse domo;

Utque resurrexit, foedatis pulvere turpi
    Crinibus, et gelida membra levavit humo,
Se modo, desertos modo complorasse Penates,   95
    Nomen et erepti saepe vocasse viri ;
Nec gemuisse minus, quam si nataeve meumve
    Vidisset structos corpus habere rogos,
Et voluisse mori, moriendo ponere sensus —
    Respectuque tamen non voluisse mei.   100
Vivat ! et absentem — quoniam sic fata tulerunt —
    Vivat ut auxilio sublevet usque suo.

2. *The Exile's Sick Chamber* (iii. 3).

HAEC mea, si casu miraris, epistola quare
    Alterius digitis scripta sit, aeger eram.
Aeger in extremis ignoti partibus orbis,
    Incertusque meae paene salutis eram.
Quid mihi nunc animi dira regione jacenti   5
    Inter Sauromatas esse Getasque putes?
Nec caelum patior, nec aquis adsuevimus istis,
    Terraque nescio quo non placet ipsa modo.
Non domus apta satis, non hic cibus utilis aegro ;
    Nullus, Apollinea qui levet arte malum ;   10
Non qui soletur, non qui labentia tarde
    Tempora narrando fallat, amicus adest.
Lassus in extremis jaceo populisque locisque,
    Et subit adfecto nunc mihi, quicquid abest.
Omnia cum subeant, vincis tamen omnia, conjunx,   15
    Et plus in nostro pectore parte tenes.
Te loquor absentem, te vox mea nominat unam ;
    Nulla venit sine te nox mihi, nulla dies.
Quin etiam sic me dicunt aliena locutum,
    Ut foret amenti nomen in ore tuum.   20

Si jam deficiam, subpressaque lingua palato
  Vix instillato restituenda mero,
Nuntiet huc aliquis dominam venisse, resurgam,
  Spesque tui nobis causa vigoris erit.
Ergo ego sum dubius vitae, tu forsitan istic   25
  Jucundum nostri nescia tempus agis?
Non agis, adfirmo : liquet hoc, carissima, nobis,
  Tempus agi sine me non nisi triste tibi.
Si tamen implevit mea sors, quos debuit, annos,
  Et mihi vivendi tam cito finis adest :   30
Quantum erat, O magni, morituro parcere, Divi,
  Ut saltem patria contumularer humo?
Vel poena in tempus mortis dilata fuisset,
  Vel praecepisset mors properata fugam.
Integer hanc potui nuper bene reddere lucem :   35
  Exsul ut occiderem, nunc mihi vita data est.
Tam procul ignotis igitur moriemur in oris,
  Et fient ipso tristia fata loco?
Nec mea consueto languescent corpora lecto?
  Depositum nec me qui fleat, ullus erit?   40
Nec dominae lacrimis in nostra cadentibus ora
  Accedent animae tempora parva meae?
Nec mandata dabo, nec cum clamore supremo
  Labentes oculos condet amica manus?
Sed sine funeribus caput hoc, sine honore sepulcri   45
  Indeploratum barbara terra teget?
Ecquid, ut audieris, tota turbabere mente,
  Et feries pavida pectora fida manu?
Ecquid, in has frustra tendens tua bracchia partes,
  Clamabis miseri nomen inane viri?   50
Parce tamen lacerare genas, nec scinde capillos :
  Non tibi nunc primum, lux mea, raptus ero.
Cum patriam amisi, tunc me periisse putato ;
  Et prior et gravior mors fuit illa mihi.

Nunc, si forte potes (sed non potes, optima conjunx),
  Finitis gaude tot mihi morte malis.
Quod potes, extenua forti mala corde ferendo,
  Ad quae jampridem non rude pectus habes.
Atque utinam pereant animae cum corpore nostrae,
  Effugiatque avidos pars mihi nulla rogos!   60
Nam si morte carens vacua volat altus in aura
  Spiritus, et Samii sunt rata dicta senis,
Inter Sarmaticas Romana vagabitur umbras,
  Perque feros manes hospita semper erit.
Ossa tamen facito parva referantur in urna: 65
  Sic ego non etiam mortuus exsul ero.
Non vetat hoc quisquam: fratrem Thebana peremptum
  Subposuit tumulo rege vetante soror.
Atque ea cum foliis et amomi pulvere misce,
  Inque suburbano condita pone solo.   70
Quosque legat versus oculo properante viator,
  Grandibus in tituli marmore caede notis:
HIC EGO QUI JACEO TENERORUM LUSOR AMORUM
  INGENIO PERII NASO POETA MEO:
AT TIBI QUI TRANSIS NE SIT GRAVE QUISQUIS AMASTI
  DICERE NASQNIS MOLLITER OSSA CUBENT.
Hoc satis in titulo est; etenim majora libelli
  Et diuturna magis sunt monimenta mihi,
Quos ego confido, quamvis nocuere, daturos
  Nomen et auctori tempora longa suo.   80
Tu tamen exstincto feralia munera semper
  Deque tuis lacrimis humida serta dato:
Quamvis in cineres corpus mutaverit ignis,
  Sentiet officium maesta favilla pium.
Scribere plura libet, sed vox mihi fessa loquendo   85
  Dictandi vires siccaque lingua negat.
Accipe supremo dictum mihi forsitan ore,
  Quod, tibi qui mittit, non habet ipse, VALE!

3. *Winter Scenes in Thrace* (iii. 10).

SIQUIS adhuc istic meminit Nasonis adempti,
    Et superest sine me nomen in Urbe meum,
Suppositum stellis numquam tangentibus aequor
    Me sciat in media vivere barbarie.
Sauromatae cingunt, fera gens, Bessique Getaeque,   5
    Quam non ingenio nomina digna meo!
Dum tamen aura tepet, medio defendimur Histro :
    Ille suis liquidus bella repellit aquis.
At cum tristis hiemps squalentia protulit ora,
    Terraque marmoreo candida facta gelu est,   10
Dum vetat et Boreas et nix habitare sub Arcto,
    Tum liquet, has gentes axe tremente premi.
Nix jacet, et glaciem nec sol pluviaeve resolvunt,
    Indurat Boreas perpetuamque facit ;
Ergo ubi delicuit nondum prior, altera venit,   15
    Et solet in multis bima manere locis.
Tantaque commoti vis est Aquilonis, ut altas
    Aequet humo turres tectaque rapta ferat.
Pellibus et sutis arcent mala frigora braccis,
    Oraque de toto corpore sola patent.   20
Saepe sonant moti glacie pendente capilli,
    Et nitet inducto candida barba gelu.
Nudaque consistunt, formam servantia testae,
    Vina, nec hausta meri, sed data frusta bibunt.
Quid loquar, ut vincti concrescant frigore rivi,   25
    Deque lacu fragiles effodiantur aquae?
Ipse, papyrifero qui non angustior amne
    Miscetur vasto multa per ora freto,
Caeruleos ventis latices durantibus, Hister
    Congelat, et tectis in mare serpit aquis.   30
Quaque rates ierant, pedibus nunc itur, et undas
    Frigore concretas ungula pulsat equi;

Perque novos pontes subter labentibus undis
  Ducunt Sarmatici barbara plaustra boves.
Vix equidem credar: sed cum sint praemia falsi   35
  Nulla, ratam debet testis habere fidem.
Vidimus ingentem glacie consistere pontum,
  Lubricaque inmotas testa premebat aquas.
Nec vidisse sat est: durum calcavimus aequor,
  Undaque non udo sub pede summa fuit.   40
Si tibi tale fretum quondam, Leandre, fuisset,
  Non foret angustae mors tua crimen aquae.
Tum neque se pandi possunt delphines in auras
  Tollere: conantes dura coërcet hiems.
Et quamvis Boreas jactatis insonet alis,   45
  Fluctus in obsesso gurgite nullus erit;
Inclusaeque gelu stabunt, ut marmore, puppes,
  Nec poterit rigidas findere remus aquas.
Vidimus in glacie pisces haerere ligatos,
  Sed pars ex illis tunc quoque viva fuit.   50
Sive igitur nimii Boreae vis saeva marinas,
  Sive redundatas flumine cogit aquas,
Protinus, aequato siccis aquilonibus Histro,
  Invehitur celeri barbarus hostis equo:
Hostis equo pollens longeque volante sagitta   55
  Vicinam late depopulatur humum.
Diffugiunt alii, nullisque tuentibus agros
  Incustoditae diripiuntur opes;
Ruris opes parvae, pecus et stridentia plaustra,
  Et quas divitias incola pauper habet.   60
Pars agitur vinctis post tergum capta lacertis,
  Respiciens frustra rura laremque suum;
Pars cadit hamatis misere confixa sagittis;
  Nam volucri ferro tinctile virus inest.
Quae nequeunt secum ferre aut abducere, perdunt, 65
  Et cremat insontes hostica flamma casas.

Tunc quoque, cum pax est, trepidant formidine belli,
  Nec quisquam presso vomere sulcat humum.
Aut videt, aut metuit locus hic, quem non videt, hostem,
  Cessat iners rigido terra relicta situ.   70
Non hic pampinea dulcis latet uva sub umbra,
  Nec cumulant altos fervida musta lacus.
Poma negat regio; nec haberet Acontius, in quo
  Scriberet hic dominae verba legenda suae.
Aspiceres nudos sine fronde, sine arbore, campos: 75
  Heu loca felici non adeunda viro!
Ergo tam late pateat cum maximus orbis,
  Haec est in poenam terra reperta meam?

4. *The Poet's Autobiography* (iv. 10).

ILLE ego qui fuerim, tenerorum lusor amorum,
  Quem legis, ut noris, accipe posteritas.
Sulmo mihi patria est, gelidis uberrimus undis,
  Milia qui novies distat ab Urbe decem.
Editus hinc ego sum, nec non ut tempora noris,   5
  Cum cecidit fato consul uterque pari:
Si quid id est, usque a proavis vetus ordinis heres,
  Non modo fortunae munere factus eques.
Nec stirps prima fui: genito sum fratre creatus,
  Qui tribus ante quater mensibus ortus erat.   10
Lucifer amborum natalibus adfuit idem:
  Una celebrata est per duo liba dies.
Haec est armiferae festis de quinque Minervae,
  Quae fieri pugna prima cruenta solet.
Protinus excolimur teneri, curaque parentis   15
  Imus ad insignes Urbis ab arte viros.
Frater ad eloquium viridi tendebat ab aevo,
  Fortia verbosi natus ad arma fori;

At mihi jam puero caelestia sacra placebant,
  Inque suum furtim Musa trahebat opus.   20
Saepe pater dixit ' Studium quid inutile temptas?
  Maeonides nullas ipse reliquit opes.'
Motus eram dictis, totoque Helicone relicto
  Scribere conabar verba soluta modis.
Sponte sua carmen numeros veniebat ad aptos,   25
  Et quod temptabam dicere, versus erat.
Interea tacito passu labentibus annis
  Liberior fratri sumpta mihique toga est,
Induiturque humeris cum lato purpura clavo,
  Et studium nobis quod fuit ante, manet.   30
Jamque decem vitae frater geminaverat annos,
  Cum perit, et coepi parte carere mei.
Cepimus et tenerae primos aetatis honores,
  Deque viris quondam pars tribus una fui.
Curia restabat; clavi mensura coacta est: 35
  Majus erat nostris viribus illud onus.
Nec patiens corpus, nec mens fuit apta labori,
  Sollicitaeque fugax ambitionis eram.
Et petere Aoniae suadebant tuta sorores
  Otia, judicio semper amata meo.   40
Temporis illius colui fovique poëtas,
  Quotque aderant vates, rebar adesse deos.
Saepe suas *Volucres* legit mihi grandior aevo,
  Quaeque necet serpens, quae juvet herba, Macer.
Saepe suos solitus recitare Propertius ignes,   45
  Jure sodalicio qui mihi junctus erat.
Ponticus heroö, Bassus quoque clarus iambis
  Dulcia convictus membra fuere mei.
Et tenuit nostras numerosus Horatius aures,
  Dum ferit Ausonia carmina culta lyra.   50
Vergilium vidi tantum; nec amara Tibullo
  Tempus amicitiae fata dedere meae.

Successor fuit hic tibi, Galle; Propertius illi;
  Quartus ab his serie temporis ipse fui.
Utque ego majores, sic me coluere minores, 55
  Notaque non tarde facta Thalia mea est.
Carmina cum primum populo juvenilia legi,
  Barba resecta mihi bisve semelve fuit.
Moverat ingenium totam cantata per Urbem
  Nomine non vero dicta Corinna mihi. 60
Multa quidem scripsi; sed quae vitiosa putavi,
  Emendaturis ignibus ipse dedi.   [cremavi,
Tunc quoque, cum fugerem, quaedam placitura
  Iratus studio carminibusque meis.
Molle Cupidineis nec inexpugnabile telis 65
  Cor mihi, quodque levis causa moveret, erat.
Cum tamen hic essem, minimoque accenderer igne,
  Nomine sub nostro fabula nulla fuit.
Paene mihi puero nec digna nec utilis uxor
  Est data, quae tempus per breve nupta fuit. 70
Illi successit, quamvis sine crimine conjunx,
  Non tamen in nostro firma futura toro.
Ultima, quae mecum seros permansit in annos,
  Sustinuit conjunx exsulis esse viri.
Filia me mea bis prima fecunda juventa, 75
  Sed non ex uno conjuge, fecit avum;
Et jam complerat genitor sua fata, novemque
  Addiderat lustris altera lustra novem.
Non aliter flevi, quam me fleturus ademptum
  Ille fuit.   Matri proxima justa tuli. 80
Felices ambo tempestiveque sepulti,
  Ante diem poenae quod periere meae!
Me quoque felicem, quod non viventibus illis
  Sum miser, et de me quod doluere nihil.
Si tamen exstinctis aliquid nisi nomina restat, 85
  Et gracilis structos effugit umbra rogos;

Fama, parentales, si vos mea contigit, umbrae
   Et sunt in Stygio crimina nostra foro,
Scite, precor, causam — nec vos mihi fallere fas est —
   Errorem jussae, non scelus, esse·fugae.   90
Manibus hoc satis est: ad vos, studiosa, revertor,
   Pectora, qui vitae quaeritis acta meae.
Jam mihi canities pulsis melioribus annis
   Venerat, antiquas miscueratque comas,
Postque meos ortus Pisaea vinctus oliva   95
   Abstulerat decies praemia victor equus,
Cum maris Euxini positos ad laeva Tomitas
   Quaerere me laesi principis ira jubet.
Causa meae cunctis nimium quoque nota ruinae
   Indicio non est testificanda meo.   100
Quid referam comitumque nefas famulosque nocentes?
   Ipsa multa tuli non leviora fuga.
Indignata malis mens est succumbere, seque
   Praestitit invictam viribus usa suis.
Oblitusque mei ductaeque per otia vitae,   105
   Insolita cepi temporis arma manu.
Totque tuli casus pelagoque terraque, quot inter
   Occultum stellae conspicuumque polum.
Tacta mihi tandem longis erroribus acto
   Juncta pharetratis Sarmatis ora Getis.   110
Hic ego finitimis quamvis circumsoner armis,
   Tristia, quo possum, carmine fata levo.
Quod quamvis nemo est, cujus referatur ad aures,
   Sic tamen absumo decipioque diem.
Ergo quod vivo, durisque laboribus obsto,   115
   Nec me sollicitae taedia lucis habent,
Gratia, Musa, tibi; nam tu solacia praebes,
   Tu curae requies, tu medicina venis;
Tu dux et comes es; tu nos abducis ab Histro,
   In medioque mihi das Helicone locum.   120

Tu mihi, quod rarum est, vivo sublime dedisti
    Nomen, ab exsequiis quod dare fama solet.
Nec qui detrectat praesentia, Livor iniquo
    Ullum de nostris dente momordit opus.
Nam tulerint magnos cum saecula nostra poëtas,   125
    Non fuit ingenio fama maligna meo.
Cumque ego praeponam multos mihi, non minor illis
    Dicor et in toto plurimus orbe legor.
Si quid habent igitur vatum praesagia veri,
    Protinus ut moriar, non ero, terra, tuus.   130
Sive favore tuli, sive hanc ego carmine famam
    Jure, tibi grates, candide lector, ago.

NOTES.

I⊤ is supposed that most classes who read Ovid at all, will read Ovid before any other Latin poet; and as it is desirable that a poetical composition should always be read *as verse*, — that is, with a knowledge of its rhythmical structure, — a few directions will here be given for scanning at sight, or by ear ; which, with a little practice, will be found an easy, almost mechanical process.

It is necessary, first, for the learner to understand the nature of the verse, as depending on precisely the same principles as the rhythmical divisions of a piece of music (§ **77**); also, to be familiar with the general rules of Quantity and Accent (§§ **3, 4**).* Besides this, the teacher should explain and illustrate, so far as may be necessary, the structure of the hexameter (§ **82**, *a*), reading from the text of the poem itself, until its peculiar movement has become familiar to the learner's ear.   It will now be observed —

1. That the difficulties in scanning lie almost entirely *in the first half of the verse.* With very rare exceptions, the last two feet, and generally the last three, are accented in verse exactly as they would be in prose: that is, the *Arsis* (first syllable) of the foot corresponds with the natural or prose accent of the word.

2. That in hexameter verse *the third foot* (rarely the fourth instead) *regularly begins with the last syllable of a word.* Thus, while the last half of a verse is almost always accented as in prose, the first half very seldom is. The slight pause interrupting the foot at the end of the word is called a *cæsural pause* (§ **79**, 5) ; and is the most important point that distinguishes the movement of verse from that of prose. The pause in the third foot (less commonly the fourth) usually corresponds with a pause in the sense, and is called the principal cæsura.

3. That whenever a short syllable occurs in the verse, *there must be a dactyl.* This becomes a most convenient rule, as soon as the pronunciation of even the commonest words is known, in

---

* To these it may be well to add the quantity of final syllables (§ 78, 2). The learner should also be habituated to an accurate pronunciation of words according to their prose accent.

all cases where there are words of more than two syllables; for thus a short syllable will often serve as a key to the entire structure of the verse.

For examples, we will take the first four lines of the poem.

1. *In nova fert ánimus mutátas dícere formas.*

Here the last three words are scanned exactly as they read: mū͵tátas | dīcĕre | fórmas. Of the others, *ánimus* shows by its accent that the i of the penult is short; and, as its last syllable must belong to the following foot, nothing more is needed to show that the verse will scan as follows : —

In nŏvă | fert ănĭ|mus ‖ mu|tātās | dīcĕrĕ | formas ;

and the quantity of the other syllables is shown at once by their position in the verse.

2. *Corpora : Di, cœptis — nam vos mutastis et illas —*

The first word *córpora*, being a dactyl, at once gives a correct start to the verse. The second foot, *Di cœp-* — is equally plain, as a spondee; and after this beginning, the rest of the verse scans of itself : —

Corpora : | Di, coep|tis ‖ — nam | vos mū|tastĭs ĕt | illas.

3. *Adspiráte meis ; primaque ab orígine mundi.*

The first word, *adspīráte*, is nearly as clear, as, when we remember either the pronunciatien of *adspíro* or the quantity of the *a* of the first conjugation, we see that it contains three long syllables, a spondee and the beginning of a dactyl. The last three feet are pronounced exactly as in prose (observing the elision) : —

Adspī͵rātĕ mĕ|īs ; ‖ prī|māqu' ăb ŏ|rīgĭnĕ | mundi.

4. *Ad mea perpétuum dedúcite témpora carmen.*

Here the three last words form a perfect metrical series ; and the only difficulty in the verse is caused by the *ictus* coming on the first syllable of *perpetuum*, while the accent is on the second.

Ad mĕa | perpĕtŭ|um ‖ de|dūcĭtĕ | tempŏră | carmen.

These directions would be sufficient for all or nearly all cases,* if it were not for the frequent elision of the last syllable of words : viz., in general, *whenever a word ending in a vowel or in* m *is followed by a word beginning with a vowel or with* h. This makes the commonest and most annoying of the obstacles to be met, and requires the beginner to be constantly on the watch. If he will now carefully compare the following lines, as metrically divided, with the rules which have been given above, it is hoped that he will have little difficulty hereafter.

* It will be observed that, of the first twenty verses of the poem, only the 8th and 13th lack the cæsura in the third foot ; while in the 16th, 18th, and 19th the principal pause is in the fourth foot instead of the third.

Ante ma|r' et ter|ras ‖ et | quod tegit | omnia | cælum,   5
Unus e|rat to|to ‖ na|turæ | vultus in | orbe,
Quem dix|ere Cha|os : ‖ rudis | indi|gestaque | moles,
Nec quic|quam nisi | pondus in|ers, ‖ con|gestaqu' e|odem
Non bene | juncta|rum ‖ dis|cordia | semina | rerum.
Nullus ad|huc mun|do ‖ præ|bebat | lumina | Titan,   10
Nec nova | crescen|do ‖ repa|rabat | cornua | Phœbe,
Nec cir|cumfu|so ‖ pen|debat in | aëre | Tellus
Ponderi|bus li|brata su|is, ‖ nec | brachia | longo
Margine | terra|rum ‖ por|rexerat | Amphi|trite ;
Quaque fu|it tel|lus, ‖ il|lic et | pontus et | aër.   15
Sic erat | instabi|lis tel|lus, ‖ in|nabilis | unda,
Lucis e|gens a|er ; ‖ nul|li sua | forma ma|nebat,
Obsta|batqu' ali|is ali|ud, ‖ quia | corpor' in | uno
Frigida | pugna|bant cali|dis, ‖ hu|mentia | siccis,
Mollia | cum du|ris, ‖ sine | ponder' ha|bentia | pondus.   20

I. The Creation and the Flood.

v. 1. **In nova . . . corpora.** At first sight it would seem that
it ought to be *corpora mutata in novas formas.* But *formas* and
corpora mean nearly the same thing : the forms are changed and
so the bodies are new. — **animus,** *the soul;* hence often the *inclina-
tion.* — **fert,** *impels* [me] (a standing expression). — **dicere,** depends
on **fert animus,** as an expression of wishing (§ **57,** 8, *d; G.* 424).

2. **cœptis,** *efforts :* lit. *things begun.* — **et,** *too,* belonging with
vos : *You too have changed* (your forms).

3. **mundi,** *the universe,* or *system of things;* a word having
the original sense (like the Greek κόσμος) of *order* or *beauty.*

4. **perpetuum carmen,** *uninterrupted song,* implying the introduction of the later (Italian) myths, along with the Greek.

6. **orbe,** *sphere* of space : more strictly, *orbis* is a flat disk,
which was the ancient poetic notion of the "circle" of being.

7. **chaos :** this word is from the same root as the Greek χαίνω,
yawn = the yawning void. — **moles,** *heap,* as of elements, or
materials, chance-piled together. — **nec quicquam,** *and nothing,*
the negative and connective being combined as usual.

8. **iners,** i.e., lacking the skill (**ars**) to combine them. — **eodem,**
into the same place (§ **41,** 1, *f,* and 2, *a*).

10–14. **Titan, Phœbe, Tellus, Amphitrite** = *Sun, Moon, Earth,
Sea.* As the last of the old nature-divinities (*Titans*), the Sun
sometimes retains this name in poetry :

Didst thou never see Titan kiss a dish of butter?

The variety of names of the ancient divinities comes from the fact that new sets of gods springing up or introduced from abroad were identified with the old ones.

11. **Phœbe** (φοίβη), *the bright one*, feminine form of Phœbus (*Apollo*), later identified with Diana (*Artemis*), goddess of the chase. — **crescendo**, *in her waxing.* — **reparabat**: re- means in place of the old.

12. **circumfuso aere**: later philosophers taught that the Earth is a sphere or globe, surrounded by air, in which it hangs balanced by its own weight — *ponderibus librata suis.* — **Tellus**, *the Earth* as contrasted with the heavens: **terra** (connected with **torreo**) is *the " dry " land*, as contrasted with the sea.

13. **longo margine**, *about the long outline* (§ 55, 4 ; G. 387).

14. **Amphitrite**: *Amphitrite*, "she that enfolds," the wife of Neptune, is poetically the Sea — here confounded with the Ocean, which (in Homer) embraces the whole earth like a vast river. Observe that this is a spondaic verse: *Amphītrītē.*

16. **sic**, *so*, i. e. in this condition of things. — **instabilis, innabilis** = "the earth that could not be trod, the wave that could not be swum," the opposite of their most striking properties.

17. **nulli**, sc. **eorum.** — **manebat**, *was fixed.*

18. **obstabat aliis aliud** = *every thing hindered every thing else.*

19. **calidis**, dat. (§ 51, 2, *g ;* G. 344, R³).

20. **sine pondere** (understand "with those ") = **levibus.** — **habentia pondus** = **gravia**, in the same construction with **frigida, humentia, mollia.**

21. **hanc litem**, *this strife*, of which a case at court seemed the most natural image to a Roman: etymologically, *strife* = *stlit-(lis).*

23. **spisso aere**, *the grosser air.*

24. **quæ** relates to the elements ; **terras, undas, caelum, aer** : *when he had unfolded these.*

25. **locis**: each element is supposed to have its own place, or natural level. — **vis**, *nature.* — **at** connects **ignem** and **sine pondere.**

26. **convexi**, *bending*, as if considering it from the outside. Observe the four elements in the order of their gravity: *ignea vis, aër, tellus, humor.* — **sine pondere** = **levis**, agreeing with **cæli.**

27. **emicuit**, *leaped forth*, as if its nature ; perhaps also as if it took the supremacy and occupied the citadel. — **summa arce**, *the zenith* (topmost height).

29. **grandia**, *coarser.*

32. **ubi secuit**, *when he had parted :* the subject is **quisquis. dispositam**, i. e. so that it was arranged.

34. **principio,** *in the beginning,* qualifying **glomeravit.**

35. **speciem . . . in = in speciem. — orbis,** see note to v. 6.

36. **rapidis,** not merely *swift,* but (with active force) *dragging* the waters, which swell under them.

39. **obliquis,** *sloping;* **declivia,** *down-flowing* (**clivus**).

40. **ipsā,** sc. **terrā** (v. 37). The **ab** shows that the Earth is here represented as a living agent (§ **56, 4**; G. 403).

42. **aquæ,** construed with **campo,** *expanse* (the sea). — **ripis, litora :** notice the contrast, one word meaning *banks,* the other *shores.*

45. **ut,** *as.* — **dextrā, sinistrā,** *right* and *left* in reference to the celestial equator. The division into five zones was first made by Eudoxus, a pupil of Aristotle.

46. **quinta est,** *there is a fifth* (in the middle).

47. **onus inclusum,** i. e. the earth. — **numero,** sc. **zonarum.**

48. **premuntur,** *lie below.* This word often loses its passive force, and means merely *to lie,* with the idea of *lowness* added. — **tellūre,** *on earth* (loc. abl.).

50. **totidem,** sc. **zonas. — locavit :** the subject is **cura dei.**

52. **his,** i. e. the terrestrial zones. — **quanto, etc. =** *is as much heavier than flame as water is lighter than earth* (§ **54, 6, e;** G. 400).

54. **illic,** *here, in this.* — **nebulas,** *vapors;* **nubes,** *clouds.*

55. **motura,** *destined to excite.*

56. **cum . . . ventos,** *winds which cause cold along with lightnings.* The ancients thought that lightning was caused by the friction of wind upon the clouds (see Book XV. 70).

57. **his,** i. e. *the winds.* — **passim,** *at random* (an adverbial form from **pando,** *spread*). — **fabricator,** *framer.* — **quoque,** these too, as well as the elements, were set each in his place.

58. **vix obsistitur illis =** *scarce can they be withstood* (impersonal, § **51, 2, f;** G. 208). — **nunc,** *as it is,* when they are separated, giving the reason of separating them by implying the consequence of their being together.

59. **cum . . . regant,** *while they direct each his own blast* (subj. of characteristic). — **tractu,** *region.*

60. **quin,** following **vix obsistitur,** *from rending,* lit. *so but that, &c.*

61. **Nabatæa regna,** in Arabia Petræa.

63. **juga,** *mountain ranges.* Notice how Ovid varies the description in the four cases.

64. **Scythiam :** this term was applied to the vast steppes of

Independent Tartary and south-eastern Russia. It was therefore north-east rather than north. — **septemtrionem,** a compound (also used in the plural), separated by *tmesis* by the enclitic -que. The meaning of the word is the " seven ox-team," i. e. the constellation of the Bear (north).

66. **madescit,** *is moistened.*

68. **nec quicquam habentem,** *and having nought.* — **terrenæ fæcis,** *dregs of earth.* — **liquidum,** having no consistency. — **æthera,** identical with the element of fire.

70. **quæ,** the antecedent is **sidera.** — **pressa,** *hidden.*

72. **neu (neve),** *and lest,* the regular connective with **ne.** — **foret,** § **58,** 10, *h;* G. 519, R.

74. **cesserunt,** *fell to the lot of.*

75. **agitabilis,** *beaten* with the wing (compare *v.* 16), poetical for *yielding.*

76. **animal,** *a being.* — **mentis,** following **capacius** (§ **50,** 3, *b²* ; G. 374).

77. **deerat,** two syllables. — **quod posset,** *which might :* clause of purpose, § **64**; G. 544.

79 **origo,** *source.*

80. **sive, sive,** i. e. whether it was an act of creation or a manufacture from materials already endowed with life.

82. **quam,** *which* (i. e. earth). — **satus Iapeto** (§ **54,** 2, *a ;* G. 395), *son of Iapetus,* Prometheus.

83. **in effigiem, etc.** : compare " Let us make man in our image," Genesis, i. 26. — **moderantum** = **qui moderantur,** which would be used in prose.

84. **cum,** *while, whereas* (§ **62,** 2, *e ;* G. 587, R).

85. **sublime,** *erect.*

88. **modo quæ,** *which but now.*

89. **aurea** : compare the description of the Golden Age in Virgil, Ecl. iv. — **vindice nullo** (abl. abs.), *when there was no avenger* [of guilt], i. e. by no constraint.

91. **fixo ære,** *posted up in brass,* like the tablets of the Roman law. — **pœna metusque** = *fear of punishment.*

94. **cæsa,** agreeing with **pinus** ; **suis** with **montibus** : *the pine felled on its native hills,* and wrought into ships.

95. **norant** (§ **30,** 6, *a*), *knew,* lit. *had learned* (§ **58,** 5, R ; G. 227, R²).

98. **directi, flexi,** both agreeing with **æris** (gen. of material, § **50,** 1, *e ;* G. 367, R). The *tuba* was a long straight brazen horn ; the *cornu* was curved.

100. **securæ,** *free from care.* Notice the interlocked order, a very common one in Latin.

101. **immunis tellus,** *the earth unburdened.* Strictly, without any duties to perform, not called on by man for tribute.

103. **nullo cogente** == *with no compulsion,* qualifying **creatis.**

104. **legebant,** [men] *gathered* (§ **49,** 2, *b;* G. 199, R³).

105. **mora,** *blackberries.*

106. **Jovis arbore,** the oak, sacred to Jupiter.

108. **mulcebant,** *fanned, caressed.*

109. **mox,** *soon* (after flowering). — **tellūs** : a feminine ending, see § **11,** iv. 2, N. — **fruges,** *grain,* not *fruit* in the modern sense.

110. **nec renovatus** == *needing no renewal.* — **cānebat,** *whitened.*

112. **mella** : i. e. in the Golden Age honey dropped spontaneously from the leaves ; while that gathered by bees is spurious and inferior.

113. **postquam . . . misso,** *when, after Saturn was banished,* &c. (the relative clause ends with **erat**). *Saturnus* was an old Italian god of the crops (**satus, sero**), but was identified by the later Romans with the Greek *Kronos,* father of Zeus, who was dethroned and sent to Tartarus by his son.

114. **sub Jove** : the reign of stern law, under Jupiter, follows that of peace and innocence. — **subiit** : contrary to rule, the last i is long, which seems to be a relic of an earlier usage (see § **83,** 5 ; cf. Æn. viii. 362, x. 67).

116. **contraxit,** *shortened* (compare *v.* 7) : the changing seasons are the first sign of nature's loss.

117. **inæquales,** *changeable;* or, perhaps, *injurious* from the sickly autumn heats.

118. **exegit,** *led forth.*

122. **cortice,** improperly used for *liber,* the fibrous inner bark.

123. **semina cerealia,** *seeds of grain.*

126. **ingeniis,** *in temper.*

128. **venæ . . . ævum,** *upon an age of worse vein* or (*quality*).

131. **amor . . . habendi,** *the guilty love of gain.*

132. **vela, etc.,** notice that foreign commerce, now regarded as the source of civilization, was anciently held in disesteem by the poets.

133. **diu steterant,** see *v.* 94.

134. **ignotis** == *hitherto unknown.* — **insultavere** : the meaning is double. They *danced upon* the waves, and with contempt of the danger.

135. **communem humum,** *the soil, before common* (free to all), *like sunlight and air.*

136. **limite** : the *limes* was the boundary-path described by the *agrimensor* in laying out the public lands.

137. **segetes poscebatur humus** = *crops were demanded of the earth* (§ 52, 2, *c*, R ; G. 333, R²).

138. **itum est** = *men penetrated* (§ 39, *c*; G. 199, R¹).

139. **recondiderat,** *she* [the earth] *had hidden.* — **admoverat,** *had brought near to.* — **Stygiis umbris** (dat.), *the shades of Styx :* the realms of the dead, conceived to be under the earth.

141. **ferrum, aurum** : these were a part of the *opes.*

142. **prodit,** *stalks,* as a monster springing from the bowels of the earth. — **utroque,** *with both* (abl. of instrument): gold, as well as iron, is one of the " sinews of war."

144. **hospĕs** (for the quantity, see § 78, 2, *h*, E), *friend.* There is here indicated a peculiar relation .between persons of different countries who were bound to furnish hospitality to each other.

146. **imminet,** *broods over.* — **conjugis, mariti,** both limiting **exitio.**

147. **novercæ,** *step-mothers.* The evil practice of divorce among the Romans, and the domestic misery that came from it, made this name a proverb of cruelty. — **lurida,** *dark.* The association of poison with dark mixtures is old and general. Blue and poison are associated in Sanskrit and Greek. — **aconita,** the plural on account of repeated cases.

148. **inquīrit,** *questions* (of fortune-tellers ; he is impatient for his inheritance).

149. **virgo Astræa,** *the maid Astræa,* goddess of justice ; **madentes terras,** *the earth reeking.*

153. **struxisse montes,** *piled the mountains.*

154. **misso fulmine,** *hurling the thunderbolt.*

156. **corpora,** i. e. of the giants.

157. **natorum,** *her sons.*

160. **illa,** i. e. as well as men.

162. **scires,** *you might have known* (§ 60, 2, *a*; G. 252. For tense see § 59, 3, *c*; G. 599, R¹).

163. **quæ,** see § 48, 4 ; G. 612, R¹.

164. **facto recenti** (abl. abs.), *since the deed was recent.* — **vulgata** (belonging to **convivia**), *made known.*

165. **Lycaonia,** *of Lycaon,* see *v.* 210 and the following. — **referens,** *revolving.*

166. **dignas,** *deserved.*

167. **concilium,** sc. **deorum.**

169. **Lactea**, nominative in form, as being the simple name, a mere word, in no grammatical relation. This *word*, however, is in apposition with **nomen**.

170. **hac**, *hereby* (§ 55, 4 ; G. 387).— **superis** (dat.), *for the gods.*

172. **celebrantur**, *are thronged.* The figure is taken from the custom of Roman nobles, whose halls (*atria*) were visited every morning by the throng of their clients and dependants.— **dextra**, i. e. of the street, with houses on both sides.

173. **plebs**, i e. the lower gods (*Di minorum gentium*); **potentes cælicolæ**, *heavenly potentates;* the twelve great gods of Olympus (*Di majorum gentium*). Notice that the whole is modelled on the Roman polity.— **diversa**, i. e. only the great live here.— **a fronte**, *in front*, as one goes up the street.

174. **penates** = *households.*

176. **Palatia** : this word had not yet acquired its modern meaning of *palace*, but meant the dwelling of Augustus, on the Palatine hill. Augustus is thus, by a daring flattery (*audacia*), compared with the king of gods.— **dixisse**, the perfect does not differ from the present in sense. It seems to be an imitation, common in the poets, of the Greek aorist.

177. **recessu**, an interior apartment, for " secret session."

178. **ipse**, by a common usage *the king* or chief, as in *ipse dixit.*

181. **ora . . . solvit**, *opened his angry lips.*

182. **illa tempestate**, *at that crisis.*

184. **inicere**, the proper spelling of **injicere**. The compounds of **jacio**, which change a into i, lose the j before the i.— **anguipedum**, limiting **quisque**. The Giants were represented with bodies terminating in serpents : they are here confounded with the " hundred-handed " (*centum brachia*) Cottus, Briareus, and Gyas who were brothers of the Titans, but aided Jupiter against the rebellious deities (see Iliad, i. 399-406).— **cælo**, dative following **inicere** : *to cast their hundred hands upon the captive sky.*

185. **ab uno corpore**, *from a single class* (of divinities), contrasted with the present rebellion of the whole human race.

187. **quã**, *wherever.*— **Nereus**, an ancient sea divinity, especially associated with the calm depths : here put for the sea.

189. **Stygio luco** (loc. abl.), *in the grove of Styx* (" Gloom "), the river which bounds the entrance to the world below. The oath by the Styx was the most awful and binding that could be taken by the gods.

190. **cuncta** = *all other means.*

191. **ne . . . trahatur,** *lest the sound* (lit. *clean*) *part be drawn* [into the same disease].

193. **faunĭquē**: the enclitic -que is here made long in imitation of Homer, who makes the Greek τε long. It is probably made so by the pause at the end of the word, or, as it is sometimes called, by *cæsura.* This occurs generally in the second foot of the verse, and only when a second -que follows. The *Fauni* and *Silvani* — Italian nature divinities — are here joined with the Greek Satyrs. These were fabulous creatures, types of the wild life of the forest. They are represented with horns, goats' legs and feet, and pointed hairy ears. The Greek name is an old word for *goat.*

194. **dignamur,** *deem worthy.* — **honore,** governed by **dignamur,** which like its primitive **dignus** takes the ablative.

195. **certe,** *at least.* — **sinamus,** hortatory subjunctive.

196. **au,** very commonly used in argumentative questions, as here, where the thing asked is obviously absurd. — **illos,** opposed to **mihi.**

197. **mihi,** *against me,* following **struxerit** (§ 51, 2, *g;* G. 344. R³). — **qui habes,** § 48, 1 ; G. 616. — **struxerit,** (§ 62, 2, *e;* G. 587).

199. **ausum . . . deposcunt,** *they demand* (for vengeance) *him who has dared such things.* A regular meaning of **deposco.** The use of the participle for a relative clause is forced and poetic.

200. **sævĭt,** for **sæviit.** Notice the indicative with **cum,** denoting absolute time, i. e. a time independent of the main clause, not relative to it.

201. **Cæsareo,** § 47, 5; G. 360, R¹. — **exstinguere** means here not merely *destroy*, but with the figure of extinguishing a fire with blood.

202. **attonitum est,** *was thunderstruck.*

204. **tuorum,** *thine own.* By a pleasant fiction, the subjects of Augustus's empire are spoken of as his kindred or friends. — **pietas,** filial affection.

205. **postquam compressit,** *when he had hushed.*

207. **regentis.** The use of the participle in the singular as a noun is poetic, though the language is very capricious in its use of participles as nouns. — **quidem** (concessive), *it is true,* i. e. there is no need of your being alarmed to be sure, but I will tell the story to gratify your curiosity.

210. **admissum,** *thing done,* i. e. *crime.*

211. **infamia,** *evil report.*

212. **falsam,** predicative.

213. **deus** (appos.), *I, a god.* Notice how it is purposely set

next to **humana** for contrast. — **lustro,** *survey.*   The word is primarily used of a priest who "lustrates" or purifies by ceremonial the company of worshippers ; then of an officer who surveys or reviews the ranks of his troops.

214. **est,** *would be* (§ 60, 2, *c;* G. 246, R').

215. **vero,** *than the truth.* — **ipsa,** *even* (i. e. bad as it was).

216. **Mænala,** a mountain in Southern Arcadia, fabled as the dwelling-place of nymphs and satyrs.

218. **Arcadŏs,** gen. agreeing with **tyranni** (Greek form as shown by the short ŏ, requiring the nom. **Arcas**).   As Latin poetry is imitated and translated from Greek, such forms, especially of proper names, are common.

222. **deus . . . an mortalis,** [whether] *god or mortal* (§ 71, 2, *a;* G. 460). — **discrimine aperto,** *by a plain test.*

225. **haec illi,** spoken with scorn, as if he said, " That's his idea of a test of truth."

227. **unius,** here simply *a.*   The Latin not uncommonly used *unus,* as well as *quidam,* as an indefinite article, of which the want is often felt.   In the same way the demonstrative pronouns are used for the definite article.

228. **ita,** i. e. just as he was, with his throat cut. — **partim,** not *partly,* but a *part of, &c.*

230. **simul** (= **simul ac**), *as soon as.* — **vindice flamma,** *avenging flame,* i. e. the thunderbolt.

231. **dignos,** i. e. because they did not prevent the crime.

232. **territus fugit, etc.:** this transformation to a wolf is suggested perhaps by the name Lycaon (Greek λύκος).   It corresponds with the wild superstition of the *were-wolf,* which makes the subject of many old popular tales.   The name *lycanthropy* is given to a particular form of madness connected with this superstition. " In 1600, multitudes were attacked with the disease in the Jura, emulated the destructive habits of the wolf, murdered and devoured children, howled, walked on all-fours, so that the palms of the hands became hard and horny ; and admitted that they congregated in the mountains for a sort of cannibal or devil's Sabbath.   Six hundred persons were executed on their own confession." — *Chambers's Encyclopædia.*   Many notices of this superstition are found in ancient writers of many nations, especially in connection with Arcadia, a pastoral and forest country, where the inhabitants suffered greatly from wolves.

233. **ab ipso,** i. e. from his natural character, needing no transformation.   The allusion is to foam at the mouth.

236. **abeunt,** *pass.*

239. **Idem = iidem.**

240. **perire :** what construction would be usual in prose ?

241. **Erinys,** properly the Greek name of the divinity that inflicts vengeance for violated law, but here signifying the instigator of crime (Virg. Æn. vii. 324).

242. **putes,** *you might suppose* (§ 60, 2, *a;* G. 252). — **jurasse,** sc. **homines.** — **dent =** *let them pay* (§ 57, 3 ; G. 256). — **ocius,** § 17, 5, *a.*

243. **stat,** *is fixed.*

244. **frementi,** sc. **ei.**

245. **partes,** *their part,* as members of the council. — **adiciunt,** i. e. they spur him already excited. — **assensibus,** opposed to **voce,** the first part made speeches, the second only assented (**assentior**), as was the custom in the Roman Senate.

246. **jactura,** *destruction :* the image is from the casting of goods overboard in a storm at sea. — **dolori** (§ 51, 5 ; G. 350), *a cause of grief.*

247. **mortalibus** (abl. of separation) **orbæ,** *bereft of men.*

249. **populandas,** § 72, 5, *c;* G. 431.

250. **quærentes,** sc. **eos,** object of **vetat.** — **enim :** he forbids them to tremble, *for the rest* [he says] *shall be his care.* — **sibi,** emphatic.

254. **sacer,** i. e. as the abode of the gods.

256. **adfore tempus, etc.,** subj. of **esse,** following **reminiscitur.** — **in fatis :** the Destinies were above the gods themselves.

257. **correpta,** sc. **flammis.**

258. **mundi moles operosa,** *the fabric of the world wrought with toil.* — **laboret,** *be endangered.* The doctrine, perhaps borrowed from the East, belongs to the stories of periodic conflagrations of the world.

259. **manibus** with **fabricata.**

262. **Æoliis antris,** *the caves of Æolus* (compare Virgil, Æn. ii. 52–63). — **Aquilonem :** the north-west wind, bringing (in Italy) cold and dry weather.

265. **tectus vultum,** *wrapping his face* (§ 52, 3, R ; G. 332, R²).

267. **sinus,** *folds,* or rounded outline of the clouds, which represent his garments.

268. **nubila,** *mists;* **nimbi,** *storm-clouds.* — **ut . . . pressit :** the ancients thought that thunder was caused by the clashing of the clouds.

270. **colores,** § 52, 3, R ; G. 332, R².

271. **alimenta nubibus adfert**: as if the rainbow were a pathway for the waters. Compare "the sun drawing water."

273. **vota**, i. e. the crops, object of their vows.

274. **cælo suo**: the heavens were the especial realm of Jupiter.

275. **cæruleus frater**, Neptune.

279. **domos**, i. e. the hollows and clefts which are the home of the waters. — **mole**, *dike.*

281. **ora relaxant**, i. e. take from their mouth the pressure of the curb. The figure of horses is kept through the three lines.

284. **vias aquarum**: compare the expression, "The fountains of the great deep were broken up." — **intremuit**, *quaked.* — **motu**, i. e. *motus terræ, earthquake.*

286. **satis** (part. of **sero**), *the crops.*

287. **sacris**, i. e. the altar, statues, &c., belonging to the *penetralia.* — **suis**, refers to **penetralia.**

289. **hujus**, limiting **culmen.**

290. **pressæ**, *submerged.*

292. **deerant**, dissyllable.

293. **hic, alter**, *one, another.* — **cymba**, loc. ablative.

294. **illic ubi**, *on the very spot where.*

295. **villæ**, *farmhouse.*

303. **agitata**, i. e. so as to make them shake.

305. **fulminis**: the tusks of the wild boar are often compared to the thunderbolt for speed, power, and gleaming.

306. **ablato**, *swept away.*

310. **novi**, *strange* to them.

311. **quibus**: the antecedent is **illos.**

312. **inopi victu**, *with lack of food.*

313. **Aonios**, *Bœotian.* Phocis lay between Bœotia and the mountain range of Œta, which separates it from Thessaly.

316. **verticibus duobus**: this is not correct. Parnassus has only one chief peak ; but there are two spurs renowned in the worship of Dionysus (Bacchus), and having the Castalian fount between them. This has occasioned the error.

318. **Deucalion**, son of Prometheus, and father of Hellen, the *eponym* of the Hellenes (Greeks). — **hic ubi adhæsit**, *while he clung to this.*

320. **Corycidas**: Corycus was a grotto sacred to the nymphs, on the slopes of Parnassus. The *numina montis* are the Muses.

321. **Themin** (§ 11, iv. 4): Themis, goddess of justice, was daughter of Uranus. She presided over the oracle of Delphi, which afterwards belonged to Apollo.

323. **metuentior deorum,** *more reverent to the gods.*

324. **ut videt,** *when he sees.*

325. **modo,** *but just now,* qualifying **tot.**

328. **disjecit,** *rent asunder.* — **aquilone,** compare *v.* 262.

330. **tricuspide telo,** *trident.*

331. **supra profundum,** sc. **mare,** construed with **exstantem,** which agrees with **Tritona.** Compare Virgil, Æn. i. 144.

332. **innato murice**: Triton here appears, like Glaucus, overgrown with shell-fish and seaweed. He was a sea-god, son of Neptune, and is represented as blowing on a conch-shell.

334. **bucina tortilis,** "*the winding horn,*" a spiral shell. — **illi,** dat. of agency (§ **51**, 4, *c;* G. 352, R).

336. **crescit,** *broadens.* — **turbine,** *mouthpiece* (shaped like a top).

337. **aera,** *his breath.*

338. **sub utroque Phœbo,** the rising and the setting sun.

339. **dei,** Triton.

340. **contigit,** sc. **bucina.**

346. **diem = moram.** — **nudata,** *bared* (of waves).

349. **agere,** *keep.*

352. **patruelis origo**: Deucalion was son of Prometheus; Pyrrha, daughter of Epimetheus and Pandora. Prometheus and Epimetheus were brothers, sons of Iapetus.

354. **terrarum turba,** the whole throng of earth. — **occasus et ortus,** the setting and the rising sun.

356. **hæc fiducia,** i. e. such confidence as we have now.

359. **animi,** *feelings,* limiting **quid,** above. — **miseranda,** vocative.

360. **quo consolante** (abl. abs.) = *who would console thee in grief?*

362. **paternis artibus**: i. e. by the skill of Prometheus, who fashioned man of clay, and bestowed upon him fire stolen from the sky.

365. **genus restat mortale,** *the human race survives.*

366. **exempla,** i. e. the only specimens. — **sortes,** *lots;* here put for any mode of consulting the divine will.

369. **Cephisidas** : the Cephisus was a river of Bœotia. It means they went to Delphi by crossing the Cephisus.

370. **ut . . . sic,** *though . . . yet.* The deluge had not so far subsided as to let them flow quietly as a stream, but yet enough for them to recognize their old channels. — **nondum liquidas,** *not yet clear.*

371. **inde,** *from this,* i. e. the river. — **libatos,** *tasted,* and so *taken up.* It was necessary for them to purify themselves with water before consulting the oracle. — **inroravēre,** *had sprinkled.*

373. **turpi,** *ill-looking.*

374. **pallebant**: describing the *dulness* of mould and moss, rather than their color.

377. **precibus justis,** *at the prayers of the just.*

380. **mersis rebus** = *our misfortunes from the flood.*

381. **sortem,** strictly an Italian oracle written on a wooden tablet, but put for any response.

383. **magnæ parentis,** *of your great mother.*

387. **lædere,** *to offend.*

388. **repetunt secum,** *they revolve apart.*

389. **inter se volutant,** *discuss together.*

390. **Promethiades**: this patronymic recalls the prophetic gift of his father Prometheus (**-ades** and **-is** are the masculine and feminine patronymic forms).

391. **fallax, etc.** = *my skill fails me.*

392. **pia** agrees with **oracula.**

394. **ossa reor dici,** *I think that stones, &c., are meant by bones.*

395. **augurio,** ·i. e. *interpretation.* — **Titania** : Epimetheus and his brother were Titans ; i. e. of the elder race of nature-divinities.

399. **jussos,** *as commanded.*

400. **vetustas,** i. e. old tradition.

401. **ponere** = **deponere.**

402. **morā,** *by lapse of time.*

404. **quædam forma,** *something (it is true) of the form of man, yet, &c.*

405. **cœpto,** sc. **fingi.**

406. **rudibus signis,** *statues in the rough.*

412. **traxēre,** *put on.*

413. **femina,** *womankind.*

414. **experiens,** *doomed to endure.*

II. THE ADVENTURE OF PHAETHON.

1. **Regia**, sc. **domus,** *palace.*

2. **pyropo,** " fire-face," a mixture of gold and copper.

3. **cujus limits fastigia.**

4. **valvæ,** *double doors,* opening to each side.

5. **Mulciber,** a name of Vulcan, from the softening by fire (mulcendo) of the metal which he wrought.

6. **medias cingentia,** *embracing.*

8. **cæruleos:** the sea-gods are dark blue, the color of the waters. — **canorum:** the horn of Triton, representing the roaring of the blast.

9. **ambiguum:** Proteus had the power of changing his form at will. See Virg. G. iv. 441, 2 : —

Omnia transformat sese in miracula rerum,

Ignemque horribilemque feram fluviumque liquentem.

10. **lacertis:** Ægæon (Briareus) was represented with a hundred arms. The notion was possibly derived from the monster cuttle-fish described by sailors in hot latitudes.

11. **Dorida:** Doris is the wife of Nereus and mother of the Nereids, or ocean-nymphs.

12. **in mole,** *upon a massy rock.*

14. **qualem,** sc. **sed talis.**

15. **terra,** i. e. as carved in relief on the palace-walls.

18. **signa,** *the signs* of the Zodiac.

19. **quo,** *whither.* — **acclivo limite,** *up the steep pathway.*

20. **dubitati,** because his descent from the sun-god had been denied by Epaphus (see Introd.).

22. **neque ferebat,** *could not bear.*

24. **Phœbus** (see i. 11), a name of Apollo, here used for the Sun.

26. **Horæ,** usually in mythology *the Seasons,* but here in the usual prose sense of *Hours.*

28. **nuda,** because the flowers have withered.

29. **calcatis,** *trampled* in the wine-vat.

30. **capillos,** Greek accusative (§ **52,** 3, *c;* G. 332).

31. **paventem:** this word refers to the outward signs of fear, — paleness, trembling, &c.

33. **-que** connects **ait** with the preceding.

34. **progenies,** voc. — **haud infitianda** = *worthy to be acknowledged.*

35. **publica,** *common to all.*

36. **usum,** *enjoyment.*

39. **credar**; **negari** (*v.* 42), see § **70,** 2, *b;* G. 528, R.

42. **nec,** *on the one hand not.*

43. **dignus es,** used in Latin both of good and bad things ;
here, *deserve.* — **ortus,** the plural is constantly used in poetry for
the singular.

44. **quo** . . . **dubites,** § **64,** 1, *a ;* G. 545, 2.

45. **promissi,** *of my promise* (lit. *of the thing promised*).

46. **palus,** the Styx, by which the gods swore their most awful
oaths.   Being beneath the earth, it could never be beheld by the
sun.   It is called *palus* from its sluggish flow.

47. **desierat (desino),** *had ceased.* — **rogat,** sc. **eum.**

48. **in diem,** *for a day.* — **alipedum** agrees with **equorum**
(obj. gen.).

49. **jurasse,** subject of **pœnituit** (§ **57,** 8, *b ;* G. 535).

50. **illustre,** alluding to his brightness.

51. **tuā,** sc. **voce.**

53. **tuta,** predicate.

54. **istis,** *those* (of yours).

55. **quæ nec conveniaut,** *such as befit not* (§ **65,** 2 ; G. 633).

56. **mortale** = *suited to a mortal.*

57. **superis,** *those on high,* i. e. the heavenly gods. — **fas,** what
is permitted by divine law.

58. **placeat,** sc. **ut** (§ **70,** 3, *c,* R; G. 608) : i. e. though each
of the gods may have his will, &c.

59. **consistere,** *to keep his foothold.*

60. **axe,** i. e. *chariot:* the part for the whole, by the figure
called *synecdoche.*

62. **non agat,** *may not drive* (potential subjunctive : § **60,** 2,
a ; G. 602).

63. **prima via,** § **47,** 8 ; G. 287, R. — **qua,** § **55,** 4 ; G. 387.

65. **videre,** subj. of **fit.**

67. **moderamine certo,** *a steady check.*

68. **quæ,** referring to Tethys.

69. **Tethys** : wife of Oceanus, and mother of Clymene.

70. **assiduā vertigine,** *in a constant whirl* (the daily apparent
revolution of the heavens).

71. **torquet,** *spins.*

73. **rapido** . . . **orbi:** i. e. as the sun's apparent path among
the stars is towards the east, he is supposed in his daily course to
make headway against the revolution of the celestial sphere.

75. **obvius ire polis**, same idea as in *v.* 73.

78. **insidias**, i. e. concealed perils. — **formas ferarum**, *shapes of beasts*, i. e. the Lion, Bull, &c., the signs of the Zodiac.

79. **ut**, *though* (concessive, § **57**, 5 ; G. 610).

80. **adversi**, *turned towards you*, i. e. right in your face. — **Tauri**, etc., see the sun's path as traced on a celestial map or globe.

81. **Hæmonios**, *Thessalian :* the Archer (*Sagittarius*) is represented as a Centaur, of which fabulous monster the home is Thessaly (see the story of the Centaurs and Lapithæ, Metam. xii. 146–535).

83. **aliter**, *the other way.*

84. **ignibus**, qualifying **animosos**.

86. **in promptu**, *an easy thing* (lit. ready to your hand).

90. **sanguine**, abl. of source (§ **54**, 2, *a ;* G. 295).

91. **timendo**, *by my fear* [for you].

92. **probor**, *I prove myself.* Notice the collocation of **patrio** and **pater**, a favorite order.

97. **bonis**, governed by **e**.

98. **vero**, agreeing with **nomine**.

101. **ne dubita**, § **57**, 7, *b ;* G. 267. — **undas**, apparently direct object of **juravimus** by a Greek construction ; in Latin it would regularly take **per**.

103. **ille**, the other, a very common use of the pronoun.

104. **premit**, *urges.*

105. **qua licuit** = *while he could.*

106. **Vulcania**, § **47**, 5 ; G. 360, R.

107. **summæ rotæ**, *of the wheel's rim.*

109. **chrysolithi**, *topaz*, a nearly transparent precious stone, often of a bright golden color : the word is Greek, and signifies *gold-stone.* — **gemmæ**, i. e. the other gems, subj. of **reddebant**.

111. **magnanimus**, *exulting* (lit. high-spirited).

114. **agmina cogit**, *brings up the rear* (lit. *gathers in the troops*).

115. **cæli statione**, *his post in the sky.* — **novissimus**, *last:* the morning star is often seen just before and after sunrise.

116. **quæ . . . vidit**, *when he saw them* [the stars] *flee to earth.* Their disappearance is imagined as a sudden setting.

117. **extremæ**, i. e. near the end of her monthly course. — **velut evanescere**, as she seems to sink and disappear in the sky.

120. **ambrosiæ**, lit. *immortal food*, i. e. food of the immortals.

123. **patientia**, *able to endure* (agreeing with **ora**). — **rapidæ**, = *devouring*, cf. **rapax** from same root.

124. **comæ**, dat., *upon his head.* — **luctus**, obj. gen.

129. **directos . . . arcus**, *the road right across the five zones.*

130. **sectus limes**, the Ecliptic, " bounded by the limit of three zones " (see next line), i. e. the torrid and the two temperate, as represented on a celestial globe.

135. **preme**, *bear down.* — **molire**, *ply :* this verb implies the *effort* made in climbing the celestial heights.   (Construe **summum** with **æthera.**)

136. **egressus**, i. e. *if you quit the way* (§ 60, 1, *a;* G. 594).

138. **dexterior**, sc. **rota.**

139. **pressam**, *lying low :* the Altar lies south of the Sun's winter path, barely appearing in Greece ; the Serpent of *Ophiuchus* is on the equator, just north of the Ecliptic.

141. **quæ juvet opto**, *who I wish may aid you* (see note, *v.* 58).

142. **Hesperio**, *western. Hesperus* is the Greek form of the word which in Latin is *Vesper.*   The name Hesperia, " Land of the West," was by the Greeks poetically applied to Italy, and by the Romans to Spain (Virg. Æn. i. 530 ; Hor. Od. iii. 6).

143. **nox**, i. e. the Night advances towards the west like the Day.

144. **poscimur**, *we are wanted :* it is getting late.

146. **nostris**, agrees with **consiliis** as well as **curribus.**

149. **quæ**, referring to **lumina.** — **dare**, depending on **sine** (from **sino**). — **spectes**, subj. of purpose.

151. **contingere** : poetic, as depending upon **gaudet.** — **super**, *erect.*

152. **grates agit**, *renders thanks.*

153. **Pyrois**, etc. : the names of the steeds signify *fiery, of the dawn, blazing, flaming.*

155. **repagula**, *barriers* (of a race-course).

156. **nepotis**, see note, *v.* 69. — **quæ**, i. e. **repugula.**

157. **copia** = *access to.*

161. **quod possent**, *such as, &c.* (subj. of characteristic).

163. **pondere**, *ballast.* — **justo**, *regular* (a common meaning). — **levitate**, abl. of cause.

165. **onere**, following **vacuus** (§ 54, 1 ; G. 389).

166. **inani**, *an empty one.*

168. **ordine**, *direction.*

170. **si sciat** (§ 59, 4, *b;* G. 598) ; the present subj. of future condition, where our idiom seems to require the imperfect contrary to fact.

171. **triones**, *the North* (see note, i. 64).

172. **vetito æquore** : the Northern Bear in these latitudes never goes below the horizon.

173. **Serpens**, the constellation called Draco (*the Dragon*), near the north pole, at the feet of Hercules.

176. **Boote**: Boötes is represented as a wagoner : the constellation includes the bright star Arcturus.

179. **penitus penitusque,** *far, far below.*

181. **tenebræ**, i. e. from dizziness.

182. **mallet**, i. e. if it were possible ; hence the imperfect.

183. **valuisse**, *to have prevailed.*

184. **Meropis** : Merops was the husband of Clymene. — **ut,** *as.*

185. **pinus,** *ship.* — **remisit frena,** *cast loose the rein,* i. e. let go the helm.

196. **flexis utrumque,** *bending both ways* (agreeing with both **cauda** and **lacertis**).

197. **signorum duorum**: the Scorpion is represented as at first occupying the space of two "signs " of the Zodiac, until Libra was inserted where the claws had been.

198. **madidum**: *moist,* as the venom oozes out on account of the heat. — **ut,** *when.*

199. **curvata cuspide,** the curved sting (" spear-head ") of the scorpion's tail.

202. **exspatiantur,** *wander from the track* (**ex-spatium**).

204. **hac,** correl. to **quā**, sc. **viā.**

206. **summa,** *the height.*

207. **terræ**, dative.

208. **inferius suis** (abl.), *lower than her own.* — **Luna,** sister of the sun : poetically, Diana, sister of Apollo.

210. **ut quæque altissima,** *each in the order of its height,* as he comes nearer and nearer.

213. **materiam,** *fuel.*

214. **parva,** *small calamities.*

217–225. **Athos, etc.** This catalogue of mountains, ranging the whole field of mythical geography, may be verified in any good dictionary or Atlas.

230. **ore trahit,** *breathes in.*

235. **summa,** *the surface.*

238. **passis (pando),** *dishevelled,* as in mourning.

239. **deflevere,** *wept as lost.*

240. **Ephyre,** the old name of Corinth.

241. **sortita,** *having obtained by lot,* here simply *possessing;* it governs **ripas.** — **loco distantes,** *remote in space.*

243. **senex** : the river gods are represented as old men (see note on mountains).

245. **arsurus iterum,** i. e. when set on fire by Vulcan, to stay the attack of Achilles (see Iliad, Book xxi. 342-389).

253. **voluores**: the melodious swans of the Cayster in Lydia (Mæonia) are famous in ancient poetry.

255. **quod adhuc latet**: the problem of the source of the Nile was not solved until our own day.

260. **Tartara,** *Tartarus,* the ancient Hell. The king and queen are Pluto and Proserpine. — **dissilit,** *yawns apart.*

263. **quos** relates to **montes.**

264. **Cycladăs,** a Greek ending, as **Delphinĕs,** *v.* 266. — **augent,** i. e. by rising above the water and so becoming islands. The Cyclades are the islands grouped about Delos in the Ægean Sea.

267. **resupina,** *floating on the back.*

273. **fontes** (in appos. with **aquas**), *mere watersprings.*

274. **matris,** mother earth.

277. **infra quam solet,** *lower than her wont,* i. e. crouching in distress.

279. **quid,** *why?*

280. **perituræ,** sc. **mihi,** i. e. if I must perish.

281. **auctore levare**: it would be a relief to perish by the thunderbolt of Jupiter.

283. **tostos,** *scorched.* — **crines**: i. e. the withered foliage of the forest.

285. **fructus,** etc., objective genitive.

288. **alimenta,** in apposition to **fruges.**

289. **vobis,** i. e. to the gods.

290. **fac,** *grant, suppose.*

291. **frater tuus,** i. e. Neptune.

293. **fratris,** obj. gen. limiting **gratia.** — **mea gratia,** *regard for me.*

300. **rerum summæ,** *for the universe itself.* The regular expression for the fate of the state or the army, or whatever highest interest is staked on an engagement.

301. **neque enim,** [she spoke no more] *for, &c.*

303. **Manibus,** *the shades,* spirits of the dead: the infernal regions.

304. **ipsum,** Apollo.

311. **ab aure,** the picture is of one throwing a javelin.

312. **anima . . . expulit,** i. e. *deprived* (privavit would here be the right word) *of breath and cast from the chariot.*

313. **expulit,** sc. **eum.**

323. **diverso orbe,** *a remote region of earth,* i. e. towards the west.

324. **Eridănus,** a mythical river, the source of amber. It was often identified with the Po, sometimes with the Rhone (*v.* 372).

325. **Hesperiæ,** see *v.* 142 and note. — **trifidā,** *thrice-cleft,* an epithet of the "jagged lightning," supposed to be most fatal.

327. **currŭs** limits **aurīga,** which is in appos. with Phaëthon; **quem** relates to **currus.**

329. **nam,** i. e. it would be the father's place naturally, but he had withdrawn. — **pater,** the Sun.

331. **isse ferunt,** *they say that one day passed.*

333. **quæcumque dicenda,** the conventional words of mourning.

335. **laniata sinus,** *tearing her breast.*

336. **mox,** when the limbs had decayed from lapse of time.

337. **tamen,** i. e. though she sought long, yet she did at last find them.

340. **Heliades,** *daughters of the Sun,* sisters of Phaëthon. — **morti** == *to the dead.*

343. **adsternuntur,** *prostrate themselves.*

344. **junctis cornibus,** *filling out her horns.*

346. **Phaethusa,** *bright;* **Lampetie** (below), *flaming.*

347. **maxima,** *eldest.*

349. **subita,** i. e. suddenly growing.

352. **fieri,** *are turning into.*

356. **quid faciat,** § 57, 6; G. 258. — **impetus,** *excitement.*

364. **sole,** abl. of cause, with **rigescunt.**

365. **electra,** *amber;* in truth a fossil exudation from trees.

366. **gestanda:** amber was a favorite material for ornaments among the Roman ladies, who carried balls of it in their hands for coolness. — **nuribus Latinis,** daughters-in-law of Roman nobles; a term used for young matrons.

367. **monstro,** *prodigy.* — **Stheneléia proles,** son of Sthenelus. — **Cycnus :** compare the story in XII. 65-145.

369. **propior,** *still nearer.*

370. **Ligurum,** of the coast region near Genoa, *Piedmont.*

371. **querellis,** *laments.*

372. **sororibus,** *sisters* (of Phaëthon), now added to the forest.

373. **viro,** dat. of reference. — **canæque ... collumque,** an infrequent form of the correlative.

375. **junctura,** *a joining-membrane.*

377. **cæloque Jovique** == *to the sky of Jove.*

378. **ut memor,** *as remembering* (the motive for not trusting the sky). — **ignis,** *thunderbolt.*

380. **quæ**, the antecedent is **flumina**.

381. **expers (ex-pars)**, *devoid.* — **squalidus**, *in mourning.*

382. **cum deficit orbem**, *when he unmakes his disc*, i. c. in an eclipse.

385. **ævi** limits **principiis**.

387. **actorum mihi**, *things done by me.*

388. **quilibet**, *whoever will.*

390. **ipse**, Jupiter.

391. **ponat**, *lay aside.*

392. **expertus**, *when he has tried.*

393. **meruisse**, sc. **eum**, antecedent of **qui**.

397. **excusat**, *alleges the cause.*

400. **objectat**, *throws at them* as a reproach ; **imputat**, *bears resentment* against them as offenders. — **natum** = *his son's death.*

This interesting myth requires no explanation beyond the simplest and most obvious analogies of natural phenomena, — an intensely hot summer, trees bearing a vague resemblance to slender maidens (Lombardy poplars), drops of amber shaped like tears, — all combined with the familiar lesson of "vaulting ambition that o'erleaps itself." It is probably the best told and most popular of all the stories in the Metamorphoses.

III. THE RAPE OF EUROPA.

833. **has**, referring to the punishment of Aglauros (see heading).

834. **cepit** = *had inflicted:* the *pœna* is, in its original sense, a fine or forfeit. — **Atlantiades** : the mother of Mercury was Maia, daughter of Atlas. — **dictas a Pallade** : Pallas, "the brandisher," is an epithet of Athena (*Minerva*), tutelary divinity of Athens.

835. **pennis** : Mercury is represented with a winged cap (*petasus*), and winged sandals (*talaria*).

836. **genitor** : Jupiter. — **causam amoris** = *love as his motive.*

838. **solito cursu**, i. e. the air, his accustomed path.

839. **tuam matrem suspicit**, *looks up to thy mother.* Maia is one of the stars in the group of *Pleiades.* — **a parte sinistra** : *on the left, &c.*, i. e. towards the East. Jupiter is looking from Mt. Olympus.

840. **Sidonida**, i. e. Phœnicia, "the land of Sidon."

843. **jamdudum** : expresses the promptness of Mercury's obedience. So, among some very courteous populations, if you ask for any favor, the answer will be, "It is done already."

844. **filia** : Europa, " the broad brow," daughter of the Eastern king, is one of the numerous names given to the Dawn in the Greek mythology. The "dawn" of civilization rises upon the western world from Asia. For the signification of this fable, see introductory note to the next section.

846. **non bene conveniunt,** *are not very consistent.*—**moran-tur,** *reside.*

848. **cui,** dat. of reference (§ **51,** 7, *a ;* G. 343, R²).

849. **nutu** : so Zeus "nodded with his black brows and shook great Olympus" (Il. i. 528–30).

854. **toris,** *with the swell of muscles.*

855. **contendere possis,** *you might maintain.*

858. **Agenore** : see heading.

859. **formosus,** sc. **sit.**

871. **falsa,** i. e. not his own.

874. **dextrā tenet** : the picture as here given was familiar to the poet on gems, &c.

IV. THE SEARCH OF CADMUS.

2. **Dictæa** : Dicte is a mountain in the eastern part of Crete. The Phœnicians, in very ancient times, were colonists and traders among the Grecian islands. Several of the divinities worshipped by the Greeks were probably introduced by them. The fable of Europa may perhaps point to such a settlement in Crete, with the introduction of cattle from Asia. The heifer which guides Cadmus would thus have the same signification in the story with the bull which bears away Europa.

3. **perquirere,** *to search everywhere.*

5. **pius et sceleratus,** "tender" towards his daughter, and "guilty" towards his son.

7. **furta,** *deceptions.*

8. **Phœbi oracula,** i. e. at Delphi, near Bœotia.

10. **solis in arvis,** *in solitary pastures.*

11. **passa** : cows as well as oxen were trained to the yoke, as on the continent of Europe now.

12. **herbā,** *on the grass.*

13. **fac condas,** § **70,** 3, *f,* R ; G. 546, R³.—**Bœotia,** connected with βοῦς, Lat. **bos.**

14. **Castalio** : the oracle of Apollo was in a cave of Mt. Parnassus, whence flowed the Castalian fount.

15. **videt,** sc. cum.

17. **presso,** *sustained.* — **legit,** *traces :* lit. *picks up,* apparently the original meaning of the word.

19. **Panopes,** an old town on the Cephisus.

27. **libandas** = *for the libation,* which consisted in pouring water or wine upon the earth in honor of some divinity.

30. **humilem arcum,** *a low arch.*

32. **Martius,** *sacred to Mars.*

35. **quem . . . gradu,** *when the men descended from Tyrian race had reached this grove with hapless step.* Tyre was a colony of Sidon, but became far more famous and powerful than its mother city.

38. **cæruleus,** *livid.*

41. **nexibus,** *folds;* **orbes,** *coils.*

43. **media plus parte,** *more than half his length.*

45. **geminas . . . Arctos :** the great constellation of the Dragon.

46. **nec mora** = *without delay.*

48. **hos,** sc. necat.

50. **sol altissimus,** the sun at noon.

54. **præstantior,** *more prompt.*

56. **supra,** adverb. — **spatiosi corporis,** descriptive genitive.

59. **molarem,** sc. lapidem, a stone as big as a millstone.

62. **mota forent,** *might have been shaken.*

64. **loricae modo,** *like a coat-of-mail.*

66. **lentæ,** *pliant.* — **medio curvamine,** *in the middle of the coil.*

70. **id,** the shaft.

72. **accessit,** *was added.*

76. **Stygio,** i. e. fearful as the Styx.

77. **modo . . . interdum,** *now . . . now.*

78. **cingitur,** *knots himself;* **exstat,** *erects himself.*

79. **impete,** an old form of the ablative (3d declension): the regular form would be **impetu** (4th declension). — **concitus imbribus,** *swollen by rains.*

83. **prætenta,** *held before him.*

84. **ferro,** dative.

88. **plagam . . . arcebat,** *kept the blow from striking deep.*

91. **usque sequens,** *following up.* — **eunti,** sc. serpenti.

94. **gemuit, etc.,** *groaned* (like a living thing) *that its trunk was lashed by the end of his tail.*

95. **spatium,** *the bulk.*

98. **tu spectabere serpens,** see Book iv. 563–614 (argument).

101. **fautrix**: Pallas is regularly represented as the protectress and guide of heroes in their exploits. She was the goddess of invention and mental energy.

102. **motæ terræ** (dat.), *beneath the broken earth.*

106. **fide majus,** an incredible thing !

108. **picto,** *decorated.*

111. **festis,** *on a holiday.*

112. **signa,** *figures,* painted on the curtain. The closing of the curtain is referred to, which was done from the bottom, not from the top as with us.

113. **placido tenore,** *with quiet* (or *easy*) *motion.*

119. **eminus** (construe with **jaculo**), *thrown from a distance.*

122. **suo marte,** *in mutual strife.*

124. **sortīta,** *having enjoyed.*

125. **matrem,** i. e. the Earth.

127. **Tritonis :** *Tritonis* is an epithet of Minerva, probably from a brook in Bœotia.

128. **fraternæ pacis,** *peace among the* (surviving) *brothers.*

131. **jam,** *at length.*

132. **soceri :** Hermione (or Harmonia), daughter of Mars and Venus, was wife of Cadmus.

135. **sed . . . debet :** "Call no man happy till he dies," a favorite maxim of ancient wisdom. — **juvenes,** *youths,* i. e. grown up, not *pueri.*

In the myth of Cadmus we may recognize a genuine tradition of the trading settlements and factories established by Phœnicians in very early times, along the coast of Greece. From them the rude Greeks received the first beginnings of civilization, especially the knowledge of the alphabet. Many religious rites were likewise borrowed from them, especially the worship of Herakles (*Hercules,* the Phœnician *Melkart*) and Aphrodite (*Astarte*) or *Venus.*

V. Pyramus and Thisbe.

The reader will remember this story as presented in "Midsummer-Night's Dream."

v. 56. **prælata,** *preferred before :* most excellent among.

58. **Semiramis,** wife of Ninus, and founder of Babylon. — **coctilibus,** *of burnt brick.*

59. **nctitiam . . . gradus** = *the first steps of intimacy.*

60. **tædæ**, gen. with **jure** = *in lawful marriage.* A torchlight procession was a regular part of the nuptial ceremony.

61. **quod** relates to *v.* 62.

62. **ex æquo captis**, *equally enslaved.*

63. **conscius**, *witness.*

65. **fissus erat paries**, *the party-wall was cloven.* — **duxerat**, *had got,* i. e. the chink had been left in it.

67. **id vitium**, *this defect.* — **nulli notatum**, *remarked by no one.*

69. **fecistis iter**, *made it a passage.*

74. **erat** = **esset** (§ 60, 2 *c*; G. 246, R²). — **toto corpore**, *in bodily presence.*

75. **pateres**, *open far enough.*

77. **quod**, etc., obj. of **debere**. — **amicas**, *beloved.*

78. **diversa sede**, i. e. parted as they were.

79. **parti suæ**, *his own side.*

80. **contra**, *to the other.*

87. **neve sit errandum**, *and that there be no mistake.*

88. **lateant**, *conceal themselves.*

91. **lux**, *the daylight.*

96. **recenti . . . rictus**, *a lioness, whose foaming jaw is smeared* (**oblīta**) *with fresh blood of cattle* (**rictus**, acc. of specification).

105. **serius**, *too late* for his appointment.

110. **nocens**, *the guilty one.*

111. **jussi venires**, *bade you come.* The prose construction would be infinitive.

113. **scelerata viscera**, *guilty flesh.*

117. **notæ**, agreeing with **vesti.**

119. **quo** : the antecedent is **ferrum.**

121. **resupinus**, *fallen back.* — **humo**, loc. abl. for the more usual locative form **humi.**

122. **fistula**, *a water-pipe.* — **vitiato plumbo**, i. e. *from a flaw in the lead.*

128. **fallat**, *disappoint.* 130. **gestit**, *is eager.*

132. **facit incertam**, *makes her doubtful.* — **pomi**, *fruit.*

133. **tremebunda**, *quivering.* 135. **exhorruit**, *shivered.*

136. **summum**, *its surface.*

142. **mihi**, *from me* (§ 51, 2, *e*; G. 346).

146. **visā illā**, *having looked upon her.*

148. **ebur**, *ivory scabbard.*

151. **persequar**, sc. **te.** 153. **nec**, *not even.*

154. **hoc**, secondary object: § 52, 2, R ; G. 333, R².

158. **componi invideatis**, *forbid to be laid.*

VI. PERSEUS AND ANDROMEDA.

ACRISIUS, king of Argos, had been warned that he should be dethroned and slain by the child of his daughter Danaë, whom therefore, to elude the oracle, he confined in a dungeon with brazen walls. But Jupiter gained admission in the form of a shower of gold, and Danaë became the mother of Perseus. Being shut with the child — then four years of age — in a chest, or coffer, and cast into the sea, she drifted to the island of Seriphus, where the boy grew up, and was sent craftily by the tyrant of the island for the head of the Gorgon Medusa. In this enterprise he was helped and delivered by the friendly care of the divinities Mercury and Minerva, who armed him for his task, gave him the power of flight, and made him invulnerable and invincible. (See, for an admirable narrative of the adventure, Kingsley's "Heroes," and "Andromeda.")

IV. 615. **viperei monstri,** the Gorgon Medusa, whose beautiful locks of hair had been changed to serpents by the wrath of Minerva (*vv.* 801–803).

616. **stridentibus alis**: Perseus had been equipped for his aërial journey by the ægis of Minerva, the winged cap and sandals furnished by the Graiæ, the cap of Pluto making its wearer invisible, and the curved sword (*harpe*) of Mercury, with its two points, one straight and the other curved. (See the interpretation of the fable of the Gorgons in "Modern Painters," vol. v. p. 150.)

617. **Libycas,** *African :* Libya was the earlier general name of Africa, the home of the Gorgons.

622. **exemplo,** *in the manner.*

623. **longe,** *from afar,* qualifying **despectat.**

625. **Cancri :** used for the tropical region, as **Arctos** for the polar.

628. **Hesperio** = far western. The gardens of the Hesperides, daughters of Atlas, were placed somewhere in the west of Africa.

630. **Auroræ,** sc. **currus. — diurnos,** *of the day.*

632. **Atlas,** "the unwearied," one of the Titans, condemned after their rebellion to bear the weight of heaven upon his shoulders.

634. **subdit,** see ii. 68.

637. **arboreæ frondes,** etc., a description of the garden of the Hesperides. Some report of oranges — a fruit unknown to the ancients — may have helped in shaping the story of the golden apples.

639. **seu,** *if on the one hand;* **sive,** *or if.*

641. **rerum,** *heroic deeds.*

643. **Themis,** see note, i. 321.

645. **Jove natus**: the son of Jupiter, who stole the golden apples of the Hesperides, was Hercules, himself a remote descendant of Perseus.

649. **ne longe . . , absit,** *lest the glory, &c., be far from helping thee.*

650. **mentiris,** *falsely boast.*

654. **parvi,** *of little worth.*

655. **Medusæ ora**: the horror of the countenance of Medusa, with its snaky locks, chilled the beholder into stone. Perseus himself had approached the monster averted — *ipse retroversus* — gazing at her reflection in the polished shield ; and had borne the bleeding head in an enchanted sack, given him by the sea-nymphs.

657. **quantus erat,** sc. **tantus** = *of just his size.*

658. **abeunt,** *pass,* or *are converted.*

661. **di,** vocative.

663. **Hippotades,** Æolus, son of Hippotas, god of the winds.

664. **admonitor operum,** *summoner to toil.*

665. **ille,** Perseus.

669. **Cephēa** (adj.), *of Cepheus,* king of Ethiopia, brother of Ægyptus and Danaus.

670. **maternæ linguæ**: Cassiopeia, mother of Andromeda, was

> "That starred Ethiop queen that strove
> To set her beauty's praise above
> The sea-nymphs, and their powers offended."

Cepheus, Cassiopeia, Andromeda, and Perseus are among the most striking constellations in the northern heavens.

671. **Ammon**: the chief divinity of Egypt, identified with the Greek Zeus (Jupiter) ; represented with the head of a ram. He had an oracle in the Libyan desert.

672. **bracchia,** acc. of specification.

673. **Abantiades**: Abas, king of Argos, descended from Danaus, was father of Acrisius.

675. **ignes,** the flames of love.

679. **quibus,** sc. **eis catenis.**   680. **requirenti,** sc. **mihi.**

683. **religata,** i. e. her hands bound behind.

684. **quod potuit,** i. e. the only thing she could : its antecedent is the sentence **lumina,** etc.

685. **instanti,** *to him urgent.* — **sua,** emphatic : she would not seem to confess guilt.

688. **nondum . . . omnibus,** *before all was told.*

692. **illa**: the mother had more reason for grief, by reason of her offence, which incurred this penalty.

695. **lacrimarum** limits **tempora; manere** governs **vos.**

697. **peterem,** *seek* in marriage. — **Perseus,** in appos. with **ego.**

702. **meritum**: i. e. that the boon should be my own earning. — **dotibus,** *endowments.*

703. **meă,** predicate.

704. **legem,** *condition.*

705. **super = insuper.** — **dotale,** *a bridal gift.* In Ovid's time the wife brought a dowry to the husband. This usage he has transferred to the heroic times, when the husband purchased the wife from her parents.

706. **rostro,** construe with **sulcat.**

709. **Balearica**: the people of these islands were famous slingers.

710. **cæli,** *space:* partitive genitive with **quantum.** — **plumbo,** i. e. the leaden slug thrown by the sling.

714. **Jovis præpes,** *the eagle.*

715. **præbentem Phœbo,** *turning to the Sun.*

718. **inane,** *the void* (i. e. air).

720. **Inachides**: Inachos, son of Oceanus, was the first king of Argos.

720. **hamo,** see note; *v.* 616.

725. **qua patent,** *where they are exposed.*

729. **graves,** *made heavy.*

730. **bibulis,** *soaked* with blood.

732. **stantibus,** *quiet.*

734. **exegit,** *thrust through;* **repetita,** *attacked repeatedly.*

735. **implevere**: the plural subject is **cum plausu clamor** (§ 49, 1 ; G. 281, R²).

742. **mollit,** *carpets.*

744. **bibulā medullā,** *with porous pith.*

745. **rapuit,** *caught.*

749. **iterant jactata,** *toss repeatedly.*

750. **curaliis,** *coral.*

751. **duritiam capiant**: as if the coral were a sea-plant, which turns to stone by contact with the air. — **tacto ab aere,** *from contact with the air.*

756. **alipedi,** Mercury.

757. **præmia indotata,** i. e. herself the price of the exploit, without other dowry.

758. **Hymenæus,** the god of marriage.

759. **præcutiunt,** *brandish in front* in the bridal procession.

762. **reseratis,** *thrown back.*

763. **instructa,** prepared.

764. **Cepheni,** *people of Cepheus.*

765. **functi, etc.,** *having discharged the service of high-born Bacchus.*

766. **diffudere,** *relaxed.*

767. **Lyncides :** Lynceus was a fabled ancestor of Perseus.

769. **qui** relates to Cepheus.

771. **crinita draconibus** = *with snaky locks.*

772. **Agenorides,** Perseus, descended from a brother of Agenor.

773. **unius luminis usum :** the sisters Graiæ, daughters of Phorcys, had but one eye between them, which Perseus — made invisible by the cap of Pluto — caught as it was passing from one to the other.   Thus made helpless, they were constrained to tell him the secrets on which the fate of the Gorgon depended.

775. **partitas,** sharing.

780. **ferarumque :** observe that the syllable **-que** is elided before the vowel at the beginning of the next verse (*synapheia*).

781. **ex ipsis** = *from their proper shape.*

783. **ære repercusso,** i. e. by the image reflected from the polished brass ; limited by **clipei,** above (see note, *v.* 655).

785. **pennis·fugacem Pegason :** the winged horse Pegasus, sacred to the Muses, and the giant Chrysaor, wielding a golden sword, sprang from the blood of the slain Gorgon.

791. **sola sororum,** Medusa was the only one of the three sisters who was mortal.   All, however, had the power of converting the beholder into stone. — 798. **vitiasse,** *dishonored.*

The tale of Perseus (like that of Hercules and many other heroes) represents the daily course of the sun, in conflict with the powers of darkness and storm.   The *harpe* is his gleaming ray ; the Graiæ are the twilight ; the Gorgons are the storm-cloud, which rests upon the bosom of the sea-wave, and is cloven by the "golden sword" of the lightning.   The jagged edges of the cloud, and the crimson stream which pours from it in the glow of sunset, help out the features of the image.

VII. THE WANDERING OF CERES.

CERES, in the Greek myth, is the *Earth-Mother* (Δημήτηρ), type of the productive power of the soil, who seeks her child Proserpina (Persephone, called also Κορή, *the maiden*), stolen from her sight by the king of the lower world, and only restored to her by Jupiter for six months of each year. By this parable the ancients understood the annual sowing of the grain-harvest, by which the corn is hidden in the ground through the winter months, but restored in spring to sunlight, and ripening to the harvest, in which the yearly festival of Ceres is celebrated with religious rites.

V. 341. **unco aratro** : the ancient plough, still sometimes seen in Italy, was a rude wooden instrument which broke the soil with its hooked extremity.

343. **dedit leges** : because agriculture first led men to an orderly life, she was called *Ceres legifera* (Δημήτηρ Θεσμοφόρος).

346. **membris** (dat. after **ingesta**), *heaped on the giant limbs* (Typhoeus, see Introd.). Typhoeus was not reckoned one of the giants, but represented the violent powers of nature, especially in the earthquake : hence he is placed for punishment under the volcano Etna.

347. **Trinacris**, " the three headlands," is the ancient name describing the triangular form of Sicily, which, on a rude map, might suggest the notion of a buried giant. — **subjectum** and **ausum** agree with **Typhoea** ; **molibus** depends on **subjectum**, and **sperare** on **ausum** ; **sedes** is object of **sperare**.

350. **Peloro**, etc., *Pelorus* is the headland nearest Italy ; *Pachynus*, the S. E. extremity of the island ; *Libybæum*, the western. — **Ausonio**, *Italian* (an old name of Southern Italy).

352. **resupinus**, *flat on his back*.

354. **remoliri**, *to cast off* (with effort).

356. **rex silentum**, *king of the silent realms*, Pluto.

361. **ambibat**, *surveyed*, going his rounds, like a watchman.

363. **Erycina**, Venus, who had a famous temple on Mt. Eryx, in the western part of Sicily, apparently of Phœnician origin. Eryx was fabled to be her son, killed by Hercules in a boxing-match, and buried on this mountain (see Virgil, Æn. v. 392–420).

364. **natum volucrem**, *her winged son*, Cupido (=῎Ερως) or Desire, son of Venus : the modern Cupid, whose attributes of bow and arrows, with wings, have come down from ancient works of art.

365. **arma, etc.,** vocative.

366. **illa tela,** *those shafts,* pointed with gold or lead, according as they were to stir love or hate.

368. **triplicis . . . regni,** *the last lot fell of the threefold realm:* Jupiter having taken by lot the empire of the heavens and Neptune that of the waters.

370. **regit qui = qui regit. — ipsum,** Neptune.

371. **Tartara, etc.,** *why does Tartarus hold aloof?*

372. **agitur,** *is at stake.*

373. **quæ . . . est,** *such is our endurance.*

375. **Pallada, etc.:** Pallas (Minerva) and Artemis (Diana) were virgins, and patrons of chastity.

376. **filia,** Proserpine. — **virgo,** predicate.

378. **pro socio regno,** *for a united realm.*

379. **patruo :** the *patruus* is the father's brother ; the *avunculus* the mother's. Proserpine was daughter of Jupiter and Ceres.

382. **magis audiat,** *is more obedient.*

383. **opposito genu** (abl. abs.), *bracing his knee against it.*

384. **hamata,** *barbed.* — **arundine,** *reed,* of which the arrow was made.

385. **altæ aquæ,** *of deep water.*

386. **illo,** *than he* [does] ; a construction rare in Latin, but common in Greek. — **Caystros,** see ii. 258. The Cayster was famous for its swans, which the ancients made a melodious bird.

389. **ut velo,** *as by a veil* (referring to the awning which · sheltered the Roman amphitheatre from the sun).

390. **Tyrios,** *purple.*

391. **quo luco** (loc. abl.), *in this grove.* Proserpina (*pro-serpo*) was the name of a native Italian goddess who presided over the growth of plants, identified with the Greek Περσεφόνη.

394. **æquales,** *comrades.*

395. **simul,** *at one moment.*

396. **usque adeo,** *to such a degree.*

398. **summā ab orā,** *at its upper edge.*

406. **ferventia,** agreeing with **stagna :** *boiling up through the broken earth.* **Palicorum :** these were two brothers, who presided over some bubbling sulphurous springs near Palike, in Sicily.

407. **qua . . . portus,** i. e. the site of Syracuse, between the outer (lesser) and inner (greater) harbors. — **bimari,** a common epithet of Corinth, on the isthmus "between two seas." — **Bacchiadæ,** the leading family of Corinth, claiming descent from Hercules. Syracuse was a Corinthian colony.

409. **medium . . . æquor,** *a sea between Cyane and Arethusa.*
The fountain Arethusa, on the peninsula (*Ortygia*) which made the
old city of Syracuse, offered the strange phenomenon of fresh
water springing up, apparently, from the midst of salt.   Hence the
fable related below (*vv.* 577–641).   Cyane was a spring whose
waters flowed into the Great Harbor.

410. **angustis cornibus,** *narrow points of land.*   The "sea"
(æquor) is the Great Harbor.

413. **summā tenus alvo** = *as far as the waist.*

420. **Saturnius,** *son of Saturn.*

425. **fontis jura** : fountains were held to have a sacred
character, on which Cyane had presumed too far.

428. **modo,** *but now.*

431. **tenuissima quæque,** *all the slenderest parts.*

436. **vitiatas,** *impaired.*

438. **matri,** dat. of agent, with **quæsita est.**

439. **profundo,** *deep* = *sea.*

443. **inrequieta,** *never resting.*

450. **dulce,** *a sweet drink which she had first strewn with
parched barley.*   The plural **dulcia** is often used for *sweetmeats.*

453. **neque** : the negative qualifies **epota.**

458. **parvā lacertā** : the *stellio,* or spotted lizard, is one of the
smallest species.

463. **defuit orbis,** *the world did not suffice* (no part of it was
left unsearched).

464. **Sicaniam,** *Sicily.*

467. **quo,** *with which.*

471. **simul** [atque], *as soon as.* — **raptam,** sc. **eam esse.**

473. **repetita,** *again struck.*

474. **sit,** i. e. Proserpine.

475. **nec** = **et non.**

477. **sævā manu,** *with cruel hand.*

478. **parili** agrees with **leto.**

480. **depositum,** sc. **semen.**

481. **vulgato,** *famed:* Sicily was in old times "the granary of
Rome."

482. **falsa,** *disappointed.* — **primis in herbis,** *in the young blade.*

484. **sideraque** : the -que is made long by cæsura. — **que . . .
que,** *both . . . and:* the constellations were thought to have an
influence upon the crops.

487. **Eleis,** *daughter of Elis* (a district of Greece) ; **Alphēiās,**
loved by Alpheus.

493. **nec sum, etc.,** i. e. it is not affection for my native land, &c.

495. **penates,** *household gods = home.*

500. **curāque ... et vultus melioris,** *relieved from care, and of more cheerful aspect.*

502. **cavernas,** i. e. of the sea.

503. **desueta,** i. e. from the long dark journey.

504. **lābor,** *I glide.*

509. **ceu saxea,** *as if turned to marble.*

510. **ut ... amentia,** *when her grievous frenzy was dispelled by grievous pain.*

511. **pulsa,** *banished.*

513. **invidiosa** = *full of bitter thoughts.*

515. **matris,** objective gen.

516. **cura vilior,** *a less precious charge.*

517. **illius,** i. e. Proserpine.

519. **scire ... vocas,** *if you call it finding, to know where she is.*

520. **quod rapta** [est], *that she is stolen.*

525. **injuria, amor,** predicate.

526. **pudori,** dat of service.

527. **tu modo velis,** *if only thou consent.* — **ut desint** (concessive), *though, &c.* ; § **61**, 2 ; G. 606.

528. **quid, quod, etc.,** *what* [do you say to this] *that, &c.* — **cetera,** *other grounds.*

529. **nisi sorte,** *except by lot.*

531. **lege,** *condition.*

532. **cautum est,** *it was provided.*

533. **certum est,** *her mind is made up.*

537. **de cortice** : the seeds of the pomegranate are wrapped each in its separate pulpy sheath. This fruit is often used as a symbol of the lower world.

540. **Avernales** : the name *Avernus* was applied to the sulphurous waters whose fumes were thought to kill the birds that flew over.

541. **suo,** *her kindred.*

543. **profanam,** *of evil omen.*

546. **sibi ablatus,** *deprived of himself* (his own identity).

547. **in caput crescit** = *his head enlarges.* — **ungues,** *bends back long claws,* i. e. receives long hooked claws.

548. **natas,** *which had grown.*

552. **Acheloides,** daughters of Achelous (a river of central Greece). — **unde,** sc. **sunt.**

555. **doctæ,** *skilled* (in singing). The Sirens had the faces of maidens and bodies of birds, and were endowed with the gift of song.

557. **ut, etc.,** that the waters as well as the land might experience, &c.

559. **faciles,** *good-natured.*

564. **medius,** *between.*

571. **victis,** i. e. after conquering them.

576. **fluminis Elēi,** i. e. the Alpheus.

578. **saltus legit,** *scoured the glades* (in the chase). — **Achaïde,** *Greece.*

583. **rustica,** *choosing the field.*

585. **Stymphalide:** Stymphalus was a district of Arcadia.

587. **sine vertice,** *without an eddy.*

590. **nutrita undā,** *fed by the wave.*

607. **Cyllenenque:** a spondaic verse. Orchomenos and Psophis are cities, Cyllene, Mænalus, and Erymanthus are mountains, of Arcadia.   The course here described is an almost impossible one ; nor, for the matter of that, does the Alpheus flow near Stymphalos.

609. **me,** ablative.

615. **umbram,** i e. of Alpheus.

619. **Dictynna,** a name of Diana, from a mountain in Crete.

622. **tectam,** sc. **me.**

625. **Io :** the final vowel of interjections is not elided.

633. **cæruleæ,** i. e. the color proper to water deities : she was already turning to a fountain.

634. **lacus,** *pool.*

636. **sed enim :** the ellipsis is something as follows, — *but* [I was not yet safe] *for, &c.*

637. **posito,** *laying aside.* — **ore,** *countenance.*

639. **Delia,** an epithet of Diana from the island of Delos, which was sacred to her.

640. **coguomine meæ,** *welcome by the name of my protecting divinity :* Ortygia (named from ὄρτυξ, *a quail*) was sacred to Diana, and is one of her titles.

642. **angues,** *dragons,* or winged serpents. — **fertilis** = *of fertility.* The chariot of Ceres was drawn by serpents.

645. **Tritonida in urbem,** *into the city of Pallas* (Athens).

646. **rudi humo,** *virgin soil.* — **Triptolemo :** Triptolemus was a son of Celeus, king of Eleusis, with whom Ceres had found shelter during her wanderings. She undertook to make the boy immortal by laying him in the hot ashes ; and when this was pre-

vented by the fears of his mother, taught him the arts of husbandry. Triptolemus was a principal figure in the Eleusinian worship of Demeter, being regarded as the medium through whom agriculture was taught to mankind.

647. **post . . . recultæ** = *which had long lain fallow* (agreeing with **humo**).

650. **subit penates,** *arrives at the dwelling.*

651. **qua veniat,** indir. question with **rogatus**; in the same construction with the accusatives **nomen** and **patriam.**

661. **sacros jugales,** *the sacred yoke-beasts :* i. e. dragons. — **Mopsonium:** an ancient name of Attica was *Mopsonia.*

VIII. The Pride and the Grief of Niobe.

VI. 165. **turbā,** ablative.

168. **inmissos,** *flowing.*

170. **auditos,** i. e. who have been only heard of, not seen. — **visis,** sc. **cælestibus.**

172. **Tantalus** : a king of Phrygia, honored with the society of the gods. He is said to have desired, as a boon from them, that he might be immersed to the lips in sensual delights ; and was punished for his crimes by the torment of eternal hunger and thirst, standing in a lake whose waters would never rise above his lips, while branches laden with rich fruit swung back whenever he tried to touch them, — a penalty which has made his name immortal in the word *tantalize.*

174. **Pleiadum soror** : Dione, mother of Niobe, and daughter of Atlas.

176. **Jupiter** : father of Tantalus, as well as of Niobe's husband, Amphion.

177. **regia Cadmi** : i. e. Thebes, over which Amphion ruled. — **me,** ablative, in appos. with **domina.**

178. **fidibus,** *strings.* The huge blocks of stone, of which the walls of Thebes were built, moved of themselves to their place, at the sound of Amphion's lyre.

180. **accedit eodem** = *add to this.*

185. **nescio quo,** i. e. *nobody knows who.* — **Cœo satam,** *child of Cæos,* father of Latona, and a Titan.

187. **negavit** : the jealousy of Juno prevented Latona from finding rest upon any spot of earth ; but at last she found a refuge

in the island of Delos, where her children, Apollo and Artemis, were born. This island had before floated upon the sea, but was now fixed in its place.

189. **miserata** (agreeing with Delos), *having compassion.*

190. **hospita,** *a stranger without a home.*

195. **possit,** § 65, 2, *c;* G. 313.

196. **ut,** *although.*

197. **fingite,** *suppose.*

198. **huic populo** (§ **51,** 2, *e;* G. 346): her children almost made a nation by themselves. The children of Latona are derisively called a *mob,* **turba.**

201. **sacri,** vocative, addressed to her children. Haupt's reading is perhaps better :

> *Ite sacris, propere ite sacris, laurum,* etc.

202. **deponunt,** i. e. the people lay aside their wreaths in honor of Latona, and worship her only in silence.

204. **Cynthi,** a mountain of Delos.

206. **animosa,** *proud.*

208. **cultis,** *worshipped* (agreeing with **aris**).

210. **facto,** i. e. the exclusion from the altars. She adds insult to injury.

212. **rēcidat:** the first syllable is made long by the requirements of metre.

215. **pœnæ** limits **mora; querella,** *ground of complaint.*

216. **Phœbē** = Diana : if it were the vocative of *Phœbus,* the e would be short.

217. **Cadmeida** = *of Thebes.*

220. ·**mollierat,** *beaten into dust.*

221. **Amphione,** § **54,** 2, *a;* G. 395.

222. **Tyrio suco,** the famous purple dye obtained from a species of shell-fish.

229. **in latus,** *sideways.*

230. **inane,** *void.*

231. **frena dabat,** i. e. in order to flee. — **imbris,** objective genitive with **præscius.**

233. **qua,** sc. parte. — **effluat,** *escape.*

237. **admissa,** *at full speed.*

241. **nitidæ :** because the wrestlers anointed their bodies with oil.

245. **incurvata,** *writhing.*

246. **suprema,** *for the last time.*

249. **allevet,** *free, untwine.*

254. **non** belongs with **simplex**. — **intonsum** : the Grecian boys did not cut their hair until they arrived at manhood.

261. **prōfectura** (from **proficio**), *fated to avail.*

264. **motus**, *affected.* — **jam non**, *no longer.*

265. **Arcitenens**, *the archer*, Apollo.

269. **potuisse**, sc. **superos hoc** (see below) following **mirantem.**

271. **nam** : this explains why only Niobe is mentioned.

275. **resupina**, *with head erect*, i. e. tossed so far back as almost to have the face turned upwards.

276. **invidiosa**, *an object of envy.*

280. **pascere**, imperative passive in reflexive sense = *glut thy wrath.*

283. **efferor** : the term regularly used for carrying the body forth to burial.

286. **contento**, *tight-strung.*

289. **toros**, *biers.*

291. **imposito**, sc. **toro** (dat.), *laid on his bier* (or abl. with **ore**).

293. **duplicata est**, *bent double.*

296. **trepidare**, *rush about* (to find shelter).

304. **color**, *complexion.*

310. **circumdata**, *wrapped.*

311. **in patriam**, i.e. Phrygia ; these events had taken place in Thebes.   There was in ancient times a colossal statue of a weeping woman on Mt. Sipylus, in Lydia (originally a part of Phrygia) : this was identified with Niobe, and was probably a freak of nature with some touches of the human hand.   Some modern explorers have thought that they have discovered this.

IX. The Enchantments of Medea.

VII. 1. **Minyæ** : a mythical race of Greece with whom the Argonauts appear to have been connected, and whose name they often bear. — **Pagasæa** : the ship Argo, in which Jason and his companions sailed, was built in Pagasæ, a city of Thessaly.

3. **Phineus**, a blind king of Thrace ; he had been tormented by the harpies, — filthy birds with faces of maidens, — but was freed from them by Zethus and Calaïs (two of the Argonauts), sons of Boreas (*Aquilo*), who drove them away and pursued them through the air as far as the islands of the Strophades, where they were afterwards found by Æneas.

7. **regem** : Æetes, king of Colchis, in whose possession was found the golden fleece. This had been carried by Phryxos to Colchis, and there offered to Zeus (Jupiter), and placed in his temple.

8. **vox**, *answer;* **numeris** is abl. of cause with **horrenda =** *dreadful on account of the number of toils imposed.* In reality there were but three of these, — to plough with the fire-breathing oxen ; to sow the dragon's teeth, and fight with the armed men who sprang from the soil ; after which he was to get the fleece, guarded by a sleepless dragon.

9. **Æetiăs**, a feminine patronymic : the daughter of Æetes was the famous enchantress Medea.

13. **quod** relates to **hoc** and **huic**. .

14. **jussa**, i. e. the tasks imposed upon Jason.

15. **modo denique**, *only just now.*

20. **mens**, *reason.*

22. **alieni orbis** (poss. gen.), *in another world.*

23. **quod ames** (§ 64 ; G. 544), *something to love.* — **vivat ille**, *whether he live, &c.*

24. **in dis est**, *depends upon the gods.*

26. **tangat**, § 57, 6 ; G. 258.

28. **ore**, *beauty of countenance.*

30. **suæ segetis**, *of his own planting*, limiting **hostibus** (dat.).

31. **præda**, predicate.

37. **precanda, facienda**, emphatic.

38. **prodam** : it had been foretold that the power of Æetes should last as long as he kept the golden fleece in his possession.

39. **nescio quis advena** : Jason might be a mere worthless adventurer. — **ope nostra**, *by my aid.*

40. **per me**, construed with **sospes**.

43. **non** in sense qualifies **timeam** : *such are his features, &c., that I have no cause to fear.*

46. **ante**, *beforehand.*

47. **quin**, *why not ?* she is deriding her own fears.

49. **Pelasgas**, *Grecian.*

50. **servatrix**, i. e. of Jason. — **matrum**, i. e. of the Argonauts : it limits **turbā**.

56. **magna**, explained by the following words. — **servatæ pubis**, *of having saved the youth.*

58. **cultus** : Colchis appears then, as now, to have been an uncivilized region.

60. **Æsoniden**, Jason, *son of Æson :* this is in sense the ante-

cedent of **quem**, attracted into the relative clause.   Observe the different idiom of English . we should say " for whom I would exchange," &c.

62. **nescio qui montes**, *the Symplegades*, the cliffs between which vessels must pass, but which closed upon and crushed them. The Argo, by watching its opportunity, had passed through with only the loss of its rudder, after which the rocks had become immovable. — **incurrere**, *run against* the voyager.

63. **Charybdis, Scylla** : these were placed between Sicily and Italy.   There is even now a cliff (*Scylla*) on the Italian side, and a succession of eddies within the opposite point, which may have been more formidable in ancient times.   Jason passed between them on his long and circuitous homeward voyage.

72. **pietas**, *filial love.*

73. **dabat**, *was on the point of turning.*

74. **Hecates** : Hecate, daughter of Perse, was the goddess of magic, and was identified with Artemis as goddess of the under world.

76. **fortis**, i. e. against her passion.

79. **solet** agrees with **scintilla**; **-que** connects **assumere** and **crescere** : the quantity of the final **a** in **parvă** and **inductā** shows their agreement.

83. **specie**, *beauty.*

84. **solito** follows **formosior.**

86. **tum denique**, *not until then.*

91 **torum**, *marriage.*

94. **promissa dato** = *keep your promises.* — **triformis** : Hecate was represented as composed of three bodies, standing back to back.

95. **quod**, *whatever.*

96. **patrem soceri** : the father of Æetes was Helios, the sun-god.

97. **eventus**, *fate.*

98. **cantatas**, *enchanted* (having been the subject of magic incantations).

99. **tesca**, *waste places.*

101. **Mavortis**, *Mavors*, an ancient form of Mars.

102. **jugis**, *on the lines of hills.*

104. **adamanteis**, *unsubdued.*

107. **silices**, *limestone.* — **soluti**, *crumbled.*

111. **vertēre**, perfect.

116. **medicamina**, the herbs given him by Medea.

118. **subpositos,** sc. **tauros.**

123. **prætincta** agrees with **semina.**

132. **Hæmonii,** *Thessalian.*

138. **auxiliare,** *in aid* of her former incantations.

140. **a se depulsum,** *tnrned away from himself.*

142. **Achivi,** another ancient name for the Greeks.

144. **barbara,** i. e. Medea.

147. **adfectu,** *transport.*

148. **horum,** i. e. the incantations.

152. **Lethæi,** possessing the property of the water of Lethe, — to cause forgetfulness.

154. **concita,** *raging.*

155. **sibi** relates to **somnus**=*eyes that were unacquainted with it.*

157. **spolia,** in apposition with **auctorem** (Medea).

158. **Iolciacos:** Iolcos was a sea-coast upon the Pagasæan Gulf, from which the Argo had sailed.

161. **cornibus,** dat. following **inducta**=*with gilded horns.* — **aurum,** § 52, 3, R; G. 332, R².

162. **Æson,** father of Jason.

168. **deme,** sc. **annos.** — **meis,** *fated to me.*

170. **dissimilem** [her mind], *unlike his.* — **Æeta·relictus,** *the image of the deserted Æeta* [Æetes]; see § 72, *a;* G. 687, R².

171. **affectus,** *emotions.*

173. **transcribere,** a term used by money-dealers, to describe the written bill or draft by which money was transferred.

174. **æqua,** *a reasonable request.* — **isto** (sc. **munere**) follows **majus.**

177. **annis tuis,** abl. of means.

179. **ut,** i. e. *until the time that:* it was three nights from full moon, when magic rites could be best practised. — **tota,** *wholly.*

183. **nudos,** *unbound.*

191. **solvit,** *opened.*

193. **aurea,** predicate, agreeing with **astra.**

195. **magorum:** the magi were a priestly class among the Medes, whose religion consisted in the worship of the evil principle, embodied in the serpent Afrasiab; it is represented by that of the Devil-worshippers of the present day. As was natural, their worship was associated with necromantic arts, and the word *magic* is derived from their name. — **cantusque artesque** (acc.), governed by **instruis:** another object (of the person) is **magos.**

196. **herbis,** ablative of means.

200. **concussa** agrees with **freta**, being contrasted with **stantia**; **sisto** and **concutio** are also contrasted : she checks them when in motion, and excites them when at rest.

204. **suā convulsā terrā**, *torn up from the earth in which they grew.*

207. **traho** : it was believed that eclipses were caused by magic arts. — **Temesæa**, an epithet probably derived from Tamassus, in Cyprus, where were copper mines. On the occasion of an eclipse of the moon, they beat brazen vessels, in order to dispel the magic by the noise. — **labores**, *eclipse.*

209. **avi**, i. e. the Sun-god, father of Æetes.

210. **vos** refers to the objects addressed, *vn.* 192–196.

213. **rudem**, *unacquainted with*, construed with **somni**. — **aurum**, i. e. the golden fleece.

214. **vindice**, *its guardian*, the dragon.

219. **aderat**, i. e. sent by her grandfather, the Sun.

223. **Threces** : under this name was comprised, in early times, Macedonia, lying north of Thessaly.

226. **placitas**, sc. **herbas**, *those that she selects.* The mountains and rivers here mentioned are all in Thessaly.

231. **Bœbes** : Bœbe and Anthedon were cities of Bœotia ; the latter lying on the Euripus, opposite Eubœa.

233. **Glauci** : Glaucus was a fisherman who, by tasting these herbs, was impelled to leap into the water, where he was changed into a sea-god (see xiii. 917).

237. **posuere** : that the serpents, from the mere odor of the herbs had sloughed their skins and become young, was an indication of their magic power.

242. **verbenis**, sprigs of various plants, used in sacred rites.

243. **scrobibus**, sc. e, construed with **egesta.**

244. **velleris atri** = *a black-fleeced sheep.*

246. **bacchi**, *wine.*

249. **conjuge**, i. e. Proserpine.

250. **ne properent**, i. e. during the performance of the magic rites.

253. **plenos**, *sound.*

258. **bacchantum** : in the rites of Bacchus (*Dionysus*), celebrated by women, the votaries unbound their hair and were possessed for a time with a religious frenzy.

259. **multifidas faces**, *light-wood split fine.*

261. **lustrat** : this word here describes the circling about the old man, as well as the purifying rites.

265. **acres,** *rank.*

267. **refluum** describes the motion of the tides, which did not occur in the Mediterranean = *the tides of the Ocean.*

268. **pernocte,** *full,* when it shines through the night.

269. **strigis :** the *strix* is a bird often mentioned in magic, but, says Pliny, *quæ sit avium constare non arbitror.* It is usually identified with the screech-owl.

271. **prosecta,** the parts set off for an offering. — **lupi :** the *were-wolf,* here described, was rather a man who could assume the form of a wolf, than a wolf who could turn into a man.

272. **Cinyphii** = *Libyan.*

273. **vivacis,** *long-lived :* the stag, as well as the crow, was believed to live to a great age.

274. **passæ,** *that had passed* or *lived.*

276. **munus** (the *magic gift*) is subject, and **Tartara** (*death*) object of **remorari.**

277. **jampridem** qualifies **arenti.** — **mitis,** the quality of the fruit transferred to the tree.

290. **situs,** long tarrying in one place, and so the rust and dirt resulting from such tarrying ; here, the *decay of age.*

293. **hunc,** sc. **fuisse,** *of this aspect.*

In the story of Jason, a national hero of Thessaly, and Medea, "the wise one," we have the simple creation of the Grecian mind complicated with the unholy magical rites of the East. This is a myth, therefore, which records not only the early converse with far Asia, but the far more important mental intercourse which helped burden the Greek theology with superstition and fanaticism.

X. The Flight of Dædalus.

VIII. 152. **vota,** *votive offerings,* i. e. for his victory over Athens and Megara : it is in apposition with **corpora.**

153. **ut,** *as soon as.* — **Curetida :** the Curetes were priests of Zeus in Crete ; they celebrated his worship with strange, wild rites, dancing, and beating their spears upon their shields.

155. **opprobrium :** the Minotaur, half man and half bull, the offspring of Pasiphaë, daughter of the Sun, and wife of Minos.

138. **multiplici domo,** *the labyrinth.*

159. **ingenio fabræ artis,** *talent in the art of building.*

160. **opus,** i. e. **multiplex domus.** — **nŏtas,** *marks,* by which the passages could be remembered. — **lumina,** *eyes.* — **flexum** agrees with **errorem.**

162. **Mæandros :** this river was famed for its winding course, and its name has passed into the English language with this signification — *meander.*

166. **incertas,** *undecided.*

169. **quo** = **in quem.**

170. **Actæo** = *Attic :* the Athenians were obliged, by the conditions of peace, to send every nine years seven boys and seven girls to be devoured by the Minotaur : these were selected by lot.

171. **sors,** i. e. those who composed the third lot, and especially its voluntary leader, Theseus, son of king Ægeus.

172. **iterata,** *reached again.* — **nullis** (dat.), *by none of those before.*

173. **filo,** *thread.* Ariadne, daughter of Minos, gave Theseus a clew of thread, by the aid of which he traced his way back through the labyrinth.

174. **Diam,** an ancient name of the island Naxos. This island was sacred to Dionysus (*Bacchus*), who found Ariadne here after her abandonment by Theseus ; henceforth she is associated with his worship.

177. **amplexūs,** acc. plural. — **Liber,** a Roman god, identified with the Greek Dionysus.

178. **de fronte,** i. e. Ariadne's.

179. **illa,** i. e. **corona.**

182. **nixi** (nitor) **genu,** *the kneeler ;* **Anguem tenentis,** *the snake-holder ;* two constellations. See, on a celestial map or globe, the position of this beautiful constellation, " the Northern Crown."

184. **loci natalis,** Athens.

186. **obstruat,** i. e. Minos.

189. **novat,** sc. **sibi,** *makes for himself a new nature.*

191. **clivo,** i. e. the tops of trees growing on a slope overlap one another.

192. **fistula,** an instrument consisting of a row of pipes, like a child's harmonicon : these pipes were of different lengths, so as to give different tones.

205. **ignis,** sc. **solis.**

206. **Booten,** the constellation *Arctophylax,* near *Helice* (the Great Bear).

208. **pariter,** *at the same time.*

212. **non repetenda,** *destined never to be repeated.*

217. **arundine,** *fishing-rod.*

219. **-que** connects **obstupuit** and **credidit.**

220. **Junonia** : Samos was sacred to Hera (*Juno*).

221. **relictæ** : they had flown north, over the Cyclades (Delos, etc.), and then easterly, leaving Samos upon the north.

225. **rapidi (rapio),** *burning.*

226. **odoratas,** i. e. from the melting.

230. **nomen** : the waters west and south of Samos were called the Icarian sea.

231. **nec jam,** *no longer.* — 237. **elice** *trench.*

235. **tellus,** the island Icaria, west of Samos.

239. **unica,** *only one of its kind.*

242. **germana,** i. e. of Dædalus.

243. **bis senis,** § 18, 2, *c.* — **puerum,** in appos. with **progeniem.** — **animi,** genitive of quality.

245. **traxit in exemplum,** *took as a model.*

246. **perpetuos,** *a row of.*

248. **æquali spatio,** *at an equal distance.* — **illis.** abl. absolute.

249. **duceret orbem,** *drew a circle.*

250. **arce Minervæ,** the Acropolis of Athens.

251. **lapsum,** sc. **esse eum.**

253. **reddidit,** *turned him into.*

259. **antiqui,** agrees with **casus.**

XI. THE CALYDONIAN HUNT.

VIII. 260. **tellus Ætnæa** : Sicily, where Dædalus found a refuge with king Cocalus; his native land, Athens, not being safe for him.

265. **sanguine,** i. e. of victims.

267. **Argolicas, Achaia** : both names are used as equivalent to the whole land of Greece.

268. **Theseôs,** genitive.   272. **infestæ,** *offended.*

274. **Lyæo,** an epithet of Bacchus.

275. **Palladios latices,** olive oil, sacred to Pallas (*Minerva*).

278. **Latoïdos,** the daughter of Lato (*Latona*).

230. **quæque, etc.** = *et nos, quæ inhonoratæ dicimur, non,* etc. : the person speaking is Latona, who speaks of herself in the plural by a common license.

281. **Œnēŏs**, adj. ; the genitive form is Œnĕŏs.

282. **quanto**, sc. **tantum.**

283. **Epiros** : both Epirus and Sicily were famed for cattle, but it seems that those of Epirus were the finest.

285. **horrent,** *stand erect.*

287. **dentibus Indis,** *elephants' tusks.*

292. **Cererem,** *corn,* as Bacchus is put for wine.

294. **fetus,** *produce* (of the vine).

297. **non armenta,** *not even, &c.* ; **armenta** are *herds* of large cattle, as distinguished from the **pecudes,** sheep and goats, which were gathered in flocks, *pecora.*

299. **una,** *with him.*

300. **lecta,** *chosen,* not from that country alone, but from all Greece.   The hunt of the Calydonian boar is represented as about a generation earlier than the Trojan war, several of whose heroes were sons of those who took part in this ; as Achilles (son of Peleus) and Ajax (son of Telamon).

301. **Tyndaridæ** : these were the *Dioscuri,* or twin brothers, Castor and Pollux, children of Leda, wife of Tyndarus.   Castor was famed for horsemanship and Pollux for skill in boxing.

302. **Iason** : see the story of the Argonautic expedition, which is represented as the beginning of seafaring.

303. **concordia,** in apposition with **Theseus cum Pirithoö** : their friendship was proverbial, like that of Damon and Pythias.

304. **Thestiadæ** : Toxeus and Plexippus, sons of king Thestius of Ætolia, and brother of Althæa, mother of Meleager.   Lynceus and Idas were sons of Aphareus, king of Messenia.

305. **Cæneus** : he had been a woman, but was changed to a man. Most of the names that follow are nothing but names ; all of any importance will be found in the Index of Proper Names.

315. **socer** : Penelope was wife of Ulysses, whose father (her father in law) was Laërtes.

316. **Amphycides** : this was Mopsus, a soothsayer of the Lapithæ.

317. **Œclides,** Amphiarāus, an Argive soothsayer. — **Tegeæa,** Atalanta of Tegea, famed for her skill in hunting and her speed in running.

318. **mordebat,** *hooked.*   321. **telorum custos** = **pharetra.**

325. **renuente deo,** *without the approbation of the gods :* an ill-omened love.

330. **devexaque, etc.** : i. e. it rose from the plain, so as to look down upon the cultivated fields.

333. **pedum**, i. e. apri.

335. **ima**, *bottom* (acc.).

343. **ut quisque**, *whichever of them*.

346. **mittentis** : i. e. if the sender had not, &c.

350. **Phœbe** (voc.) : the soothsayer Mopsus calls upon Phœbus, the god of prophecy.

352. **qua**, *as far as*.

357. **moles**, the block of stone hurled by a balista or catapult against a wall or a wooden tower. These were constructed on the principle of a bow, with cords (*nervi*).

361. **cornua**, *wings*, as in an army ; the hunters moved upon the boar in a crescent-shaped line.

365. **citra**, *before :* Nestor of Pylos was one of the chief leaders against Troy.

366. **sumpto conamine**, *giving himself a start.* — **posita ab hasta**, *by bracing his spear.*

369. **dentibus tritis**, *whetting his tusks.*

370. **recentibus armis**, *these fresh weapons.*

371. **hausit** = *tore.*

372. **nondum** : Castor and Pollux became the constellation *Gemini;* they were always represented as mounted on white horses.

376. **sætiger**, *the bristle-bearer*, i. e. boar.

377. **jaculis, equo**, dative after **pervia** ; **loca**, in apposition with **silvas**.

380. **Tegeæa**, Atalanta.

390. **jactis**, sc. **telis**. — **ictus**, *the hits*.

391. **Arcăs**, *an Arcadian;* his name, Ancæus, is given in *v.* 401.

392. **quid præstent**, *how far they excel.*

393. **concedite**, *make way.*

395. **invitā Dianā**, *in spite of Diana.*

398. **institerat digitis**, *rose upon his toes.* — **primos**, etc., *resting upon the extreme of the limb.*

405. **Ægides** : Theseus, son of Ægeus.

406. **licet**, sc. **nobis**, § 57, 8, *e*, R¹ ; G. 535, R².

409. **voti** limits **potente**. — **futuro**, *upon the point of accomplishing his wish* (potente is an old dat. ; some eds. have **quo**).

411. **Æsonides**, Jason, son of Æson.   412. **latrantis**, *a dog.*

413. **tellure**, etc., *pinned to the earth.*

414. **Œnidæ**, Meleager, son of Œneus. — **variat**, *varies in its work.*

416. **in orbem,** *around.*

420. **secundo,** *of applause.*

421. **victricem,** *of the conqueror.*

422. **multa tellure,** *over a great space.*

423. **neque cruentat :** so the Greeks at once dread and mangle the slain body of Hector (Il. xxii. 368–371).

426. **Nonacria,** Atalanta, who was from the mountain Nonacris. — **mei juris,** *which belongs to me.*

427. **in partem veniat tecum,** *be shared with thee.*

430. **illi,** Atalanta. — **lætitiae,** *a source of pleasure.* — **cum munere,** *as well as the gift.*

433. **titulos,** *honors.*

434. **Thestiadæ,** the uncle of Meleager ; see *v.* 304.

435. **sit longe,** i. e. from helping thee. — **captus amore,** *lovesick.*

436. **auctor,** sc. **muneris** = Meleager. — **huic,** Atalanta. — **jus,** *right of disposing.*

437. **Mavortius :** Meleager was thought to be a son of Mars.

439. **facta,** *deeds.*

441. **dubium** agrees with **Toxea.** — **pariter,** *at the same time.*

445. **nato victore,** *on account of her son's victory.*

450. **pœnæ amorem,** *thirst for vengeance.*

452. **Thestiäs :** Althæa, daughter of Thestius. — **triplices sorores,** the three Fates.

453. **stamina,** *the thread* of Meleager's life ; object of **nentes.** The Fates were *Clotho,* who span the thread of each man's life ; *Lachesis,* who drew it forth ; and *Atropos,* who cut it off.

455. **modo nate** (voc.), *new-born.*

462. **conata :** it cost her so much effort, because maternal and sisterly love were in conflict. " According to the rules of vengeance which then prevailed, she holds herself in duty bound to offer the murderer as an expiation for her murdered brothers. Without such vengeance they believed that the soul of the murdered man would not obtain rest." — *Siebelis.*

467. **nescio quid crudele,** obj. of **minanti,** which is dative after **similis.**

471. **vento,** dat. after **contrarius.**

475. **germana,** *as a sister.*

477. **impietate,** towards her son ; **piā,** towards her brothers.

478. **rogus :** the fire before which she stood was likened to a funeral pile ; also (*v.* 480) to the altar erected by a tomb (*sepulcrales aræ*) to receive offerings to the deceased. — **mea viscera,** *my own flesh,* i. e. *child.*

481. **pœnarum deæ**, the furies. — **furialibus sacris** (dat.), *the vengeance-offering.*

483. **nefas** is object to both **ulciscor** and **facio.**

489. **magno**, *at great price.*

491. **ei mihi !** here her determination fails her.

493. **auctor**, i. e. as his mother.

496. **cinis exiguus**, *a handful of dust.*

510. **solacia**, i. e. her son.

525. **paulatim, etc.,** *as little by little the white ash covered the brand.*

526. **jacet,** *is overwhelmed.*

528. **Eueninæ :** the Euenus was the chief river of Ætolia.

529. **fusus**, *stretched*, in grief. — **spatiosum**, *weary*, from its length.

530. **manus**, i. e. her own.

533. **Helicona :** Mt. Helicon, between Bœotia and Phocis, the home of the Muses.

535. **liventia**, i. e. **ita ut liveant**, a proleptic use.

538. **haustos**, *collected.*

541. **quas** (the sisters), obj. of **allevat.** — **Parthaoniæ :** Parthaon was father of Œneus and grandfather of Meleager.

542. **nurum Alcmenæ :** Dejanira, who married Hercules, son of Alcmene ; all but these two were metamorphosed into guinea-hens.

The wild boar, according to the mythologists, is a type of winter, and Meleager a hero of the forces of spring (somewhat like Perseus and Hercules), himself carrying with him, in the fatal torch, the seeds of his own death.

XII. PHILEMON AND BAUCIS.

VIII. 626. **specie mortali,** *in mortal form.*

627. **Atlantiades :** Hermes, whose mother Maia was daughter of Atlas ; his herald's staff was called *caduceus.*

632. **illā,** sc. **casā.**

633. **fatendo nec . . . ferendo :** i. e. neither concealing nor complaining.

636. **tota, etc.,** these two are the whole household, — neither masters nor slaves.

640. **quo = in quem.** — **textum rude,** *a piece of coarse cloth.*

643. **anili,** *weak with old age.*

644. **tecto,** *garret.*

645. **minuit,** *cut up.*

647. **truncat foliis,** *strips.*

648. **sordida, nigro,** i. e. with smoke. — **suis,** from **sus.**

650. **domat,** *softens.*

654. **medias horas,** *the interval.*

656. **salignis** agrees with both nouns (ablative absolute).

660. **accubuere :** the Greeks and Romans reclined upon couches at their meals, and this custom is here described as if it had existed in the heroic times. It appears from Homer, however, that in early times they sat instead of reclining. — **succincta :** waiters at table girded up their garments, in order not to be impeded by them.

661. **tertius,** i. e. the table had but three legs, — a mark of poverty.

662. **clivum,** *the sloping surface.*

664. **baca Minervæ,** the olive.

667. **non acri,** *not glowing.*

668. **fictilibus,** i. e. in common earthenware. — **eodem argento** (in joke), *the same sort of plate.*

670. **quā cava sunt,** the inside.

672. **nec longæ senectæ,** gen. of quality, *of no great age.* — **referuntur,** *are carried off.*

673. **seducta** agrees with **vina.**

674. **rugosis palmis,** *wrinkled* (dried) *dates.* — **carica,** *dried figs* (from Caria).

677. **vultus boni,** *kindly faces.*

678. **voluntas,** *their good will,* contrasted with their means.

683. **nullis paratibus,** *want of preparation.*

684. **villæ,** *farm-house.*

690. **immunibus,** predicate dative following **esse** (§ 57, 8, *c,* R[1] ; G. 535, R[2]).

699. **etiam** qualifies **dominis.** — **vetus** and **parva** agree with **casa.**

700. **furcas subiere,** *took the place of the crotched poles.*

711. **fides,** *fulfilment.*

714. **inciperent,** i. e. to relate.

721. **non vani,** *trustworthy.*

723. **ponens,** i. e. as was often done by passers-by.

XIII. THE DEATH OF HERCULES.

IX. 135. **novercæ**, Juno. Hercules was the son of Jupiter, but not of his queen, Juno, who, through jealousy, imposed upon him the famous Twelve Labors.

136. **Œchalia**: this was the city of Eubœa, of which Eurytus was king: after capturing Œchalia and putting Eurytus to death, Hercules proceeded with Iole, daughter of Eurytus, to the Cenæan promontory, to offer sacrifices to Jove.

140. **Amphitryoniaden**: Hercules' mother, Alcmene, was wife of Amphitryon.

143. **diffudit**, *gave vent.*

145. **aliquid novandum est**, *some new counsel must be taken.*

147. **Calydona**: Dejanira was daughter of Œneus, king of Calydon.

149. **me esse, etc.**, depends on **memor**. The reference is to Meleager killing his uncles.

150. **injuria**, *sense of wrong.*

152. **incursus**, *suggestions.*

157. **det**, sc. **ut**, following **mandat.**

159. **primis**, *just kindled.*

163. **virtute**, *fortitude.*

165. **Œten**: after feeling the effects of the poison, he crossed over from Eubœa to Mt. Œta in Thessaly.

173. **cæruleus**, *livid* (steel-blue).

174. **cæcā**, *invisible.*

176. **Saturnia**, i. e. Juno, his old enemy. — **pascere,** *glut thyself.*

179. **hoc æstu,** *on account of this flame.* — **cruciatibus** qualifies **ægram.**

180. **laboribus**, dat. after **natam** (§ 51, 6 ; G. 356).

182. **peregrino = peregrinorum**: Busiris (a king of Egypt) had caused Hercules to be dragged to the altar for sacrifice ; but here he burst his bonds, and slew the impious king, together with his son and herald. The fettered Hercules is said to represent the sun in winter, and his victory the sun's reviving power in spring.

184. **Antæo**: Antæus (a giant of Libya), whenever he touched the earth, his mother, derived new strength from her. Hercules overcame him by lifting him from the ground and strangling him. — **pastoris**: Geryon, a three-headed giant, whose cattle Hercules drove away. With this commences the commemorating of the Twelve Labors.

185. **Cerberus**, the three-headed dog who guarded the lower world : Hercules dragged him up upon the earth.

186. **tauri** : the Cretan bull, which he must bind and bring to Eurystheus.

187. **Elis** : here he cleansed the stables of king Augeas in one day, by turning the river Alpheus through them. — **Stymphalides** : he freed the Stymphalian vale of numberless man-eating birds.

188. **Parthenium** : a mountain between Arcadia and Argolis, where he wounded and captured the brazen-footed hind of Artemis.

189. **balteus** : the belt of Hippolyte, queen of the Amazons, who dwelt on the river Thermodon, in Asia Minor : he slew her and carried off her girdle.

190. **poma** : the apples of the Hesperides, daughters of Atlas ; see iv. 637.

191. **Centauri** : the fight with the Centaurs was one of his exploits, but not one of the Twelve Labors.

192. **aper** : the Erymanthian boar, which ravaged Arcadia. — **hydræ**, the Lernæan hydra : whenever he cut off one of its nine heads, two sprang up in its place.

194. **Thracis** : king Diomedes of Thrace, whose horses were fed on human flesh.

197. **Nemeæa moles** : the Nemean lion, the first and chief of the labors ; he always afterwards wore its hide.

198. **hac cervice** : he took the place of Atlas, in supporting the earth, while Atlas was gathering for him the three golden apples of the Hesperides.

203. **valet,** *prospers.*

210. **patrio,** i. e. as son of Jupiter.

212. **collegerat,** *had passed into.*

213. **feralia,** *deathly* : the *feralia* were a Roman festival to the dead, celebrated February 21.

216. **genibus,** i. e. of Hercules.

218. **tormento** (torqueo), abl. of comparison : it is an engine for hurling weights, — *catapult* or *balista.*

221. **molle** agrees with **corpus,** subj. of **astringi** and **glomerari.**

225. **prior edidit ætas,** *antiquity gave out* or *declared.*

229. **tu,** Hercules.

232. **iterum** : Hercules had captured Troy, when ruled by king Laomedon ; his bow and arrows were carried by Philoctetes (the son of Pœas) to the great siege of Troy.

235. **vellere** : this word properly means the fleece of a sheep ; here it is transferred to the lion's hide.

236. **clavæ** (dat.) : a knotty club was a regular attribute of Hercules.

238. **redimitus sertis** : guests at a banquet wore garlands.

239. **in omne latus,** *over his whole body.*

240. **securos,** *indifferent.*

241. **vindice,** i. e. because he had freed the earth from so many plagues.

243. **iste,** *that* which you feel.

245. **memoris,** *grateful.* 247. **hoc,** i. e. your favor.

251. **materna parte** : his mother, Alcmena, being a mortal, whatever he derived from her was mortal. — **vulcanum = ignem.**

254. **id,** that part of him. — **terra,** governed by **defunctum.** — **cælestibus oris** (from **ora**), *within the bounds of heaven.*

257. **deo,** *as a god,* in apposition with **Hercule.** — **nolet** (fut.), *he may disapprove.*

260. **ultima,** *his last words.*

261. **notatam,** *marked for censure.*

268. **Tirynthius** : Hercules was born at Tiryns in Argolis.

272. **astris,** dat. after **intulit.**

XIV. ORPHEUS AND EURYDICE.

X. 1. **inde,** i. e. from Crete.

2. **Cicŏnum** : the Cicones were a people of Thrace.

3. **Orphēā,** an adjective ; the noun would be **Orphĕā.** — **nequiquam** : because the marriage had an unfortunate end.

4. **quidem,** *to be sure :* he was present, but brought no luck with him.

6. **fax** : the torch was the attribute of Hymen.

7. **motibus,** *by swinging.*

11. **Rhodopeius** : Rhodope was a mountain of Thrace, the home of Orpheus. — **ad superas auras =** *towards the sky :* i. e. to the gods, in order to gain their favor.

13. **Tænariā** : Tænarum was a promontory south of Greece, where it was believed was an entrance to the infernal regions.

14. **lĕves,** i. e. because mere shadows. — **functa sepulcro,** *which have passed the tomb.*

16. **nervis,** i. e. of his lyre.

18. **quicquid** relates to the subject of **recidimus,** *whatever of us, &c.*

19. **positis**, laid aside. — **orís** from **os**.

22. **Medusæi** : the mother of Cerberus was Echidna, a daughter of Medusa.

25. **pati**, i. e. the loss.

31. **properata fata**, *premature death*. — **retexite**, *spin back-ward*, referring to the Fates, who spin the thread of life.

32. **omnia**, *all we earthly objects*.

36. **justos**, *allotted*, i. e. to which she had a right (jus).

37. **usum** : the right to the temporary enjoyment of property belonging to another was called **usus**.

38. **certum est mihi**, *my mind is resolved*.

41. **Tantalus** : his punishment was to be placed up to his chin in water, which retreated from him as soon as he stooped to drink.

42. **Ixionis** : he was bound to a revolving fiery wheel.

43. **jecur**, *the liver* of Tityus, fed upon by vultures, and grow-ing again as fast as consumed.

44. **Belidĕs** (a Greek plural), *grand-daughters of Belus* (daughters of Danaus, hence usually called *Danaides*) : their punishment was to carry water in a vase with holes in the bottom. — **Sisyphe** : the punishment of Sisyphus is thus described : —

" With many a weary step, and many a groan,
    Up the high hill he heaves a huge round stone ;
    The huge round stone, resulting with a bound,
    Thunders impetuous down, and smokes along the ground."

Pope's Odyssey, Book xi.

46. **Eumenidum** : *the Furies*, to whom this name — as well as that of "venerable," "revered" — was given, in order to soothe them and deprecate their anger.

50. **legem**, in appos. with **ne flectat**, etc.

55. **afuĕrunt** : e short by *systole*. — **summæ**, *the surface*.

58. **captans**, *eagerly reaching*.

61. **quid**, as well as **se amatam** [esse], governed by **quereretur**.

65. **tria** : the story went, that when Hercules dragged the three-headed Cerberus from the lower world, a person meeting them was turned into stone from fear.

67. **natura prior**, *his former nature*, sc. **reliquit.**

68. **traxit** : the story here referred to is not known any further : it would seem that Lethæa drew upon herself the anger of the gods by pride in her beauty ; that her husband Olenos assumed the blame to himself, and that both were turned into stone. — *Siebelis.*

71. **pectora, lapides**, in apposition with Olenos and Lethæa.

73. **portitor**, Charon, the ferry-man over the Styx.

74. **squalidus,** *in mourning.* — **Cereris munere,** *food.* ·

77. **Rhodopen** : the mountain boundary of Thrace ; **Hæmum,** a Thracian river (See xi. 50).

XV. The Song of Orpheus.

X. 89. **dis genitus** : Orpheus was the son of Apollo and the muse Calliope.

90. **loco,** dat. by poetic use (§ **51,** 1, *b;* G. 344, R¹). — **Chaonis arbor** : the oak, sacred to Jove, whose chief sanctuary was at Dodona, where the Chaonians had once lived.

91. **nemus Heliadum,** poplars : see ii. 340.

92. **innuba,** because Daphne had been metamorphosed into a laurel, in order to escape Apollo's suit.

95. **genialis** : the shadow of the plane was a favorite resort for pleasure and mirth. — **impar,** *varied* (the autumn colors of the maple).

98. **tinus,** a plant similar to the *viburnum.*

100. **ulmi** : the elms were used for vines to run upon.

103. **pinus** : the stone pine of Italy spreads out at the top to a broad head, on a very high trunk.

104. **Cybeleius,** *loved by Cybele,* mother of the gods.

105. **hac,** sc. **pinu** : abl. of means.

144. **-que** connects **concilio** and **turba.**

147. **modos,** *tones.*

151. **Phlegræis campis** : near Olympus, where the battle with the giants took place.

155. **Ganymedis,** son of Tros, king of Troy.

156. **aliquid,** i. e. some form.

158. **quæ posset, etc.,** i. e. the eagle, the bird of Jove.

159. **mendacibus,** as being not really his own.

160. **Iliaden** : this patronymic describes the country (*Ilium*), not the parentage of Ganymede ; king Ilus was his brother.

162. **Amyclide,** Hyacinthus, great-grandson of Amyclas, king of Amyclæ, near Sparta. — **posuisset in ʻæthere** = *received into heaven.*

164. **qua,** *so far as.*

165. **Aries** : this is the first constellation of Spring, and the idea symbolized by the myth of Hyacinthus is that of the destroy-

ing power of the hot sun.   The festival *Hyacinthia* at Sparta was in commemoration of this ; at first sad, afterwards joyful, to rejoice in his restoration to life.

167. **genitor**, Phœbus Apollo.

168. **Delphi**, the place of the oracle of Apollo ; this was considered the middle of the earth, and a stone was preserved here in the sanctuary, called the *omphalos*, or navel of the earth.

169. **Eurotan**, the river which flows past Sparta. — **immunītam**, Sparta had no walls, its citizens believing that its best defence was in the valor of its citizens.   In fact, no enemy ever came within sight of the city until the invasion of Epaminondas, B. C. 370.

170. **citharæ, sagittæ** : the lyre and the bow were the two chief attributes of Apollo.

171. **sui**, i. e. of his dignity.

174. **Titan**, the sun. — **medius**, *half-way between.*

176. **olivi** : those who took part in these contests rubbed themselves over with oil, to render themselves supple.

183. **Tænarides**, *from Tænarum*, a promontory of Laconia = *the Lacedæmonian.*

196. **Œbalide** : Hyacinthus was son of Œbalus, king of Sparta.

203. **reddere**, *give up.* — **quod** (§ 52, 3, *b;* G. 331, R²), *but.*

206. **scripto**, *inscription;* see *v.* 215.

207. **heros**, Ajax, which name in Greek was Αἴας.   This same flower was supposed to have sprung from his blood, when he killed himself (see xiii. 398).

212. **lilia, sc. capiunt** : the flower here described is supposed to be the *Turk's cap lily* (see Virgil, " Index of Plants ").

216. **funesta litera** : the Greek cry of mourning was *αἶ αἶ.*

218. **prælatā pompā**, *with exhibition of festal parade :* the festival came in July.

XVI. THE DEATH OF ORPHEUS.

XI. 3. **nurus** (plur.), often used for ladies of rank. — **Ciconum**, a Thracian tribe. — **lymphata**, *frenzied.*

5. **percussis . . . nervis**, *accompanying his song with striking the strings.*

8. **nŏtam**, *bruise.*

13. **pedes**, i. e. of Orpheus.

15. **mollita**, i. e. like this stone.

16. **infracto,** *curved.* The Phrygian pipe — called *Berecyntian,* from *Berecyntus,* the chief seat of the worship of Cybele — was curved at the end into the shape of a horn.

17 **plausus,** *clapping of hands:* these various sounds were connected with the orgiastic worship of Bacchus.

18. **obstrepuere,** *drowned.*

22. **Mænădēs,** the name of the female worshippers of Bacchus, from μαίνεσθαι, *to rave.* — **rapuere,** *tore in pieces.*

24. **luce,** *by day-light.*

25. **structo utrimque theatro,** *amphitheatre:* the Greek term was not yet introduced into Latin. The space in the middle was spread with sand, hence the term *arena.*

28. **thyrsos,** a rod crowned with a pine-cone or with ivy, carried · by Bacchus and his votaries. — **munera,** *service.*

37. **feræ,** *the wild women.*

48. **carbasa,** *light garments.* — **obstrusa pullo,** *obscured with black.*

52. **flebile nescio quid queritur,** *utters some tearful complaint.*

54. **populare,** *of their native land.*

55. **Methymnæi,** so called from the city Methymna. Lesbos was afterwards celebrated for its lyric poets, particularly Alcæus and Sappho.

58. **tandem** : implying that Phoebus should have protected him before.

62. **arva piorum,** the Elysian fields, the abode of the blessed.

64. **modo,** *now,* corresponding to **nunc . . . nunc.**

67. **Lyæus,** an epithet of Bacchus : Bacchus as well as Apollo was a patron of poets.

68. **sacrorum suorum:** Orpheus had introduced these into Thrace.

69. **Edonidas** = *Thracian.*

70. **vīdēre** : the infinitive would be **vĭdēre** : it means here *participated in.*

71. **in quantum** = *on the spot to which.* — **secuta est,** sc. Orphea.

72. **traxit,** sc. **in terram.**

73. **suum** agrees with **crus.**

75. **astringit,** *tightens.*

76. **harum limits quæque.**

XVII. The Story of Midas.

XI. 86. **Timoli,** *Timolus* (or *Tmolus*), a mountain in Lydia, from which the river Pactolus flows.

87. **aureus**: this will be explained by the story now to be related.

89. **satyri** : a woodland race, half men and half goats, who followed in the train of Bacchus. — **Bacchæ** : the female worshippers of Bacchus, also called *Mænades*.

90. **Silenus,** the foster-father of Bacchus : he too was of the nature of the satyrs.

91. **coronis** : the ancients, when carousing, wore garlands of flowers.

92. **Midan,** a mythical king of Lydia, a country which possessed great power in the sixth and seventh centuries B. C., its territory comprising the whole western half of Asia Minor. It was conquered by the Persian Cyrus, B. C. 546.

93. **Eumolpo,** a Thracian singer, who found a home in Attica (called *Cecropia,* from a very ancient mythical king of Athens, *Cecrops*).

98. **undecimus,** *the tenth :* the ancients, in counting a series, reckoned the one from which the series began, as being the first *from itself.*

106. **Berecyntius** : Midas was son of Cybele.

107. **polliciti,** *the promise.*

108. **non** qualifies **altā,** which agrees with **ilice.**

117. **eludere,** *deceive.*

118. **animo capit,** *comprehends* or *realizes.* — **fingens,** *fancying.*

120. **tostæ** : in early times the corn was parched before being ground.

124. **premebat,** *spread over,* agrees with **lamina.**

131. **splendida** : even his skin was tinged with gold.

132. **Lenæe,** an epithet of Bacchus.

134. **mite,** sc. est.

135. **facti fide,** *in testimony of the act.*

137. **Sardibus** : Sardes was capital of Lydia ; it was north of Tmolus.

138. **undis** follows **obvius.**

140. **plurimus,** *in full stream.*

141. **corpus,** obj. of **elue.**

145. **madidis,** *steeped with.*

147. **Pana**, *Pan*, a god of nature, represented with the legs, ears, and tail of a goat.

148. **pingue**, *dull;* as shown by the absurdity of his request.

149. **præcordia mentis** = **mens.**

152. **Hypæpis**, *Hypæpa*, a little town, south of Mt. Tmolus.

154. **arundine**, *the syrinx*, or Pan's pipe, was made of reeds joined together with wax.

156. **Tmolo**, here the god of the mountain ; in apposition with **judice.**

158. **liberat arboribus** : the head of the god is quaintly conceived as covered with trees, so as to obstruct his hearing. — **quercu**, *an oak-wreath.*

160. **deum pecoris** : Pan, the nature god, was guardian of flocks.

162. **barbarico**, i. e. as being in Phrygian style.

164. **sua**, i. e. which crowned it.

166. **palla**, a poetical form for *pallium*, the outer garment worn by Greeks ; it was rectangular, while the Roman *toga* was rounded at the ends.

167. **dentibus Indis**, *ivory.*

168. **plectrum**, the instrument with which the strings of the lyre were touched in playing.

169. **artificis**, *artist.* — **status**, *his very posture.*

171. **summittere**, i. e. in token of inferiority.

174. **unius**, *alone.*

176. **in spatium**, *lengthwise.*

181. **tiaris** : a high cap, bound under the chin, worn by oriental monarchs.   187. **haustæ** = **effosæ.**

192. **agricolam** : so called because he had, so to speak, planted the secret in the earth.

XVIII. THE CHIEFS AT TROY.

XII. 2. nomen [not **corpus**] : it was called a *cænotaph* (empty tomb).

3. **inferias**, *offerings to the dead:* they are called *inanes*, because Æsacus was still living, although they did not know it.

4. **Paridis** : Paris was absent on his visit to Lacedæmon, whence he brought back Helen, — the cause of the Grecian expedition against Troy (the *conjuratæ rates*).

7. **commune,** *union* or *combined power..*

10. **Aulide** : Aulis, in Bœotia, was the rendezvous of the fleet, and here they were detained for several weeks by adverse winds.

16. **damna,** *loss,* i. e. her young.

19. **Thestorides,** Calchas, son of Thestor, the chief soothsayer of the Grecian host.

21. **digerit,** *divide off,* i. e. by way of interpretation.

23. **superat,** *remains.*

24. **Aoniis,** *Bæotian.*

25. **bella,** i. e. *the host,* by metonymy.

28. **virginis deæ,** Diana. Agamemnon had killed a hind consecrated to her, and so his daughter Iphigenia must be sacrificed by way of atonement.

29. **pietatem,** *fatherly love.*

32. **victa est** : according to the original form of the story, the maiden was actually sacrificed ; but it was afterwards modified in this way, in order to satisfy the popular sympathies.

33. **sacri,** *the sacred rite.*

34. **Mycenida** : Iphigenia's home was *Mycenæ.*

36. **Phœbes,** as well as **maris,** limits **ira.**

40. **triplicis mundi,** *the three worlds,* of heaven, earth, and hades.

41. **quamvis regionibus,** *by however wide spaces.*

46. **tota,** sc. **domus.**

47. **fremit,** *murmurs.* — **refert,** *re-echoes.*

52. **extrema,** *the last peals.*

53. **leve vulgus,** i. e. *milia rumorum.*

56. **quibus** relates to **rumorum.**

62 **rerum** limits **quid.**

68. **Protesilae:** Protesilaus, a Thessalian, the first of the Greeks who fell at Troy : this had been foretold by an oracle. — **magno stant,** *cost dear.*

69. **fortis animæ,** genitive limiting **nece,** *by the death* of Protesilaus, *that valiant soul.*

72. **Cygnus,** king of Colonæ, near Troy : he was invulnerable, as being a son of Neptune.

74. **Peliacæ** : its shaft was taken from the forests of Mt. Pelion, in Thessaly, near the home of Achilles (See Il. xix. 390).

77. **Hector,** i. e. his death.

81. **Hæmonio,** *Thessalian.*

87. **ille,** Cygnus ; Achilles was son of the sea-goddess Thetis.

89. **parma,** a small round buckler.

90. **decor,** i. e. nothing but ornament.

93. **qui,** sc. **eo,** i. e. Neptune.

97. **novena,** used here for the cardinal number : his shield was composed of ten thicknesses of hide.

100. **apertum,** *exposed.*

102. **circo,** i. e. the arena of the amphitheatre.

104. **elusa . . . sensit,** *perceived that his blow had missed;* i. e. the red cloth, held out to excite the bull, gave way when he plunged against it.

106. **manus,** i. e. not the weapon.

108. **Lyrnesia,** he had captured the city Lyrnesos in Mysia.

109. **Tenedon,** *Tenedos,* a small island off the coast of Troy.

110. **Thebas,** a city of Mysia, ruled by king Eetion, father of Andromache.

111. **Caycus,** a river of Mysia, where he wounded Telephus, son of Hercules, and afterwards healed him by the application of rust from his spear.

112. **opus,** *efficacy:* once in the wound, and once in the healing.

115. **ante actis,** *what he had done before.*

121. **in hoc,** *in respect to this one,* i. e. Cygnus.

127. **sanguĭs :** final **is** in this word was originally long.

130. **cavari,** *indented.*

131. **lædi,** *blunted.*

132. **retecto,** *pulling off,* i. e. the shield of Cygnus.

137. **aversos,** *turned away,* i. e. from the direction in which he was going = *as he went backwards.*

138. **quem** relates to **lapis.**

140. **præcordia = pectus.**

141. **vincla,** *bands.* — **subdita,** *bound beneath.*

XIX. RIVALRY OF AJAX AND ULYSSES.

XIII. 1. **vulgi corona,** *a ring of the common soldiers.*

3. **impatiens,** *unable to control.* — **Sigeia,** from *Sigeum,* the north-western promontory of Asia Minor, east of which were the Grecian camp and fleet.

5. **agimus,** *plead.*

7. **Hectoreis flammis :** when Hector attempted to burn the Grecian fleet, Ajax almost alone withstood him.

10. **promptum,** *easy.*

15. **nox,** i. e. such exploits as carrying off the Palladium from the citadel of Troy.

16. **demit honorem,** i. e. because of the inferiority of his rival.

17. **superbum,** *a matter of boasting:* however great the prize, that one like Ulysses could aspire to it lowers its value.

20. **feretur,** *he will have the reputation.*

22. **nobilitate,** *high birth.*

24. **litora Colcha:** he was one of the Argonauts.

25. **huic,** Telamon: Æacus, king of Ægina, was one of the judges of the infernal regions, with Minos and Rhadamanthus.

26. **Æoliden:** Sisyphus was son of Æolus. He is mentioned here because many believed Ulysses to be his son. Like Ulysses, he was notorious for his trickery.

31. **frater,** equivalent here to *cousin.*

33. **inserit, etc.:** foists upon the family of Æacus names of another race.

34. **indice:** this is explained by what follows.

36. **ultima,** i. e. at the very last moment.

39. **Naupliades:** Palamedes, son of Nauplius, who detected Ulysses' pretence of insanity, by laying the latter's infant son, Telemachus, in front of the plough which he was holding; upon which he turned the plough aside, thus confessing his sanity.

45. **Pœantia proles,** Philoctetes, who was wounded with an arrow while on the way to Troy, and by advice of Ulysses left behind on the island of Lemnos.

48. **precaris,** with dative, *imprecate upon.*

50. **nobis,** *with us,* following **eadem** (§ **51,** 6 ; G. 356).

51. **sagittæ Herculis,** see IX. 233.

54. **debita, etc.,** the oracle had declared that Troy could not be taken except with the aid of the arrows of Hercules.

58. **male,** *unfortunately:* Palamedes was put to death by the Greeks on a false charge of treason brought by Ulysses out of revenge.

64. **desertum:** this was once when the Greeks were fleeing before Hector.

69. **corripuit,** *upbraided.*

79. **lătē,** from **lateo** (the adverb is **lātē**).

86. **resupinum fudi,** *threw down on his back.*

91. **Jovemque,** i. e. the favor of Jove.

94. **reditūs,** genitive. — **tot** agrees with **navibus.**

98. **Rhesum:** Rhesus and Dolon were killed by Ulysses and Diomedes upon the nightly expedition in which they captured

the soothsayer Helenus, and the Palladium, or ancient image of Pallas.

100. **Diomede** : Diomedes was the bravest of the Greeks next to Achilles and Ajax ; he accompanied Ulysses upon his nocturnal expedition.

103. **quo ; etc.,** *to what purpose bestow these on Ulysses ?*

107. **Dulichius** : the island Dulichius belonged to Ulysses. — **vertex = caput.**

109. **Peliăs,** see note XII. 74 ; the final **ăs** shows that it is a feminine patronymic.

114. **erit,** sc. **causa.** — 130. **potior** is here 3d conj.

131. **non æqua,** *envious.*

134. **per quem,** see *v.* 162 and following.

135. **huic,** Ajax : he was not renowned for intellect.

139. **bona,** *good qualities* or *advantages.*

145. **damnatus** : Telamon, father of Ajax, had killed his brother, and was banished for the crime.

146. **Cyllenius** : an epithet of Mercury, from his birthplace, Mt. Cyllene ; it is in apposition with **nobilitas.** Ulysses' mother Anticlea was granddaughter of Mercury.

151. **Peleus** was father of Achilles.

156. **Phthia** was the home of Peleus, Scyros of Pyrrhus.

157. **isto,** i. e. Ajax.   159. **nudum,** *merely.*

162. **genetrix Nereia** : Thetis, mother of Achilles, was daughter of Nereus.

163. **cultu** : he wore female dress.

165. **mercibus,** *wares ;* he was disguised as a peddler.

169. **Pergama** : this was the citadel of Troy.

173. **Lesbon, etc.,** places captured by Achilles.

179. **illis armis,** *in recompense for those arms.*

180. **dederam** : of course not these special arms, = *I had armed him living.*

181. **unius,** i. e. Menelaus, at the loss of his wife.

187. **in rege,** *while still a king.*

190. **tenui causam,** *gained my case.* — **iniquo,** *prejudiced.*

192. **summa sceptri = summa imperii.**

193. **matrem** : Clytæmnestra, wife of Agamemnon : she afterwards murdered him, in revenge for the sacrifice of her daughter. —**astu** : Ulysses pretended that Iphigenia was to be married to Achilles.

195. **lintea = vela,** *sails.*

196. **orator,** *ambassador.*

198. **adhuc,** i. e. it was at the beginning of the siege.— **egi,** *pleaded.*

199. **communis Græcia,** *the Greek confederacy.*

200. **prædam :** Paris had carried off treasures besides the bride.

201. **junctum :** he had married a sister of Hecuba, wife of Priam.

203. **nefandas :** because the person of an ambassador was sacred in antiquity, as now.

204. **prima lux,** predicate. — **nostri tecum,** *ours and thine =* *our common.*

207. **acies primas,** *the first engagements.*

217. **rex,** Agamemnon ; **ille** refers to the same.

218. **auctore = Jove.**

219. **sinat,** ironical ; *Ajax, I suppose, &c.*

220. **ituros,** i. e. as they start to return to Greece.

221. **dat,** i. e. some example or command.

222. **nimium,** i. e. to undertake. — **magna loquenti,** *a boaster.*

226. **captam,** i. e. as good as captured.

230. **Atrides,** Agamemnon, son of Atreus.

233. **Thersites,** a snarling, misshapen fellow in the Grecian host, who was fond of wrangling with the leaders. — **etiam, etc.,** *that it did not go unpunished was due to me likewise.*

237. **dantem terga,** *turning his back.*

238. **petit,** i. e. in friendship.

242. **sors :** this refers to the nocturnal expedition of Ulysses and Diomedes ; see *v.* 98.

243. **sic tamen,** *even under these circumstances.*

247. **quod specularer,** *any object to act the spy.*

251. **votis,** *my wish;* obj. of **potitus.**

252. **imitante,** *like.* — **triumphos :** the Roman triumphal procession was a type of splendid pomp.

253. **cujus,** sc. **ejus,** limiting **arma** ; Dolon had demanded the horses of Achilles as a reward, in case of success.

254. **benignior,** refers to the offer of Ajax, *v.* 102.

255. **Sarpedonis :** Sarpedon had been wounded and repulsed, and then Ulysses slew his comrades. — 257. **-que,** scan as *long.*

263. **ipso loco,** i. e. the breast.

267. **sanguinis** limits **nil.**

268. **rĕfert,** not from **rĕfero.**

271. **meum,** *my way.* — **communia,** *the credit of all.*

273. **Actorides,** notice the position ; *it was Actorides that, &c.*

274. **cum defensore**: i. e. their defender (Ajax) was destined to be burned with them.

275. **marti = prœlio.**

277. **nonus**, *with eight others;* not *after eight others*, but indicating that he was but one of the nine. — **munere**, *favor :* he was selected not for his valor, but by lot (Il. vii. 182).

288. **cærula**: referring to Thetis being a sea-nymph. She brought to her son arms wrought by Hephæstus (Vulcan).

290. **pectore**, *taste:* Ajax was merely a rude soldier.

291. **norit**, *understand.*

293. **immunem**, *who never touches.*

298. **Achilli**: he, too, had stayed away from the war until forced to go.

307. **digna pudore**: i. e. that you should be ashamed of.

311. **in illo**, *in his case.*

312. **objecta**, sc. **crimina**, *laid to him.* — **pretio**, abl. of means, with **patebant.**

313. **Vulcania**: Lemnos was a volcanic island, sacred to Vulcan.

326. **pectore**, *intellect.*

332. **mihi**, sc. **fuit :** *as I have had power over thee.*

334. **faveat**, sc. **dummodo.**

335. **Dardanio vate**, i. e. Helenus, see *v.* 99.

336. **responsa**, i. e. those given by Helenus.

337. **signum**, the Palladium.

339. **illis**, i. e. Helenus and the Palladium.

341. **hic**, on such occasions as these.

348. **Trojæ**, *over Troy.*

350. **desine :** Ajax has pointed to Diomedes (son of Tydeus), to indicate that all the credit of the achievement belongs to him.

351. **est sua**, *belongs to him.*

356. **moderatior = modestior :** Ajax the less was son of Oileus.

357. **Eurypylus :** he and Thoas (son of Andræmon) were two Grecian leaders. Idomeneus of Crete was a famous chief, also Meriones, and Menelaus, son of Atreus.

368. **nostro**, i. e. the human.

370. **vigili**, *watchman.*

372. **titulum**, *mark of honor.*

373. **labor**, i. e. of the siege.

376. **ademi**, this again refers to the Palladium.

379. **fatis**, *destruction.* — **restare**, *still remains.*

383. re, *by the event.*
384. qui solus, etc., see *v.* 91.
391. tum demum, see *v.* 266.
392. ferrum = lorica.
396. Œbalio de vulnere, see x. 207.

XX. The Tale of Galatea.

XIII. 753. octonis iterum, *twice eight.*

755. **Cyclops** : a misshapen race, sons of Poseidon ; they had but one eye, which was in the middle of the forehead.   This one was named Polyphemus.

759. ille, the Cyclops.

760. silvis, dative.

769. tutæ, etc. : see the story of the adventures of Ulysses and of Æneas with the Cyclops, in the third book of Virgil's Æneid.

771. nulla, etc.: he was a soothsayer, who interpreted the flight of birds.

775. altera, i. e. Galatea.

783. apta, i. e. as the mast of a ship.

785. senserunt, *felt*, i. e. trembled with.

806. claris latratibus, *at loud barking.*

808. noris, sc. me.

821. multæ, sc. oves.

827. fetura minor, *a younger generation.*

829. inde = ejus.

830. liquefacta coagula, *steeped rennet:* the English would prefer here a passive construction, *part is curdled with rennet.*

833. par-vĕ: the adverb from parvus (if there were one) would be parvē.

840. liquidæ aquæ, *in clear* (or calm) *water.*

844. nescio quem : Polyphemus is represented as so rude as not even to recognize the existence of the gods.

852. hæc omnia, *all nature.*

858. Nereï, Greek vocative.

863. quod nollem relates to placeat tibi — copia, *opportunity.*

867. læsus, *stirred up.*

875. veneris, *love.* — ista . . . vestræ, is object of faciam.

879. Symæthius : the mother of Acis was the nymph Symæthis.

880 parentes, vocative.

883. **extremus,** *only the extremity.*

885. **per fata,** *with the permission of the fates.*

886. **avitas,** *of his grandsire,* the river god Symæthus.

894. **cornua** : horns were the regular attributes of river gods : they were symbols of strength.

XXI. The Wisdom of King Numa.

XV. 3. **veri,** *the truth.*

5. **habet,** *holds* = *considers.*

8. **urbem,** i. e. Croton, which was named from a certain Croton, a guest-friend of Hercules.

60. **vir,** Pythagoras, born at Samos, about B. C. 580.

61. **dominos** : Samos was ruled by the cruel tyrant Polycrates ; Pythagoras therefore left his native land, and passed the rest of his life in Magna Græcia, principally at Croton : he died at Metapontum, about B. C. 504.

66. **in medium dabat,** *made public.*

73. **arguit,** *censured.*

89. **congesto,** *swallowed.*

93. **referre,** *repeat.*

95. **mōrati,** verbal from **mōres,** *character.*

99. **mŏvēre,** perfect : the infinitive would be **mŏvēre.**

104. **invidit,** *took a distaste to.*

109. **salva pietate,** *without violation of duty.*

110. **quam . . . tam** = **ut . . . sic** (*although . . . yet*).

116. **tuendos,** i. e. with wool and milk.

122. **immemor,** *ungrateful,* relates to **qui,** etc.

124. **ruricolam,** sc. **bovem.** — **trita** agrees with **illa** and **colla.**

128. **inscripsere** : it was customary on indictments to write the name of the accused by the side of the crime.

134. **fruges,** subj. of **imponi** ; it refers to the *mola salsa,* parched barley meal mixed with salt, which was sprinkled on the head of the victim.

135. **in unda** : the bucket of water, in which the officiating priest washed his hands to purify them, before the sacrifice.

137. **inspiciunt** : this inspection of the entrails, to learn the wish of the gods, was usually performed by the haruspices.

142. **colonos,** *citizens* [*inhabitants,* from **colo**]: this word is perhaps chosen because the address was delivered in the Greek

colony of Croton. The assertion here made belongs to the doctrine of metempsychosis.

143. **movet,** i. e. to eloquence.

144. **Delphos,** as being the treasure-house of oracles.

149. **Atlantis :** because heaven rested upon his shoulders.

155. **materiem vatum** = *the material of fables,* sung by poets.

157. **posse** has for subj. ea understood, referring to **corpora.** — **putetis,** *you should believe.*

162. **minoris Atridæ,** Menelaus.

164. **Abanteis :** Abas was one of the mythical heroes of Argos.

173. **pietas,** i. e. because these animals are of kin to us.

176. **magno æquore,** referring to the immensity of his topic.

191. **Pallantiăs,** Aurora, descendant of Pallas.

192. **dei clipeus,** the disc of the sun.

200. **ætatis,** *life.*

205. **virtus,** *vigor.*

222. **ritu,** *after the manner of.*

229. **Milon,** a celebrated athlete of Croton.

230. **illos** agrees with **lacertos.**

233. **Tyndaris,** Helen : she was carried away not only by Paris, but before that by Theseus.

239. **genitalia,** *producing,* i. e. elementary.

245. **resoluta,** *when dissolved.*

258. **summā,** *in their essence,* or *on the whole.*

260. **ad ferrum, etc. :** referring to the succession of Ages, — Golden, Silver, Bronze, Iron.

261. **fortuna,** *lot* or *condition.*

272. **excæcata,** *becoming unseen.*

[For the verses omitted, see Argument of this Book.]

453. **tendere** depends on **oblitis.**

459. **corpora,** object of **sinamus** and subject of **esse** (*v.* 46).

460. **aliquo fœdere,** construed with **junctorum.**

461. **certe,** *at any rate.*

462. **Thyesteis :** Thyestes feasted unwittingly upon the body of his own son, placed before him by his brother Atreus : hence any unnatural and horrible feast was called a Thyestean banquet.

463. **male consuescit,** *accustoms himself to ill* = *hardens himself.*

467. **ēdentem,** *uttering* (from ēdo ; ĕdo, *to eat* has short ĕ).

468. **istis,** i. e. those of the Golden Age.

469. **paratur,** *is brought about.*

470. **imputet,** *charge against,* i. e. these alone.

474. **viscata virga**, *limed twig :* small birds were caught by smearing the twigs on which they perched with a sort of vegetable glue (**viscum**).

475. **formidatis pennis** : bright feathers were attached to cords put about the space in which the deer were, and the deer were afraid to pass them.

480. **ultro**, i. e. without presenting himself as a candidate.

482. **conjuge** : his wife was the nymph Egeria, from whom he was thought to receive maxims of wisdom : she was one of the *Camenæ*, nymphs of prophetic song, identified with the Grecian Muses.

XXII. The Worship of Æsculapius.

XV. 622. **præsentia**, *helpful.*

624. **Coroniden** : Æsculapius was son of Apollo and the nymph Coronis.

625. **insula** : the island of the Tiber was the seat of the worship of Æsculapius (see *v.* 739). — **sacris asciverit**, *enrolled among the sacred rites.*

629. **nihil posse**, *have no power.*

630. **mediam orbis humum** : the oracle at Delphi was held to be the middle point (*omphalos*) of the earth.

634. **et locus, etc.** : the usual description of the circumstances attending the utterance of oracles.

637. **propiore loco** : Epidaurus, the chief seat of the worship of Æsculapius, was nearer by sea to Rome than was Delphi.

640. **avibus**, *auspices,* because the chief auspices were by the flight or song of birds.

642. **colat**, *inhabits.*

645. **concilium, etc.**, hendiadys = *the council of the Grecian fathers.* — **darent** (sc. **ut**) follows **oravere**.

647. **Ausoniæ**, an ancient name of Italy.

652. **telluris limits orbi**.

654. **sed qualis, etc.**, i. e. in contrast to his assumption of a snake's form the next day. Æsculapius is represented in art as an old man with a staff about which a serpent is twined (see *v.* 659).

660. **nŏtā**, imperative.

667. **operosa**, *constructed with labor* (see i. 258).

669. **cristis altis** limits aureus.

670. **in serpente deus,** *the god incarnate in the serpent.*

677. **animis, etc.,** a common formula for commanding a reverential silence.

681. **referunt geminata,** *repeat.*

682. **Æneadæ:** the two syllables **ĕă** are contracted into one in scanning.

683. **rata,** *authenticating.*

691. **suum,** *of his attendants.* 692. **officium,** *reverent service.*

696. **coronatæ:** ships were festooned with flowers on sailing.

700. **Pallantidos,** Aurora.

701. **Lacinia:** the Lacinian promontory, where was a temple of Juno: Scylaceum was a little further south-west.

703. **Iapygiam;** this was the south-eastern promontory of Italy, which came in due course before Lacinium: the three names that follow cannot be identified.

705. **Caulona,** a city of Bruttium.—**Naryciam:** this name was given to Locri Epizephyrii, as being a colony of the Locrian Narycus.

706. **fretum angustaque = fretum angustum.**

707. **Hippotadæ,** Æolus, son of Hippotes, king of the Winds: his home is the Æolian islands.—**Temeses:** *Tempsa,* famed for copper mines.

708. **Leucosiam,** a promontory, south of Pæstum,—a place now, as then, famed for its roses.

709. **Minervæ,** the promontory opposite the island of Capri; then come Surrentum, Herculaneum, Stabiæ, Neapolis (whose ancient name was Parthenope), and Cumæ, the abode of the Sibyl.

713. **calidi fontes,** Baiæ, a fashionable watering-place in Ovid's time. Liternum lay between here and the mouth of the Volturnus. The other names are of well-known towns.

716. **graves,** *unhealthy,* by reason of the swamps.—**quam, etc.,** Cajeta, where Æneas built a sepulchre to his nurse Cajeta.

717. **Antiphatæ domus:** Formiæ, where Antiphates was king. —**Trachæ** was another name for Tarracina, situated near the Pomptine Marshes.

718. **tellus Circæa,** Circeii.—**spissi,** *with deep sand.*

721. **per sinus, etc.,** i. e. *making, &c.*

722. **parentis,** Apollo.

725. **moderamine,** *the rudder.*

727. **Castrum,** sc. **Inui,** a town midway between Antium and the mouth of the Tiber; the ancient town of Lavinium was near by.

730. **Troica** agrees with **Vesta** : the worship of Vesta and the Penates was fabled to have been brought by Æneas from Troy.

732. **per adversas undas,** *up the stream.*

734. **sonant,** *crackle.*

737. **mālo,** *mast* (**mălus,** *bad,* has short ă).

740. **laterum e parte duorum,** *on the two sides.*

743. **cæleste,** a poetic form of the ablative.

XXIII. The Apotheosis of Cæsar.

XV. 745. **hic,** Æsculapius.

746. **marte togaque,** *war and peace,* the *toga* being the distinctive garb of peace.

747. **magis,** construed with **quam,** *v.* 750.

748. **properata,** *speedily now.* — **rerum,** *deeds.*

749. **sidus,** see *v.* 850.

750. **progenies,** the emperor Augustus, his adopted son.

752. **domuisse** : Tacitus, more modestly, says : *potest videri ostendisse posteris, non tradidisse.* — Agr. 13.

753. **septemflua** : there were seven principal mouths of the Nile.

755. **Jubam** : Juba, king of Numidia, fought against Cæsar at Thapsus (B. C. 46).

756. **Pontum** : Cæsar overthrew Pharnaces, son of king Mithridates, B. C. 47. — **Quirini** : Quirinus, an ancient god of the Romans, was identified by them with their eponymous hero, Romulus.

757. **egisse** : the word regularly used for triumphal processions.

758. **quo,** etc., *in his administering affairs.*

762. **genetrix,** Venus.

763. **pontifici** : Cæsar held the office of *pontifex maximus,* the head of the state religion. The word is used here, in order to fasten upon his murder the character of sacrilege.

767. **Iulo** : Iulus, son of Æneas, was the alleged ancestor of the Julian gens.

768. **justis curis,** *well-grounded fears.*

769. **Calydonia** : Diomedes, son of Tydeus, of Calydon, had wounded Venus at the siege of Troy, when she was interfering in behalf of the Trojans. — **vulneret,** and the following subjunctives (§ 65, 2, *e*), *seeing that, &c. :* the relatives refer to the subject of **ero,** *v.* 768.

770. **male defensæ moenia,** *the unsuccessful defence of the walls.* — **confundant,** *overwhelm.*

771. **natum,** Æneas : his wanderings, his descent into the infernal regions, and his war with Turnus (who was supported by Juno) are enumerated.

778. **sacerdotis Vestæ** : the worship of Vesta was under the special oversight of the *pontifex maximus*, who resided in the Regia, adjoining her temple.

781. **veterum sororum,** the Fates.

783. **ferunt,** *they declare.* — **arma, tubas, cornua** are subjects of **præmonuisse,** depending upon **ferunt.** All these signs are said to have preceded Cæsar's death.

789. **cærulus,** *livid.*

792. **ebur,** the ivory images of the gods : this was a common portent. — **cantus** and **verba** are prophetic voices and incantations, heard in the air.

795. **caput,** a projecting portion of the liver : it was a very bad sign if any portion of the viscera was cut by the slaughterer's knife.

800. **præmonitus,** *premonitions.*

801. **in templum** : the place of the assassination was the *Curia* (senate-house) *Pompeii,* which was a *templum,* in the Roman sense, as being a place formally consecrated by auguries. This was necessary for assemblies of the Senate, or of the people; while, on the other hand, every *ædes,* or abode of a god, was not necessarily a *templum.*

803. **Cytherēa,** an epithet of Venus, from the island Cythera.

805. **condere,** sc. **Cæsarem** : in this manner Venus had rescued both Paris and Æneas.

810. **rerum tabularia,** *the archives of fate.*

812. **metuunt** : Fate was even above the gods.

818. **deus** (pred.), *as a god.*

819. **natus suus,** Augustus, his adopted son.

821. **nos,** i. e. the Fates. — **suos,** sc. **socios.**

822. **illius auspiciis** : the auspices could be taken only by the commander, who had been formally vested with the *imperium.* — **obsessæ** : Mutina was besieged by Antony, B. C. 43, and relieved by Octavius and others, acting then in the interests of the Senate.

823. **Pharsalia** : because Philippi, where Octavius and Antony defeated Brutus and Cassius (B. C. 42), might be poetically regarded as in the same country as Pharsalia in Thessaly : Emathia is a district of Macedonia.

825. **Siculis undis** : it was in the neighborhood of Messana, in Sicily, that Agrippa, the admiral of Octavius, defeated Sex. Pompeius, B. C. 36.

826. **conjunx**, Cleopatra, who married Antony.

827. **non bene**, *unfortunately*.

828. **servitura**, sc. **esse, etc.**, depends on **minata erit.**

833. **jura** : Octavius, as Augustus, reorganized the civil institutions of Rome.

836. **prolem** : Tiberius and Drusus, sons of Livia (wife of Augustus) by a former marriage. They were adopted by their step-father, and Tiberius succeeded him as Emperor.

838. **Pylios annos**, i. e. the years of Nestor.

842. **æde**, the temple of *Divus Julius* fronted on the Forum.

843. **sede**, i. e. the *curia;* this act followed immediately upon the murder.

845. **eripuit** governs **animam.**

853. **obnoxia**, *subject to*.

854. **una in parte**, *in this one point*, i. e. his superiority to his father.

857. **ipsos æquantibus**, i. e. because they were both divine.

859. **triformis**, i. e. consisting of earth, sea, and sky.

861. **Æneæ comites**, the *Penates*, or household gods, brought by Æneas — through fire and sword — from Troy, and established in Lavinium.

862. **di Indigetes** : these are generally reckoned as deified heroes ; among them was Æneas himself. Romulus (Quirinus) again was son of Mars, one of whose chief titles was Gradivus, " the strider."

865. **Phœbĕ** : Apollo was the tutelary deity of Augustus.

866. **Tarpeias**, the original name of the Capitoline Mount: afterwards confined to a part of the hill.

869. **Augustum**, an adjective. — **quem** relates to **orbe.**

873. **corporis**, objective genitive with **jus.**

SHORTER POEMS.

For the metre of this, and all the following extracts (*elegiac*), see § **82**, 1, *b*. The Pentameter is most conveniently scanned by dividing it into two half-verses (*hemistichs*), consisting each of two feet with an added half-foot.

I. FASTI.

1. *The Festival of Pales.*

IV. 721. **Parilia**, § **52**, 2, *c*, R.   The form *Parilia* seems to have been in common use, by an interchange of l and r frequent among primitive nations, and also among young children. — **poscor** : this is the word regularly used of a person formally called upon to sing or speak.

722. **Pales** : an Italian goddess of pasturage (possibly of the same root as **pa-scor**). It is sometimes masculine.

725. **certe** : this gives the reason why he deserves her favor. — **de vitulo cinerem** : the ashes were preserved from the sacrifice of the *fordicidia* (Apr. 15), and used for the lustrating rites of the *palilia*. They were mixed with bean-straw (beans being regarded by the ancients as having a peculiar purifying efficacy), and the curdled blood of the *October horse*, sacrificed October 15 (see *v.* 733).

726. **februa** : from this is derived the name of *February*, the month of purification, — the last in the old Roman year.

727. **transilui** : the chief ceremonial of the *palilia* was leaping through heaps of blazing hay and stubble ; the herds also were driven through them. This, too, is a cleansing rite.

728. **uda laurea** : a bough of laurel was used to sprinkle purifying water.

731. **virginea** : the *suffimen* (fumigation) was prepared by the Vestal Virgin, by whom the blood of the October horse had been preserved.

732. **Vestæ** : she was the special guardian of chastity.

736. **virga,** *a brush-broom,* usually of laurel.

738. **longa corona,** *festoon.*

739. **vivo,** *crude.*

741. **mares**: it is hard to see why this epithet should be applied to the olive, except from their tonic bitterness. — **tædam**, *pitch-pine.* — **herbas Sabinas**, *juniper:* the name is still preserved in the word *savin.*

742. **crepet**, *crackle:* this was an especially favorable sign.

745. **suas**, *appropriate to her:* no blood could be shed on her festival. — **resectis**: this is explained as referring to the cutting up of the food to be shared among the worshippers.

746. **silvicolam**: the pastures were openings in the forest, or themselves covered with a light growth of wood.

749. **sacro**, sc. **loco**. "The list of innocent sins which follows curiously illustrates both the superstitious fears and the trifling observances of a primitive pastoral life. There is moreover a touching simplicity throughout the whole petition, which affords a strong contrast to the frightful depravity of civilized Rome, as described in the pages of Juvenal and Martial." — *Paley.* As illustrated, too, we may add, in many of the writings of Ovid himself.

750. **bustis**: the *bustum* was a mound heaped up upon the spot where the body was burned.

752. **semicaper deus**: the rural god Faunus was identified with the Greek Pan, who was represented with goat's legs.

753. **opaco**, *shady.*

754. **fiscina frondis**: "In countries where grass is less plentiful than with us, sheep, goats, and cattle are still fed in great measure on the foliage and succulent twigs of trees : see Virg. G. i. 226, ii. 435 ; Ecl. x. 30." — *Paley.*

759. **fontana numina, etc.**: "Nothing is more pleasing in ancient mythology than the fanciful doctrine which peopled all earth and sea with multitudes of fair female spirits. Every hill and dale, every grot and crystal spring, every lake and brook and river, every azure plain and coral cave of ocean, was animated and hallowed by the presence and protection of the Nymphs." — *Ramsay.*

761. **labra Dianæ**, referring to the story of Actæon, who saw Diana in her bath : the goddess, as a punishment, turned him into a stag, and he was torn in pieces by his own dogs.

762. **Faunum**: this well-meaning god (from **faveo**) was angry if discovered asleep on the ground.

765. **redigam**, *gather in*, i. e. at night.

766. **vellera**, i. e. the carcass having been devoured.

770. **vimina rara**, *wickerwork*, through which the curd was allowed to drain ; they were called *fiscellæ.*

772. **quamlibet** qualifies **teneras.**

775. **ad annum** = **quotannis.**

777. **ad ortus** : the proper position for the worshipper.

780. **sapam,** new wine (*mustum*) boiled down to a third.

781. **per, etc.,** the ceremony alluded to in *v.* 727.

784. **turba,** i. e. of interpretations : it is Ovid's custom, on occasion, to introduce a multitude of these, as here.

786. **duce,** i. e. the shepherd.

787. **semina** is predicate : that fire and water are called **dei,** illustrates the ancient custom of deifying all objects and powers of nature.

791. **exsul** : the formula of exile was *aquâ et igni interdicere;* the bride also was welcomed to her new home with these elements.

793. **Phaethonta,** i. e. his memory ; see Met. ii. 1 ; i. 253.

799. **pietas Æneia,** i. e. in carrying his father Anchises through the flames of burning Troy : *dant tela locum flammæque recedunt* (Æn. ii. 633).

801. **condita est** : Rome was said to have been founded on the day of the *Palilia.*

802. **Lares,** *the household gods :* in practice there was very little difference made between the *Lares* and *Penates,* but in their origin they were quite different. The *Lares* were deified ancestors, the *Penates* were associated with Vesta, and worshipped on the hearth, the name being connected with **penus, penetralia,** and other words referring to something in the interior.

803. **mutantes** agrees with **incolas** understood, subject of **supposuisse.**

804. **et** connects **tectis** and **casas.**

2. *The Founding of Rome.*

809. **frater Numitoris** : Amulius, who had stolen the kingdom from his brother. Romulus and Remus, grandsons of Numitor, restored his authority to him, and put the usurper to death.

812. **ponat uter** : not to be understood of the mere act of building the city, which was to be done in common, but as to which should enjoy the dignity of founder.

814. **fides,** *reliance on :* the word *auspice* is derived from **avis** (**auis**) and **-specio.**

815. **Palati** : this was the original seat of the city : the Aventine, south of it, lay for a long time outside the limits of the city.

819. **aratro**: the founder of the city marked out the walls by ploughing about the space, the sods being turned inward : the sod represented the walls, the furrow the moat.

821. **fossa**: this was not the moat, but a pit dug in the centre of the city ; in Rome it was in front of the Temple of Apollo, on the Palatine.   It was called *mundus*, and in it were placed the objects here enumerated.   It bore thus a certain analogy to the corner-stone of modern buildings. — **ad solidum**, *to firm earth.* — **fruges**, i. e. *boni ominis causa.*

822. **vicino**, i. e. not the neighborhood, but the *vicus* from which each of the settlers had come.

825. **fungitur**, *gets through with* or *does its duty by.*

826. **vacca**: the bull was harnessed outside, at the right of the cow.

828. **Mavors**, an old form of Mars. — **mater**: this word is not here used to imply relationship (as *genitor* or *genitrix*) ; but, like *pater*, is often applied to the deities in reverence, as in *Jupiter*, *Marspiter*, *Liber pater.*

831. **huic** is to be taken with **dominæ terræ**, — **dominæ** being used *proleptically*, that is, in the way of anticipation.

832. **dies = sol**

833. **lævo**: thunder on the left was a favorable sign ; because, as the person taking the auspices faced south, the east, the place of the sun's rising, was at his left.

837. **Celer**, a mythical companion of Romulus, the eponym of the *Celeres*, or Roman Knights. — **vocarat**, i. e. by this name, *Swift.*

843. **Celer**: the usual story was that the blow was given by Romulus himself.

851. **adplicuit**, sc. **fratri**.

854. **Faustulus** and **Acca**, the shepherd and his wife, who had reared Romulus and Remus.

855. **nondum facti Quirites**: this term was, in historical times, applied to all the Roman citizens, in their character of citizens.   Its origin is uncertain, but it was usually supposed to have been the name of a Sabine settlement upon the Quirinal, which was afterwards incorporated with the Palatine Rome.

856. **ultima**, *as the last act.*

857. **hoc**, § 51, 2, *c.*

860. **nominis hujus** (i. e. Cæsar), limits **pluris** (acc. plural).

862. **humeris**, i. e. by head and shoulders, implying a great disparity.

3. *Ritual to avert Blight.*

902. in medio cursu: a division of the season which is not easy to account for, and is inconsistent with other authors.

903. pecudem Helles, the golden-fleeced ram, which carried away Phrixus and Helle, children of Athamas, and gave its name to the constellation *Aries*. It really sets March 25, while *Canis* does not rise, but sets (i. e. ceases to appear in the west after sunset) in April.

904. signa dant imbres. "The showers give indications of the seasons." — *Ramsay*.

905. Nomento: Nomentum was a town about twelve miles north-east of Rome, on the *Via Salaria;* the grove of Robigo was five miles from Rome on the *Via Clodia*, which was westerly of this.   Probably therefore Ovid got upon the *Via Clodia* by a cross road.

907. flamen: the *flamen* was a special sacrificing priest, either attached to the worship of a special god, or to a special corporation. There were three of chief rank, called *flamines majores*, the *Dialis* (of Jupiter), *Martialis*, and *Quirinalis;* the other twelve were devoted to the worship of inferior deities, some of them utterly passed into oblivion.   The Flamen of Quirinus had charge of the worship of Robigo (see *v.* 910).

911. aspera: this word, as well as **scabras** (*v.* 621), describes the roughened surface of the blighted plant.

913. sideribus, construed with **nutrita:** it is well known how strong is the belief in most primitive communities of an influence of the stars upon the crops.

915. notasti: perhaps an allusion to the *nota censoria*, or rank of infamy, stamped by the censors upon those whom they degraded politically.

916. habet, *reckons*.

918. pallet, *loses color*.

919. incalfacit udos: this was their explanation of blight.

923. ferrum: robigo means *rust* as well as *blight*.

926. otia agit, *is at peace:* in the reign of Augustus, the temple of Janus was closed, for the first time for two hundred years.

928. situs, see note, Met. vii. 290.

932. absenti, *in gratitude for thy absence*.

933. villis solutis, *with long nap:* linen, among the ancients, was woven with a nap, as wool is now: the *mantele* (maniple), *patera*, and *acerra* were regular implements of sacrifice.   **"Acerra**

ought to be translated *incense-box* [not *censer*].   The frankincense in ancient sacrifices was generally consumed on the altar, not in a vessel constructed for the purpose, as in the ceremonies of the Jewish religion and the Roman Catholic church." — *Ramsay.*

936. **obscenæ**: "as early as the time of Homer, the dog was taken as the symbol of shamelessness and impudence." — *Peter.*

937. **nova,** *unusual.*

939. **Icarium** : the dog-star, *Canicula*, was metamorphosed from the dog of Erigone (the Virgin), daughter of Icarius.   It rose (i. e. reappeared in the east just before sunrise) July 26.

940. **præcipitur,** *ripens too fast.*

HEROIDES.

Penelope to Ulysses.

1. **lento**: after the ten years' siege of Troy, Ulysses was delayed by ten years of wandering and adventures before returning to Ithaca, as related in the *Odyssey.*

2. **věni,** imperative.

3. **jacet certe,** *has doubtless fallen.*

4. **tanti fuit,** *was worth what it cost.*

9. **fallere,** *to while away.*

10. **tela** : she spent her time in weaving an embroidered marriage-veil, what she wove by day being unravelled at night, to foil the importunity of her suitors (*v.* 88).

17. **Menœtiaden.**   Patroclus, son of Menœtius, dearest friend of Achilles : he was killed by Hector, while wearing Achilles' armor.

28. **suis,** sc. **fatis.**

35. **Æacides** : both Peleus, father of Achilles, and Telamon, father of Ajax, were sons of Æacus.   Here Achilles is meant.

36. **missos,** *let go* = *at full speed.*

38. **gnato** : the wanderings of Telemachus, son of Ulysses (see Odyssey, Books i.–iv.), were almost as noted as those of his father.

39. **Rhesum,** etc., see Met. xiii. 98.

43. **uno,** i. e. Diomed.

46. **Ismariis,** *of Ismarus,* a mountain of Thrace.

47. **vestris,** of you and your comrades.

51. **aliis,** *for other wives.*

52. **incola,** etc.; the conquerors often colonized a captured city, the land, cattle, &c., passing to the new settlers.

62. **charta** = epistola.

63. **Pylon** : Pylos was reigned over by Nestor, son of Neleus.

67. **mœnia Phœbi** : the walls of Troy were built by Apollo and Neptune.

68. **votis**, i. e. for a speedy end of the war.

80. **revertendi liber**, free to *return*.

82. **cogit**, *attempts to compel*.

87. **Dulichium**, an island at the mouth of the Achelous; Samos, an island off the coast of Asia Minor; Zacynthos, now *Zante*, one of the group near Ithaca.

91. **Pisandrum, etc.**; names of suitors.

94. **tuo sanguine** qualifies **partis** (from **pario**).

95. **edendi** limits **ultimus pudor**, *a most shameful eater.*

103. **hinc faciunt**, *besides these are counted.*

104. **cura** = curator.

108. **illa**, sc. ætas.

116. **ut**, *although.*

AMORES.

I. *The Poet of Idleness.*

I. 15. 1. **Livor** : properly, a livid color ; figuratively, *malice.*

3. **non me** : these accusatives with infinitive are dependent upon **obicis**. The only honorable careers for a Roman youth of good family were war and law, or statesmanship.

6. **foro**, the courts of justice as well as some of the public assemblies (those of the tribes) were held on the Forum. — **ingrato**, *unremunerative.*

9. **Mæonides**, Homer ; Tenedos, an island ; Ide, a mountain, and Simois, a river near Troy.

11. **Ascræus**, Hesiod of Ascra, whose "Works and Days" treat of the operations of agriculture.

13. **Battiades**, Callimachus (about 250 B. C.), a native of Cyrene, a city ruled by a dynasty of Battiadæ. Ovid's judgment of this poet in the next verse is probably sound.

15. **cothurno**, *buskin*, a high shoe worn in tragedy, put therefore for tragic poetry.

16. **Aratus** (about 250 B. C.) wrote on Astronomy.

17. **fallax servus, etc.**, characters of the new Attic comedy, the chief writer of which was Menander (*d.* 291 B. C.)

19. **Ennius**, a Roman poet (*d.* 169 B.C.): Accius, a Roman tragic poet (*d.* about 100 B. C.).

21. **Varronem** : not the celebrated antiquary, but Varro Atacinus (*b.* 82 B. C.), who translated the Argonautica of Apollonius Rhodius.

23. **Lucretius**, a sublime poet upon philosophy : *De Rerum Naturâ* (*d.* about B. C. 52).

25. **Tityrus**, a character in Virgil's first Eclogue. — **fruges**, the subject of the Georgics.

28. **Tibullus**, a favorite poet of love, of Ovid's own time. Ovid laments his death, Am iii. 9.

29. **Gallus**, another elegiac poet, contemporary of Ovid, also renowned as a soldier, in east and west : Lycoris was the name of his mistress.

34. **Tagi** : a river of Spain, then famed for its gold mines.

36. **Castalia**, a fountain at Delphi, sacred to Apollo.

37. **myrtum** : this plant was sacred to Venus.

2. *Elegy on a Parrot.*

II. 6. 2. **exsequias**, *funeral procession.*

7. **quod scelus ista querella**, *that lamentation for the crime which, &c.* — **Ismarii**, *Thracian:* this was Tereus, king of Thrace. — **Philomela**, *the nightingale.*

9. **devertere**, imperative.

10. **Itys**, son of Tereus, served up to him by his wife Progne, and her sister Philomela, in revenge for an atrocious crime.

15. **juvenis Phocēus**, Pylades, son of king Strophius of Phocis, and friend of Orestes.

21. **hebetare**, *make dull.*

22. **Punica**, of Tyrian dye, a deep purple. — **croco**, *saffron*, of a reddish yellow, or orange.

28. **fiant anus**, i. e. *grow old.*

29. **minimo**, abl. of *means*, not of *fulness.* — **præ sermonis amore**, *by reason of your love of talking.*

30. **ora**, synecdochical accusative.

34. **auctor**, *prophet.*

35. **invisa Minervæ** : the crow had lost the favor of Minerva by prating (see Met. II. 551).

36. **vix moritura** : the longevity of the crow has always been proverbial.

38. **extremo ab orbe**, *from the ends of the earth.*

40. **suis**, i. e. of their years.

41. **Phylacidæ**, Protesilaus, the first slain of the Greeks at the siege of Troy ; for Thersites, see note on Met. XIII. 233.

44. **per mare rapta,** *swept to nought.*

45. **septima lux**, i. e. of his illness.

46. **vacuo colo**: the thread of his life had been spun out. The *Parcæ*, or Fates, were represented as spinning out the thread of life.

48. **Corinna**, the name of the young lady (*puella, v.* 43).

54. **unica**, *the only one of his kind.* The belief of the ancients was that there was but one phœnix at a time, and upon his death a young one sprang from his ashes.

55. **ales Junonia**, the peacock.

61. **colligor, etc.,** *it is inferred from my very tomb that I, &c.* (§ 70, 2, *b;* G. 528, R).

82. **ora fuere mihi, etc.,** *I had a mouth taught to speak more than (would be expected of) a bird.*

3. *Farewell to the Loves.*

III. 15. 1. **mater Amorum**, Venus.

2. **meta** : a conical pillar, or goal, at the end of the Circus, about which the chariots turned in the race, of course often grazing it.

3. **quos** relates to **elegis** (*Amores*). — **Peligni,** see Life.

5. **ordinis**, sc. **equestris** ; this was an aristocracy of wealth in Rome ; here it appears to indicate a class of country gentlemen.

6. **militiæ turbine** : referring to the *parvenu* aristocracy which had sprung from the civil wars.

7. **Catullo**, a lyric poet of great merit, who lived about a generation before Ovid (B. C. 87).

9. **coegerat ad arma,** in the Social or Italian War, B. C. 90. This was a revolt of the Italian allies, to force from Rome an equality of political rights.

15. **Amathusia**, an epithet of Venus, from Amathus, a city of Cyprus.

16. **aurea signa**, golden ears of grain.

17. **corniger** : Bacchus was sometimes represented with horns, as a symbol of the powers of nature ; it was chiefly in his mystic worship (see Tib. ii. 1, 3).

18. **area major** : this refers to his undertaking greater works, — the *Metamorphoses* and the *Fasti*.

TRISTIA.

1. *Banished from Rome.*

I. 3. 6. **Ausoniæ**, Italy.

20. **certior**, *informed.*

30. **lari**, *abode.*　　　　32. **jam**, *again.*

36. **odiis**, abl. of deprivation.　　37. **cælesti viro**, Augustus.

48. **Parrhasis**, *Arcadian:* the Great Bear was originally an Arcadian maiden, a companion of Diana, named Callisto.

50. **fugæ**, *exile.*　　　　　　57. **vale dicto**, ablative absolute.

62. **utraque**, i. e. for either reason.

66. **Thesēa**, i. e. with the love of Theseus for Pirithous.

75. **Mettus Fufetius**, king of Alba, who was thus punished for treachery by Tullus Hostilius (Liv. i. 28).

83. **ultima**, *far distant.*

88. **utilitate**, i. e. that this was best.

89. **ferri**, the technical term for carrying upon the bier.

92. **sēm(i)ănĭmis**, § **78**, 1. *d*, R.

100. **mei** limits **respectu.**

2. *The Exile's Sick Chamber.*

III. 3. 2. **eram**, epistolary imperfect (§ **58**, 8 ; G. 244).

6. **inter**, *among*, not *between;* for both these tribes were north of Tomi : the Sauromatæ (*Sarmatæ*) inhabited Southern Russia, the Getæ the modern Moldavia and Wallachia.

10. **Apollinea** : Æsculapius, god of healing, was son of Apollo.

16. **parte**, sc. **tua**, *for thy share.*

19. **sic** qualifies **aliena locutum** = *been delirious.*

23. **restituenda**, sc **sit.**

58. **rude**, *inexperienced.*

62. **Samii senis**, Pythagoras. — **rata**, *authentic.*

67. **fratrem**, Polynices; who was killed in the war of "the Seven against Thebes," and buried by his sister Antigone, contrary to the command of the tyrant Creon.

70. **suburbano** : the Roman tombs were along the sides of the roads which led from the city.

72. **tituli**, *inscription*, limits **notis** (§ **50**, 1, *f;* G. 359).

77. **majora monimenta**, predicate.

81. **feralia munera** : gifts carried to the grave of the departed ; there was a special festival styled *Feralia*, celebrated Feb. 21.

88. **vale**, i. e. *good health.*

3. *Winter Scenes in Thrace.*

III. 10. 3. **suppositum** agrees with **me**, and governs **stellis.**

5. **Bessi**, a native of Thrace: for the others, see III. 3, 6.

6. **quam** qualifies **non digna.**

7. **medio,** *intervening,* i.e. between us and the savages.

12. **axe tremente,** *the pole,* poetically represented as quivering with the earth's weight.

19. **braccis:** trousers were unknown to Greeks and Romans until they came in contact with Gauls and Sarmatians.

20. **ora,** *face.*

23. **nuda,** *bare,* i. e. without the jar.

27. **papyrifero amne,** the Nile.

28. **multa ora,** seven according to Ovid (Trist. ii. 189); according to Tacitus (Germ. 1), there were six: *septimum os paludibus hauritur.* The Danube was known to the ancients in its lower course by the name *Hister,* and afterwards in its upper waters as the *Danubius.* — **vasto freto,** the Black Sea.

34. **plaustra:** the Sarmatians, a nomadic race, dwelt in carts drawn by oxen.

41. **Leandre:** the youth Leander swam across the Hellespont from Abydos to Sestos, to visit his mistress Hero.

45. **alis:** the winds were personified as winged creatures, and are so represented in art.

52. **redundatas,** *brimming.*

55. **equo pollens,** like the Cossacks of the present day.

64. **tinctile,** *from being dipped.*

73. **Acontius,** who wrote upon an apple the words *Per Dianam juro me Acontii futuram conjugem,* and laid it where his mistress Cydippe should pick it up. As soon as she had read off the words, she was held bound by the solemn vow.

4. *The Poet's Autobiography.*

IV. 10. 2. **ut noris,** depends on **accipe.**

3. **gelidis undis:** it was in the mountain region of the Peligni.

6. **cecidit, etc.:** B.C. 43, when both consuls, Hirtius and Pansa, were killed in the civil war, before Mutina.

7. **usque a proavis:** see note, Am. iii. 15. 5.

12. **liba:** the *cakes* offered to the genius or inborn spirit on the birthday. These were made of flour, cheese, and eggs, and honey was usually poured over them.

13. **festis quinque** : the *Quinquatria*, or five days' festival of Minerva, began March 19, and the gladiatorial shows began on the second day.

16. **ab arte**, from their professional skill.

22. **Mæonides**, Homer.

24. **soluta modis**, *devoid of rhythm*, i. e. prose.

25. **numeros**, *measures*.

28. **liberior toga**, the *toga virilis*, the ordinary dress of a Roman gentleman, was assumed at about the age of sixteen, on the festival of the *Liberalia*, March 17. Before this age boys wore the *toga prætexta*, bordered with purple.

29. **lato clavo** : this was a broad purple stripe running up and down the front of the tunic or body-garment : it was the mark of senatorial dignity, and was also given by Augustus to a special body of the *equites*, — the *illustres*, — who were thus marked as being destined to the Senate and a political career.

30. **studium**, *taste*.

33. **primos honores**, *the first steps of honor :* no person could aspire to the higher offices until he had held certain lower positions. The first grade was usually the *vigintiviratus*, or occupancy of one of the group of twenty magistracies ; this was a step to the quæstor-ship, but did not entitle him to a seat in the Senate. The office held by Ovid was probably that of *triumvir capitalis*, police com-missioner.

35. **curia**, *the Senate-house :* as Ovid did not care to pursue a political career, he exchanged the broad senatorial stripe for the narrow equestrian.

41. **poetas**, i. e. those enumerated below.

44. **Macer** : he wrote a poem on birds, herbs, &c., not a line of which is extant.

45. **Propertius**, an elegiac poet of great merit.

46. **sodalicio** : they were members of the same *sodalitas*.

47. **Ponticus**, who wrote a *Thebaid :* there were more than one poet of the name of Bassus.

50. **Ausonia** : Horace himself claims

> Principes Aeolium carmen ad Italos
> Deduxisse modos. — Od. iii. 30. 23.

53. **Galle** : see note, Am. i. 15. 29.

60. **Corinna** : see note, Am. ii. 6. 48 : it has been conjectured that she was Julia, daughter of Augustus, and that this intrigue may have been the cause of Ovid's banishment.

67. **hic**, i. e. in Rome.

68. **fabula,** *scandal.*

78. **lustris** : as the *lustrum* is generally reckoned at five years, this would make his father ninety at the time of his death (but see below, note to *v.* 95).

80. **justa,** *due* (funeral) *rites.*

85. **aliquid nisi,** *something besides.*

88. **in Stygio foro,** *in the court of Pluto.*

95. **ortus,** *birth.* — **Pisæa oliva** : the reward to the victor in the Olympic games (held in the territory of Pisa) was a crown of wild olive. As these games came once in four years, *decies victor* would naturally mean forty years ; he was, however, fifty at the time of his banishment, and we can account for the discrepancy only by supposing that he reckoned the Olympiad at five years, an almost inconceivable blunder. Mommsen explains it, however (*Röm. Chron.* p. 170), by calling attention to the confusion of the ancients themselves in regard to the expression *quinto quoque anno,* for the period in the Julian calendar : " the poet," he says, " rightly supposed that the Olympiad and the Julian *lustra* [*decem lustris peractis,* Ibis. 1], were of equal length, and very wrongly supposed the latter to be five years."

97. **ad læva,** i.e. as one sails out from the Propontis (*Marmora*).

106. **temporis arma** ; i. e. of the exigency, or the new life into which he was thrown.

110. **Sarmatis** (patrial adj. fem.) agrees with **ora.**

114. **sic,** *even thus.*

122. **ab exsequiis,** *after the funeral.*

126. **maligna,** *grudging.*

129. **veri** limits **quid.**

130. **protinus ut moriar,** *although I should die at once.*

132. **jure,** *deservedly,* qualifies **carmine tuli.**

INDEX OF PROPER NAMES.

ACHELOUS, a river of Epirus (ix. 63), one of whose horns, being wrested away, became the Horn of Plenty.

ACHERON (*joyless*), a river of Hades (named from a river of Epirus, which disappears in the earth).

ACHILLES, son of Peleus and Thetis, champion of the Greeks at Troy; slain by Paris (xii. 580–628).

ACIS, son of Faunus, loved by Galatea, slain in jealousy by Polyphemus (xiii. 884).

ACTÆON, son of Cadmus, changed to a stag by Diana, and torn by his own hounds (iii. 138–252).

ADONIS, son of Myrrha, dear to Venus; killed in the chase by a wild boar (x. 708–739).

ÆACUS, son of Jupiter and Ægina, prince of the island of Ægina; father of Peleus and Telamon (viii. 425–660); judge in the infernal regions (xiii. 25).

ÆETES, son of the Sun and Persa, king of Colchis, father of Medea, who killed the ram of the golden fleece.

ÆGÆON (or Briareus), a hundred-handed giant, son of Uranos and Gaia.

ÆGEUS, a king of Athens, son of Pandion, and father of Theseus: who cast himself into the sea in grief at the supposed death of his son.

ÆNEAS, son of Anchises and Venus, a prince of Troy; he settled Italy and became one of the gods *Indigetes* (xiv. 608).

ÆOLUS, god of the Winds, having his dwelling in the Æolian Isles.

ÆSCULAPIUS, son of Apollo and Coronis, god of Healing (xv. 622–744).

ÆSON, king of Iolchos, father of Jason, miraculously restored to youth by Medea (vii. 287–293).

AGAMEMNON (*Atrides*), son of Atreus, chief of the Greeks at Troy, slain at his return by Ægisthus, son of Thyestes.

AGENOR, king of Phœnicia, father of Cadmus and Europa.

AJAX, son of Telamon, a chief at Troy, who slew himself in jealousy at failing to receive Achilles' armour (xiii. 391).

ALCMENE, wife of Amphitryon and mother of Hercules.

ALPHEUS, a river of Elis (see *Arethusa*).

ALTHÆA, wife of Œneus, king of Calydon, mother of Meleager
       (viii. 446).
AMPHION, son of Jupiter and Antiope, husband of Niobe, who by
       the power of music built the walls of Thebes.
AMPHITRITE, daughter of Nereus, wife of Neptune.
AMPHITRYON, prince of Thebes, husband of Alcmene.
ANDROGEOS, son of Minos, slain by the Marathonian bull at
       Athens.
ANDROMEDA, daughter of Cepheus, exposed to perish by a sea-
       monster, and rescued by Perseus (iv. 683-739).
APOLLO, son of Jupiter and Latona, god of music, archery, and
       prophecy.   Under the name Phœbus, god of the sun.
ARACHNE, a maid of Lydia, who challenged Minerva to a trial of
       skill in embroidery, and was by her changed to a spider
       (vi. 1-145).
ARETHUSA, a fountain nymph of Elis, pursued by Alpheus, from
       whom she took refuge beneath the sea, reappearing in the isle
       of Ortygia (v. 597-641).
ARGO, the ship which bore the Argonauts, under Jason, to Colchis,
       in quest of the Golden Fleece.
ARIADNE, daughter of Minos, who rescued Theseus from the laby-
       rinth, and afterwards, being deserted by him, became the bride
       of Bacchus (viii. 172-182).
ASCALAPHUS, son of Acheron, changed by Proserpine into an owl
       (v. 538-550).
ASTRÆA, goddess of Justice, who forsook the earth in the iron age
       (i. 150), and became the constellation *Virgo*.
ATALANTA, daughter of Iasos, beloved by Meleager (viii. 324), and
       afterwards won by Hippomenes, and changed to a lioness
       (x. 560-707).
ATHAMAS, son of Æolus, king of Thebes, father of Phrixus and
       Hello (see Ino).
ATLAS, son of Iapetos and Clymene, converted by the head of
       Medusa into a mountain, still bearing the heavens on its
       summit (iv. 631-662).
ATRIDES (son of Atreus), a name of Agamemnon and Menelaus.
AURORA (dawn), daughter of Hyperion and Theia, mother of
       Boreas, Zephyrus, and Notus, also (by Tithonus) of Memnon.
AVERNUS, a small deep lake in Campania, near Naples, the entrance
       to the infernal regions.

BACCHUS (*Dionysus*), son of Jupiter and Semele (daughter of
       Cadmus, iii. 253-315), god of wine and revelry.

CYCLOPES, monsters with a single eye (see Polyphemus).

CYCNUS, a Ligurian prince, kinsman of Phaëthon (ii. 367-380); a son of Neptune, overcome in battle by Achilles and converted to a swan (xii. 72-148).

CYLLENE, a mountain of Arcadia, birthplace of Mercury.

DÆDALUS, a skilful artist of Athens, builder of the Cretan labyrinth (viii. 152-259).

DEIANIRA, sister of Meleager and wife of Hercules, to whom she sent the poisoned shirt of Nessus (ix. 130-158).

DELOS, a small island of the Ægean sea, birthplace of Apollo and Diana.

DEUCALION, son of Prometheus, prince of Thessaly; he and his wife Pyrrha are sole survivors of the deluge (i. 313-415).

DIANA (*Artemis*), daughter of Jupiter and Latona, twin-sister of Apollo, goddess of the chase.

DICTE, a mountain of Crete.

DICTYNNA, a mountain nymph of Crete.

DIOMEDES (*Tydides*), son of Tydeus, a Greek chief at Troy (xiv. 441).

ECHION, one of the offspring of the dragon's teeth sown by Cadmus (iii. 126).

EGERIA, a fountain nymph, wife and counsellor of Numa (488-551).

EREBUS, offspring of Chaos, divinity of the lower world.

ERINYES, a name of the Furies.

EUMENIDES (*merciful*), the same.

EUROPA, daughter of Agenor, king of Sidon, borne to Crete by Jupiter in the form of a bull: mother of Minos (ii. 833-875).

EURUS, the South-east wind.

EURYDICE, wife of Orpheus, who in search of her visits the infernal regions (x. 177).

EURYSTHEUS, grandson of Pelops, king of Argos, who imposes the twelve labors on Hercules.

FAUNUS, a rural deity of the Latins.

GALATEA, a sea-nymph of Sicily, loved by Polyphemus (see ACIS: xiii. 750-897).

GANYMEDES, son of Tros, borne to Olympus by Jupiter in form of an eagle (x. 143-161).

Io, daughter of Inachus, changed to a heifer to avoid the jealousy of
Juno; afterwards made the Egyptian goddess Isis (i. 584-747).

Iphigenia, daughter of Agamemnon, offered in sacrifice to Diana
(*Artemis*) at Aulis (xii. 27-35).

Itys, son of Tereus, slain by his mother Progne and served at meat
to his father (vi. 620-651).

Ixion, father of the Centaurs, chained for his crimes to a fiery wheel
in Tartarus.

Jason, son of Æson, king of Thessaly, leader of the Argonauts (vii.
1-122).

Juno (*Here*), daughter of Saturn (*Kronos*), queen of the gods, sister
and wife of Jupiter.

Jupiter (*Zeus*), son of Saturn (*Kronos*), king of the gods.

Laertes, king of Ithaca, father of Ulysses.

Latona (*Leto*), daughter of Cœus and Phœbe, mother of Apollo
and Diana.

Lichas, the messenger who gave the poisoned shirt to Hercules
(ix. 24-227).

Lucifer (*light-bearer*), the Morning Star.

Lycæus, a mountain of Arcadia, sacred to Jupiter and to Pan.

Lycaon, king of Thrace, changed to a wolf by Jupiter (i. 163-243).

Lyncus, a Scythian king, changed to a lynx by Ceres (v. 620-660).

Mænades (*frenzied*), female worshippers of Bacchus.

Mars (*Ares* or *Mavors*), son of Jupiter and Juno, god of War.

Marsyas, a satyr, who defied Apollo in music, and was flayed by
him (vi. 383-400).

Medea, daughter of Æetes, king of Colchis, an enchantress, who
delivered Jason from his perils and fled with him (vii. 1-424).

Medusa, the Gorgon, slain by Perseus, and her head set in the
ægis of Minerva (iv. 793-803).

Meleager, son of Œneus and Althæa, hero of the Calydonian
Hunt, who perished by burning of the fatal brand (viii. 260-525).

Merops, husband of Clymene, mother of Phaëthon.

Midas, king of Phrygia, whose touch, by gift of Bacchus, turned
all things into gold (xi. 85-193).

Minos, son of Jupiter and Europa, king of Crete: makes war on
Athens, and builds the Labyrinth (viii. 1-151).

Minotaurus, a monster, half-man and half-bull, born of Pasiphaë,
in Crete.

MINYÆ, a people of Thessaly, companions of Jason.
MULCIBER, a name of Vulcan.

NEREUS, god of the sea depths, son of Pontus and Gaia.
NESTOR, king of Pylus, eldest and wisest of the Greek chiefs at Troy, present at the fight of the Centaurs and Lapithæ (xii. 148-535).
NINUS, founder and king of Nineveh, husband of Semiramis.
NIOBE, daughter of Tantalus, wife of Amphion, all of whose children were slain by Apollo and Diana in punishment of her pride (vi. 165-312).
NISUS, kign of Megara, betrayed to Minos by his daughter Scylla (viii. 17-151).
NUMA POMPILIUS, second king of Rome, taught by Pythagoras (xv. 1-487).

ŒNEUS, king of Ætolia, father of Meleager.
ORION, a giant son of Neptune, loved by Diana, and unwittingly killed by her.
ORPHEUS, son of Apollo and Calliope, a bard of Thrace, who moved wild beasts and trees by his music (x. 1 — xi. 84).
ORTYGIA, an isle on the coast of Sicily, the site of Syracuse.

PALAMEDES, son of Nauplius, one of the chiefs against Troy, put to death by the wiles of Ulysses (xiii. 35-60).
PALES, Italian goddess of cattle and pastures.
PALLAS (*brandisher*), a name of Minerva.
PARCÆ, the Fates or Destinies, *Clotho*, *Lachesis*, and *Atropos*.
PARIS, son of Priam, who abducts Helen, and so brings on the siege of Troy; slayer of Achilles (xii. 580-628).
PASIPHAE, daughter of the Sun, wife of Minos.
PELEUS, son of Æacus, king of Thessaly, father of Achilles.
PENELOPE, daughter of Icarius and wife of Ulysses (Her. i. 1).
PERSEPHONE, Greek name of Proserpina.
PERSEUS, son of Jupiter and Danaë, who slays Medusa and delivers Andromeda (iv. 615-803).
PHAETHON, son of Clymene and Phœbus, who drives his father's chariot for a day (ii. 1-400).
PHILEMON, a pious rustic of Phrygia (viii. 620-724).
PHILOCTETES, one of the Grecian chiefs at Troy, who held the poisoned arrows of Hercules, without which Troy could not be

taken, and lay at Lesbos, wounded by them (xiii. 45-55, 313-339).

PHILOMELA, sister of Progne, wife of Tereus; changed to a nightingale.

PHŒBE, name of Diana, or the Moon.

PHŒBUS, name of Apollo, or the Sun.

PHRIXUS, son of Athamas, borne from Thessaly by the ram with golden fleece (see HELLE).

PIRITHOUS, son of Ixion, friend of Theseus, at whose marriage with Hippodamia befell the fight of the Centaurs and Lapithæ.

PLEIADES, daughters of Atlas, pursued by Orion, and changed to a group of stars.

POLYPHEMUS, a Cyclops, son of Neptune, enamoured of Galatea (viii. 750-869).

PRIAMUS, son of Laomedon, king of Troy.

PROCRIS, wife of Cephalus, shot by him unwittingly with an arrow.

PROGNE, daughter of Pandion, wife of Tereus, who avenged herself on him by killing his child Itys, and was changed to a swallow (see ITYS).

PROMETHEUS, son of Iapetos, who fashioned men from clay, and bestowed on them fire stolen from heaven: chained by Jupiter to a rock of Caucasus, where his liver was torn by vultures.

PROSERPINA (*Persephone*), daughter of Jupiter and Ceres, who being stolen by Pluto, became queen of the Lower World.

PROTESILAUS, the first of the Greeks slain at the landing at Troy.

PROTEUS, a sea-divinity, son of Oceanus, having the power of converting himself into any form.

PYLUS, a city in the west of the Peloponnesus, the kingdom of Nestor.

PYRRHA, daughter of Epimetheus, wife of Deucalion.

PYTHAGORAS, a sage of Samos, about B. C. 550.

ROMULUS, first king of Rome, made a deity under the name Quirianus.

SATURNUS (name of the old Italian god of husbandry): in mythology the same with *Kronos*, son of Uranus and Gaia, youngest of the Titans, father of Jupiter, by whom he is dethroned and banished.

SCYLLA: 1. daughter of Nisus of Megara, who betrayed her father to Minos, and was changed to a sea-mew (*ciris*); 2. a nymph, daughter of Phorcus, changed by Circe to a sea-monster in the waters of Sicily (xiv. 1-74).

Tyndarus, king of Sparta, father of Helen and Clytemnestra.
Typhoeus, a monster, who warred against the gods and was buried
by Jupiter beneath Mt. Ætna.

Ulysses (*Ulixes*), son of Laërtes, king of Ithaca, most crafty of the
Grecian chiefs at Troy (xiii. 1–381; Her. i. 1).

Venus (*Aphrodite*), daughter of Jupiter and Dione, goddess of love
and beauty.
Vertumnus, Italian god of the Seasons.
Vesper (*Hesperus*), the Evening Star.
Vesta (*Hestia*), daughter of Saturn, goddess of the hearth and the
sacred fire.
Vulcanus (*Hephaistos*), or Mulciber, god of fire: his forge in
Ætna, and the Cyclopes his workmen, who forged the thunder-
bolts of Jupiter.

Zephyrus, the west wind, son of Astræus and Aurora.
Zetes, one of the winged sons of Boreas and Orithyia, who
accompanied the Argonauts (see *Calais*).

LATIN.

Wholesale. Retail.

ALLEN & GREENOUGH'S LATIN GRAMMAR.
Founded on Comparative Grammar. By J. H. ALLEN and J. B. GREENOUGH.
pp. 268 . . . . $1 25 $1 50

" A complete Latin Grammar, to be used from the beginning of the study of Latin till the end of the college course." The forms of the language and the constructions of Syntax are fully illustrated by classical examples and by comparison with parallel forms of kindred languages.

ALLEN & GREENOUGH'S LATIN METHOD. A
Method of Instruction in Latin, being a Companion and Guide in the study of Latin Grammar, with Elementary Instruction in Reading at Sight. Exercises in Translation and Writing, Notes and Vocabulary. pp. 108. With Supplement and Syntax. 1875 . . . . .80 1.00

ALLEN & GREENOUGH'S CÆSAR (Gallic War, Four
Books). With very full Notes, Copperplate Map, and References to their Grammar as well as Gildersleeve's 1.20 1.50
    Do. without Vocabulary 1.00 1 25

ALLEN & GREENOUGH'S SELECT ORATIONS
OF CICERO. Chronologically arranged, covering the entire period of his Public Life. Edited by J. H. & W. F. ALLEN and J. B. GREENOUGH, with References to Allen & Greenough's Latin Grammar. Containing the Defence of Roscius (abridged), Verres I., Manilian Law, Catiline, Archias, Sestius (abridged), Milo, Marcellus, Ligarius, and the Fourteenth Philippic. With Life, Introductions, Notes, and Index 1.40 1.75

ALLEN & GREENOUGH'S VIRGIL. Six Books of the
Æneid and the Bucolics. With Introduction. Notes, and Grammatical References to Allen & Greenough's and Gildersleeve's Latin Grammars. The text is founded on that of Ribbeck, variations from that and from Heyne being given in the margin 1.40 1.75

ALLEN & GREENOUGH'S SALLUST. The Conspiracy
of Catiline, as related by Sallust. pp. 82. Cloth 80 1 00

ALLEN & GREENOUGH'S CICERO DE SENEC-
TUTE (*CATO MAJOR*), in uniform style with Allen & Greenough's Cicero. pp. 57. Cloth . . . . .60 .75

ALLEN & GREENOUGH'S OVID. Selections from the
Poems of Ovid, chiefly from the Metamorphoses. With Index of Proper Names. pp. 232 . . . . 1.20 1 50

    The attempt has been made to give in a reading book, suitable for students beginning Latin poetry, something like a complete picture of the Greek mythology, at least of the great narratives which have entered more or less into modern literature. About a thousand lines of the Elegiac verse are added, taken from most of the poet's other works.

ALLEN & GREENOUGH'S LATIN COMPOSITION.
A Sequel to the Method of Exercises on the Constructions of Syntax, with Vocabulary (translation into Latin for practice in Syntax, introductory to Composition proper). 1.00 1.25

Course No. I. Full Preparatory Course of Latin Prose (without Vocabulary), containing four books of Cæsar's Gallic War, Sallust's Catiline, eight Orations of Cicero, and the *Cato Major*. 2 00 2 50

Course No. II. Second Preparatory Course of Latin Prose (with Vocabulary), containing four books of Cæsar's Gallic War and eight Orations of Cicero. 2.00 2.50

    N. B. — Course No I. is identical with the First Course prescribed for admission to Harvard College. Course No. II. contains the usual amount required at other colleges.

GREEK.

Wholesale. Retail.

GOODWIN'S GREEK GRAMMAR. By William W.
Goodwin, Ph. D., Eliot Professor of Greek Literature in Harvard University.
Half morocco $1.25 $1.56

The object of this Grammar is to state *general principles* clearly and distinctly, with special regard to those who are preparing for college. In the sections on the Moods are stated, for the first time in an elementary form, the principles which are elaborated in detail in the author's " Syntax of the Greek Moods and Tenses."

GREEK MOODS AND TENSES. The Fifth Edition.
By William W. Goodwin, Eliot Professor of Greek Literature in Harvard University. 1 vol. 12mo. Cloth. pp. 264 . . . . 1.40 1.75

This work was first published in 1860, and it appeared in a new form — much enlarged and in great part rewritten — in 1865. In the present edition the whole has been again revised ; some sections and notes have been rewritten, and a few notes have been added. The object of the work is to give a plain statement of the principles which govern the construction of the Greek Moods and Tenses, — the most important and the most difficult part of Greek Syntax.

GOODWIN'S GREEK READER. Consisting of Extracts
from Xenophon, Plato, Herodotus, and Thucydides ; being a full equivalent for the seven books of the Anabasis, now required for admission at Harvard. With Maps, Notes, References to GOODWIN'S GREEK GRAMMAR, and parallel References to CROSBY'S and HADLEY'S GRAMMARS. Edited by Professor W. W. Goodwin, of Harvard College, and J. H. Allen, Cambridge. Half morocco 1.60 2.00

This book contains the third and fourth books of the Anabasis (entire), the greater part of the second book of the Hellenica, and the first chapter of the Memorabilia, of Xenophon ; the last part of the Apology, and the beginning and end of the Phaedo, of Plato ; selections from the sixth, seventh, and eighth books of Herodotus, and from the fourth book of Thucydides.

LEIGHTON'S GREEK LESSONS. Prepared to accompany
Goodwin's Greek Grammar. By R. F. Leighton, Master of Melrose High School. Half morocco 1.25 1.56

This work contains about one hundred lessons, with a progressive series of exercises (both Greek and English), mainly selected from the first book of Xenophon's Anabasis. The exercises on the Moods are sufficient, it is believed, to develop the general principles as stated in the Grammar. The text of four chapters of the Anabasis is given entire, with notes and references. Full vocabularies accompany the book.

LIDDELL & SCOTT'S GREEK-ENGLISH LEXI-
CON. Abridged from the new Oxford Edition. New Edition. With Appendix of Proper and Geographical Names, by J. M. Whiton.
Morocco back 2 40 3.00
Sheep binding 2 80 3.50

LIDDELL & SCOTT'S GREEK-ENGLISH LEXI-
CON. The sixth Oxford Edition unabridged. 4to. Morocco back . . 9.60 12 00
Sheep binding . 10.40 13.00

We have made arrangements with Messrs. Macmillan & Co. to publish in this country their new edition of Liddell & Scott's Greek Lexicons, and are ready to supply the trade.

The English editions of Liddell & Scott are *not stereotyped* ; but each has been thoroughly revised, enlarged, and printed anew. The sixth edition, just published, is larger by one eighth than the fifth, and contains 1865 pages. It is an *entirely different work* from the first edition, the whole department of etymology having been rewritten in the light of modern investigations, and the forms of the irregular verbs being given in greater detail by the aid of Veitch's Catalogue. No student of Greek can afford to dispense with this invaluable Lexicon, the price of which is now for the first time brought within the means of the great body of American scholars.

Boston, December, 1875.

GINN BROTHERS,

Publishers,

13 Tremont Place, ... BOSTON.

Terms: Cash in Thirty Days.   Wholesale and Retail Prices.

ENGLISH.

Wholesale. Retail.

ARNOLD'S MANUAL of ENGLISH LITERATURE.
Historical and Critical. American Edition. By THOMAS ARNOLD. 12mo.
507 pp. Cloth $2.00

CARPENTER'S INTRODUCTION TO ANGLO-
SAXON. An Introduction to the study of the Anglo-Saxon Language, Comprising an Elementary Grammar, Selections for Reading with Notes, and a Vocabulary. By STEPHEN H. CARPENTER, Professor of Logic and English Literature in the University of Wisconsin, and Author of "English of the XIV. Century." pp. 212 . . . . 1.00 1.25

CRAIK'S ENGLISH OF SHAKESPEARE. Illustrated
in a Philological Commentary on his Julius Cæsar, by GEORGE L. CRAIK, Queen's College, Belfast. Edited by W. J. ROLFE, Cambridge. Cloth . . . 1.40 1.75

ELEMENTS OF THE ENGLISH LANGUAGE. An
Introduction to the study of Grammar and Composition. By BERNARD BIGSBY Univ. Oxon., Superintendent of Public Schools, Port Huron; Author of "The History of the English Language" . . . . .40 .50

ENGLISH OF THE XIV. CENTURY. Illustrated by
Notes, Grammatical and Etymological, on Chaucer's Prologue and Knight's Tale. Designed to serve as an Introduction to the Critical Study of English. By STEPHEN H. CARPENTER A. M., Professor of Rhetoric and English Literature in the State University of Wisconsin 1.40 1.75

HUDSON'S FAMILY SHAKESPEARE: Plays selected
and prepared, with Notes and Introductions, for Use in Families.

Volume I., containing As You Like It, The Merchant of Venice, Twelfth Night, First and Second of King Henry the Fourth, Julius Cæsar, and Hamlet.
Volume II , containing The Tempest, The Winter's Tale, King Henry the Fifth, King Richard the Third, King Lear, Macbeth, and Antony and Cleopatra.
Volume III., containing A Midsummer Night's Dream, Much Ado about Nothing, King Henry the Eighth, Romeo and Juliet, Cymbeline, Coriolanus, and Othello.
And Hudson's Life, Art, and Characters of Shakespeare. 2 vols.

5 vols. Cloth 8.00 10.00
         Half morocco 12.00 15.00
         Full calf 16.00 20.00

HUDSON'S LIFE, ART, AND CHARACTERS OF
SHAKESPEARE. Including an Historical Sketch of the Origin and Growth of the Drama in England, with Studies in the Poet's Dramatic Architecture, Delineation of Character, Humor, Style, and Moral Spirit, also with Critical Discourses on the following plays, — A Midsummer Night's Dream, The Merchant of Venice, The Merry Wives of Windsor, Much Ado about Nothing, As You Like It, Twelfth Night, All's Well that Ends Well, Measure for Measure, The Tempest, The Winter's Tale, King John, King Richard the Second, King Henry the Fourth, King Henry the Fifth, King Richard the Third, King Henry the Eighth, Romeo and Juliet, Julius Cæsar, Hamlet, Macbeth, King Lear, Antony and Cleopatra, Othello, Cymbeline, and Coriolanus. In Two Volumes. Cloth 3.20 4.00

HUDSON'S SERMONS. 1.20 1.50

Wholesale. Retail.

HUDSON'S SCHOOL SHAKESPEARE. 1st Series. $1.60 $2.00

Containing AS YOU LIKE IT, THE TWO PARTS OF HENRY IV.,
THE MERCHANT OF VENICE, JULIUS CÆSAR,
TWELFTH NIGHT, HAMLET.
Selected and prepared for Use in Schools, Clubs, Classes, and Families. With Introductions and Notes. By the REV. HENRY N. HUDSON.

HUDSON'S SCHOOL SHAKESPEARE. 2d Series. 1.60 2.00

Containing THE TEMPEST, KING RICHARD THE THIRD,
THE WINTER'S TALE, KING LEAR,
KING HENRY THE FIFTH, MACBETH, ANTONY AND CLEOPATRA.

HUDSON'S SCHOOL SHAKESPEARE. 3d Series. 1.60 2.00

Containing A MIDSUMMER NIGHT'S DREAM, ROMEO AND JULIET,
MUCH ADO ABOUT NOTHING, CYMBELINE,
KING HENRY VIII., CORIOLANUS,
OTHELLO.

HUDSON'S SEPARATE PLAYS OF SHAKESPEARE.

	Wholesale	Retail
THE MERCHANT OF VENICE. In Paper Cover	.32	.40
JULIUS CÆSAR. In Paper Cover	.32	.40
HAMLET. In Paper Cover	.32	.40
THE TEMPEST. In Paper Cover	.32	.40
MACBETH. In Paper Cover	.32	.40
HENRY THE EIGHTH. In Paper Cover	.32	.40
AS YOU LIKE IT	.32	.40
HENRY THE FOURTH. Part I.	.32	.40
KING LEAR.	32	.40
MUCH ADO ABOUT NOTHING	.32	.40
ROMEO AND JULIET	32	.40
OTHELLO.	.32	.40

HUDSON'S TEXT-BOOK OF POETRY. For use in

schools and classes. Consisting of selections from Wordsworth, Coleridge, Burns, Beattie, Goldsmith, and Thomson. 12mo. Cloth 2.00 2.50

HUDSON'S TEXT-BOOK OF PROSE, from Burke,

Webster, and Bacon. Intended as a companion volume to the Text-Book of Poetry. 12mo. Cloth 2.00 2.50

HALSEY'S GENEALOGICAL AND CHRONOLOGI-

CAL CHART of the Rulers of England, Scotland, France, Germany, and Spain. By C. S. HALSEY. Mounted, 33 × 48 inches. Folded and Bound in 4to, 10 × 12 inches 1 50

HALSEY'S BIBLE CHART OF GENEALOGY AND

CHRONOLOGY, from the Creation to A. D. 100. Prepared by C. S. HALSEY 1.00 1.20
This Chart is designed to illustrate Bible History by showing on a clear and simple plan the genealogy and chronology of the principal persons mentioned in the Scriptures.

HARVARD EXAMINATION PAPERS. Collected and

arranged by R. F. LEIGHTON. A. M., Master of Melrose High School. Second Edition, containing papers of June and September, 1874 . . . . 1.25 1.50
These are all the questions (except on the subject of Geometry), in the form of papers, which have been used in the examinations for admission to Harvard College since 1860. They will furnish an excellent series of Questions in Modern, Physical, and Ancient Geography ; Grecian and Roman History ; Arithmetic and Algebra ; Plane and Solid Geometry ; Logarithms and Trigonometry ; Latin and Greek Grammar and Composition ; Physics and Mechanics. They have been published in this form for the convenience of Teachers, classes in High Schools, and especially for pupils preparing for college.

Wholesale. Retail.

OUR WORLD, No. I.; or, First Lessons in Geography.

Revised edition, with new Maps, by MARY L. HALL . . . . . . .75 .94

Designed to give children clear and lasting impressions of the different countries and inhabitants of the earth rather than to tax the memory with mere names and details.

OUR WORLD, No. II.; or, Second Series of Lessons

in Geography. By MARY L. HALL. With fine illustrations of the various countries, the inhabitants and their occupations, and two distinct series of Maps, 5 pages physical, and 19 pages of finely engraved copperplates political $1.60 $2.00

This book is intended, if used in connection with the First Lessons, to cover the usual course of geographical study. It is based upon the principle that it is more useful to give vivid conceptions of the physical features and political associations of different regions than to make pupils familiar with long lists of places and a great array of statistics.

PEIRCES TABLES OF LOGARITHMIC and TRIG-

ONOMETRIC FUNCTIONS TO THREE AND FOUR PLACES OF DECIMALS. By JAMES MILLS PEIRCE, University Professor of Mathematics at Harvard University. Cloth . . . . .60 .75

PEIRCE'S ELEMENTS OF LOGARITHMS; with an

Explanation of the Author's THREE AND FOUR PLACE TABLES. By JAMES MILLS PEIRCE, University Professor of Mathematics at Harvard University .80 1 00

This Work is a Companion to THREE AND FOUR PLACE TABLES OF LOGARITHMIC AND TRIGONOMETRIC FUNCTIONS, by the same Author.

REPRESENTATIVE AUTHORS. By H. H. MORGAN.

This is essentially a repertorium, and can be made equally useful as a work of reference and as a companion to any manual of literature, or as a guide in any course of reading. It presents the representative authors of England and America, — their mode of presenting their subjects, the literary forms which they employ, their representative works, their characterization by critics of established reputation. The classification is at once simple and exhaustive, and meets a want not hitherto provided for. .80 1.00

STEWART'S ELEMENTARY PHYSICS. American

Edition. With QUESTIONS and EXERCISES. By PROF. G. A. HILL, of Harvard University 1.40 1.75

The Questions will be direct and exhaustive upon the text of Mr. Stewart's work. After the Questions will be given a series of easy Exercises and Problems, designed, in the hands of a good teacher, to arouse and strengthen in the student's mind the power of reasoning in accordance with sound scientific methods.

SEARLE'S OUTLINES OF ASTRONOMY. By AR-

THUR SEARLE, of Harvard College Observatory 1.60 2 00

This work is intended to give such elementary instruction in the principal branches of Astronomy as is required in High Schools or by any students not far advanced in mathematics. It is illustrated by carefully prepared engravings, and contains some information on each of the following subjects : —

1. The chief results of astronomical inquiry up to the present time with regard to the general constitution of the universe, and, in particular, with regard to the stars, planets, nebulæ, comets, and meteors.
2. The methods of astronomical research, and their application to the arts.
3. The general principles of theoretical astronomy.
4. The history of astronomy.
5. Astronomical statistics.

PRIMARY ARITHMETIC. By G. L. DEMAREST . .40 .50

THE CHANDLER DRAWING-BOOK. By the late

JOHN S. WOODMAN, of Dartmouth College 80 1.00

THE LIVING WORD; or, Bible Truths and Lessons .80 1.00

The distinguishing feature of this book is the arrangement by subjects of the spiritual and moral truths of the Bible, so that all its most expressive utterances upon a given subject may be read in unbroken succession. It is believed that this will furnish what has been long needed for public and private reading in the home, the school, and the church.